天保院京花の葬送

～フューネラル・マーチ～

山口幸三郎

イラスト／煙楽

デザイン／木村デザイン・ラボ

天《てん》保《ぼう》院《いん》京《きょう》花《か》の葬送
～フューネラル・マーチ～

山口幸三郎

私、天保院京花《てんぽういんきょうか》には俗《ぞく》に言う第六感が備わっている。
だけど実際は、人よりもほんのちょっとだけ、

目がおかしくて、
耳が変で、
鼻が異常で、
舌《した》が特殊《とくしゅ》で、
肌《はだ》が異様なだけである。

これが原因で、私は幽霊と呼ばれるモノたちを数多く目撃し、彼らの声を耳にし、存在しない異臭《いしゅうか》を嗅《》ぎ取り、流れてもいない血を舐《な》め取り、かつてあった感触を掬《すく》い取る。——そうして接触したが最後、幽霊は自分たちを知覚できる人間を放ってはおかず、大小さまざまな理由から積極的に干渉してくるのだ。
本当に無遠慮で、自分勝手で、したたかで、可愛《かわい》げのない、はた迷惑な物共《ものども》だわ。

だから嫌いよ、アナタたちが。

かつて『人間』だった見えざる物共には畏敬《いけい》も恐怖もありはしない。

ただ煩《わずら》わしいだけ。

かかずらうだけで損をする、私にとってはその程度の存在。

でも、心霊体験を通じて触れる理《ことわり》にも意義はある。常人には知りえない人の世の裏表を、私は思い知ることができたのだから。すなわち、

幽霊よりも何よりも『人間』がもっとも煩わしい。

正義の端くれ

七月にも拘《かか》わらず、その夜は底冷えするような冷たい風が吹いていた。

アロハシャツの隙間《すきま》から入り込んだ微風がするりと肌を撫《な》でていく。指先で全身の体毛に触れていくような感触。寒さよりも気色悪さが際立った。生きた風だった。生き物のように蠢《うごめ》き、纏《まと》わりつき、黴《かび》の臭《にお》いを振り撒《ま》いた。男は鼻を鳴らし、不愉快《ふゆかい》そうに顔を歪《ゆが》めて大股《おおまた》で歩いていく。腐った板間をわざと軋《きし》ませるように乱暴に館の中を巡《めぐ》った。

「おうい。もういいじゃねえか。なあ？　出て来いよう」

似合わない猫撫《ねこな》で声で呼びかける。そこに隠しきれない苛立《いらだ》ちが含まれていた。

巷《ちまた》では『幽霊館《ゆうれいやかた》』と呼ばれているこの館に入ってから、すでに十分が経過していた。人が隠れるには絶好の広さで、客室や屋根裏部屋など小部屋の数は十を優に超え、全部を見て回るのはかなり骨が折れる。加えて廃墟に似つかわしく倒れた調度品や崩れた壁が足の踏み場を隠し歩きにくくしていた。館中が精神的にも肉体的にも探索を断念させようと迫ってくるようで不快だった。それはまるで、一つの意志だ。男に向けた怨念《おんねん》だ。館そのものが男を糾弾していた。

——馬鹿《ばか》馬鹿しい。不気味だの、恐ろしいだのという感情は弱い人間のみが抱えるものである。たとえ館に本当に意志があり、奴らの怨念が渦巻《うずま》いているのだとしても、実体の無いモノに何ができるというのか。

そう自分に言い聞かせる。弱気を見せればつけ込まれる。力関係を改めて思い知らせるべく、男はなおも肩を怒らせて廊下を歩いた。

「いい加減にせぇよ。今ならまだ許してやる。はよ出てこんかい」

罠《わな》に嵌《はま》ったことに気づかないまま、館の中を歩き回る。

「ここだとなあ、いくら悲鳴上げてもなあ、泣き叫んでもなあ、誰《だれ》にも聞こえんぞ？　だぁれも助けに来ちゃくれんぞ？　何されたってなあ、誰にもバレねえんだぞ？　殺されたってなあ、文句言えねんぞお！　わかってんのか、ああん!?」

怒鳴り声は二階にまで響いた。壁を蹴破《けやぶ》り、転がる花瓶《かびん》を出鱈目《でたらめ》に投げつけた。音による脅迫《きょうはく》。格闘家《かくとうか》のような体格に厳《いか》つい面つきをした男が放つ荒々しさは在るだけで暴力だ。男もそれを自覚していた。隠れ潜む獲物は今頃《いまごろ》震え上がっているに違いなかった。

ここ『幽霊館』は元は資産家の持ち家だった。遥《はる》か昔に主人を含めた大量の死者を出し、以来買い手も付かずに荒れ放題で放置されてきた。事件は、怪談の温床《おんしょう》としてこれ以上ないほどにうまく嵌った。曰《いわ》く、主人の霊が夜《よ》な夜な館内を徘徊《はいかい》して回っているだの、殺された者たちが常に怨嗟《えんさ》の声を上げているだの――作り話は尽きない。

男はこれまで何度もこの館を訪れたが、徘徊する霊など見たことがないし、怨嗟の声を聞いたこともなかった。無いモノを恐がれる神経がわからない。

ただ、それが心霊的なモノの影響かどうか知らないが、ここに来ると気分が昂揚《こうよう》した。人気の無い暗がりと荒廃した臭いは、覚せい剤を使用したときの感覚を思い起こさせた。視覚と聴《ちょう》覚《かく》と嗅覚《きゅうかく》が頭から抜け出してそれぞれが好き勝手に映像と音と臭いを拾い集めてくる感覚。神経が研ぎ澄まされるのだ。一秒が十秒にも百秒にも感じることがあれば、数分居たつもりが数時間経っていたなんてこともあった。おそらく館中に染み付いた血の臭いと暴力の爪痕《つめあと》が男の神経を昂《たか》ぶらせるのだ。

だから、危機感も欠如《けつじょ》する。

この館とは相性がいい、と誤解する。

館はずっと男に狙《ねら》いを定めていた。これまで無事だったのは条件が整わなかったためだ。粗野で短絡的《たんらくてき》だが危険に対してのみ異常に嗅覚が働くこの男を確実に葬《ほうむ》るために、息を殺すかのようにじっと機を窺《うかが》っていた。

今宵こそが審判のときである。

一階ロビーに戻ってきた。男は完全に苛《いら》ついていた。一階の探索はまだ半分もできていない。この上さらに二階と屋根裏まで探索せねばならぬのか。獲物を徐々に追い詰めていくのは楽しいが、このような隠れんぼは時間の無駄《むだ》でしかなかった。いずれ見つけて八つ裂きにするのだから、そこに至るまでの過程は程良く短い方がいい。長く焦《じ》らされても怒りしか湧《わ》いてこない。

「ざけんなコラァ！　ぶっ殺すぞ！　出て来いやラァ！」

機は熟《じゅく》した。

逆上した男の背後、玄関からぬっと影が姿を現した。床を踏んで軋ませ、男の方へと近づいていく。しかし、男は影の存在に気づかない。怒号《どごう》を上げて出て来いとしきりに叫《さけ》んでいる。影はすでに男の目の前に回り込んでいた。男の目には映っていない。影の手にはナイフが閃《ひらめ》き、ゆっくりと男の胸部へと伸びていく。

「あ、がぁ、だ、誰だ⁉」

男は驚愕《きょうがく》した。背後に誰かが居る。目の前の影ではなく、後ろから首を絞《し》めてくる何者かに素性《すじょう》を問う。「テメエか⁉　ようやく出て来やがったな！」両手を振り回し、足で闇雲《やみくも》に床を蹴《け》った。背後の何かにぶつかる気配はない。男は迫り来るナイフに一切気づくことなく息苦しそうに首元を掻《か》き毟《むし》る。

「は、はな、せ」

呼吸ができない。顔は真っ赤に染まり、眼球が瞼《まぶた》から押し出されそう。間もなく男は窒息死《ちっそくし》を迎える。影はそれを嫌った。無防備なその胸にナイフをさくりと突き入れた。

「は、え？」

ようやく、男は影を認識した。探していた獲物はすぐそこに居た。だが、胸に生えたナイフに気づいたときにはもう意識は途切れていた。間もなく男は絶命し、影は静かにその亡骸《なきがら》を見下ろした。

やがて虚空《こくう》を見上げた。それまで男を苦しめていた気配はすでに霧散《むさん》していた。影は確信する。アレは自分に味方してくれている。「あとふたり……」呟《つぶや》くと、冷たい風が破れた窓から猛烈《もうれつ》に吹き込んできた。館が呼応している。影を鼓舞《こぶ》しているのか、はたまた非難しているのか、わからない。だが、たとえ館に見限られようとも影の報復は終わらない。

あとふたり。

奴ラヲ逃ガシテナルモノカ——。


翌晩《よくばん》、隣県から肝試《きもだめ》しにやって来たカップルが、玄関から入ってすぐのロビーに人が倒れているのを発見した。慌てて通報し、駆けつけた警官が死体を確認したところ、ナイフで刺殺された被害者の身元はすぐに判明した。

杜村鳶雄《もりむらとびお》、五十六歳。

『幽霊館』が資産家の持ち家だった頃、その当時、この豪奢《ごうしゃ》な館は近隣住民からは『杜村邸』と呼ばれていた。

鳶雄はかつてこの館に暮らしていた杜村家の跡取り息子であった。

＊　＊　＊

七月二十五日——。

千千良《ちぢら》町の南部。閑静な住宅街の一角にその館はあった。

街に違和感なく溶け込んでいるが、その西洋風建築をぐるりと囲む鉄柵《てっさく》は重厚感を、外庭に並ぶオリーブやアカシアの瑞々《みずみず》しい木々は高級感を見る者に与え、加えて門扉《もんぴ》は三メートルを超えており、物理的にも精神的にも庶民《しょみん》の侵入を拒《こば》んでいた。しかしそれも今や昔の話、所有者が去り数十年放置された館は、不法侵入不法投棄が日常的に行われ、破壊と腐敗が進んで廃墟と化した。鉄柵は赤錆《あかさ》びてかつての重厚感は見る影も無く、瑞々しかった木々もまた枯《か》れ果てており、みすぼらしさしか残っていない。

そんな旧杜村邸で殺人事件が発生した。発覚から一夜明け、現在午後十二時半。蟬《せみ》の声が廃棄物の山に染み入る中、警察による現場検証が行われていた。

現場保存に駆り出された交番勤務員は、長時間立ちっ放しなのか疲労の色が顔に出ていた。桐《き》生竜弥《りゅうたつや》が警察手帳を提示してもその横顔に変化はない。目は虚《うつ》ろで覇気《はき》がなく、今にも座り込みそうなほど無気力に感じられた。一瞬気を取られたところに、「早くしないか」と先輩刑事である蛇山《へびやま》警部から急かされた。竜弥は規制テープを潜ると慌てて蛇山に駆け寄った。

「元気ないっすね。みんな」

「この暑さだ、仕方あるまい。それにこの場所にも問題がある。放置された廃墟は大概ゴミ廃《はい》棄《き》場《じょう》と化す。この暑気の中、異臭とも戦わなければならないのだから、自《おの》ずと士《し》気《き》は下がる」

「確かに結構臭うっすね。こんなトコで長時間立たされりゃあんな顔にもなるか」

腐敗した魚よりも酷《ひど》い悪臭《あくしゅう》だ。生臭《なまぐさ》いだけではない、生理的に受け付けられない腐乱臭《ふらんしゅう》も混じっている。何の臭いかなんて考えるまでもない。

「君も顔には気をつけたまえよ。鑑識《かんしき》は夜が明けない内からここに詰めている。今来たばかりの捜査員が顔を顰《しか》めていたらどう思うか」

確かにそうだ、と竜弥は頷《うなず》いた。今は遺体も搬送《はんそう》し終えたが、臨場《りんじょう》して検死に当たった検視官はさらなる異臭と闘っていたはずである。後から召集された一課の人間がこの程度の異臭で顔色を変えていたら笑われる。いや、それ以上に怒りを買いそうだ。

遺体があったロビーには捜査員が数名居るだけであった。検視官や鑑識は検証を終えてあらかた引き払ってしまったようだ。

「昨晩からずっとだもんな。もう手掛かりになりそうなもん落ちてないっすよね」

「さて。何しろゴミ屋敷だ。それに、若者が好き勝手出入りしていたとも聞く」

「加えてこの広さっすよ。屋敷の間取り図見ましたけど、上は屋根裏部屋から下には地下室まであるんですって。まったく金持ちって奴ァどうしてこう」

「今回の事件に関係ある物証だけを抜き出せというのは現段階では不可能だろう」

　庭や床に落ちているタバコの吸い殻《がら》を全部拾い集めるわけにもいかない。こういう現場での捜査が一番面倒だった。何が手掛かりになるかわからない。

「だが、死因に関してだけ言えばすでに特定されている。検案書によるとナイフで胸を一突きされたのが致命傷《ちめいしょう》となり、即死《そくし》だったそうだ。死亡推定時刻は、おおよそ、一昨日の午後八時から十二時の間。司法解剖《しほうかいぼう》はする予定だが、いつになるかわからない」

「まあ、誰が見たって異常死っすからね。検視だけで十分っちゃ十分でしょ」

　予算と医師の不足で司法解剖が行われないケースが多々あった。明らかに刑事事件だとわかるものについては順次行われるが、遺体を搬送してから数日は待たなければならない。それまでは目撃情報の収集や被害者の身辺調査が捜査員の主な仕事となる。

　遺体があったとされる床に目印の跡が残っていた。杜村鳶雄はこの場で仰向けに倒れていた。

竜弥は合掌《がっしょう》し、蛇山は帽子《ぼうし》を取って黙禱《もくとう》した。

「落ちぶれたものだ。元は資産家の跡取りだったというのに」

「俺、実は杜村のオッサンとちょいと顔見知りだったんすよ。だもんで、この『幽霊館』が元はオッサンの住まいだったたって聞いたときはちょっと驚きました」

「幽霊館？　何だ、それは。有名なのか？」

「あれ、知りませんか？　ああ、蛇山さんって地元違いましたっけ。ココっていつからあるか知りませんけど、俺がガキん頃から幽霊が出るって噂《うわさ》があったんです。まあ有名でしたよ。心霊スポットってことで全国から冷やかし連中がよく集まってたし、近所の学校でも定番の怪談として流行《はや》ってました。子供の霊が騒いでいるだの女主人の霊が徘徊しているだのと、内容は若干《じゃっかん》違いますけど、まあありがちな奴が二つ三つ。あ、聴きます？　納涼《のうりょう》大会でも開きますか？」

「要らんよ。馬鹿馬鹿しい。私はね、そういったオカルトが大嫌いだ」

蛇山は不快そうに吐《は》き捨てた。そうして、二階へと続く階段を見上げた。

「この館にはよくないモノが憑《つ》いているのだそうだ。三十年前の事件以来、館が廃墟となった後もずっと現存していられたのはそれが原因らしい。何でも、取り壊そうとするたびに関係者が不幸に見舞われるというんだ」

売りに出された当時、仲介《ちゅうかい》に当たった不動産会社の社長、買い付けを入れた資産家、リフォーム業者、重機を入れた建築会社社員、その他諸々《もろもろ》、杜村邸に関わった者は例外なく不幸な目に遭《あ》った。事故、病気、金銭トラブル。売買契約や工事はその都度《つど》取り止めとなり、次第に呪《のろ》われた家として忌避《きひ》されていくことになる。

「警察も例外じゃない。昨夜ここに入った鑑識から聞いた話では、二階に上がることさえできなかったそうだ」

「何でまた？」

「捜査員数名が重傷を負った。床を踏み抜いての骨折や、突如崩れた柱の下敷きになって指を切断したり、内臓を破裂させた者まで出たそうだ。軽傷まで合わせたら十人以上が怪我《けが》をしたことになる。たった一晩でだ。こうなっては家捜《やさが》しするのも難しい」

竜弥もまた階段を見上げた。この上には良くないモノがおり、部外者の侵入を拒《こば》んでいるというのか。――まさか本当に幽霊が？　不吉な気配に思わずぞくぞくした。

「じゃあ仮《かり》に、上に犯人の手掛かりがあっても探せないってことすよね？　もしかしたら犯人が潜伏している可能性だって」

「そうだが、その場合は犯人とて無事では済まないだろう。ってのが、調査を先送りにした理由でもある。上に手掛かりはないと看做《みな》した。まったくふざけた話だ。怠慢《たいまん》だ」

「ますます怪談めいてきましたね。ところで、三十年前の事件ってのは何すか？」

「怪談の中身は知っているのにそのきっかけとなった事件を知らんのか？」

蛇山は「怠慢だ。怠慢だ」と竜弥を詰ると、思い出すように訥々《とつとつ》と語った。

杜村家は近所で評判の資産家であり、町の名士《めいし》でもあった。一代で財を成した成金であるが、農家の出で庶民派だったことから町の人間からは親しまれてきた。しかし、杜村家の当主は短命で、四十の若さで他界してしまう。残された奥方は遺産を相続し、一人息子とひっそりと暮らし始めた。今からおよそ五十年前のことである。

「その奥方の名前が時子《ときこ》だ。杜村時子。そして息子が一昨日《おととい》の晩に殺された鳶雄だ。ふたりは親ひとり子ひとりで支えあいながらこの館で生きてきたわけだ。三十年前までな」

杜村時子はふたりで住むには広すぎる杜村邸の一部を近隣住民に解放した。保育士を雇《やと》い入れ、子供を預かる保育所を開設したのだ。趣味で絵本の読み聞かせを行い、手作りのおやつも出していた。母親たちからは大層有り難がられたという。

今でこそ見る影はないが、当時の館内は外観ほど瀟洒《しょうしゃ》でなく庶民的な内装でとても落ち着いていた。時子は音楽にも嗜《たしな》みがありピアノを弾《ひ》いて子供たちを歌で遊ばせた。賑《にぎ》やかな昼下がり、天窓《てんまど》から差し込む優しい陽の光が杜村邸の平穏を物語った。

約二十年もの間続いた保育所はしかし、凄惨《せいさん》な事件が引き金となって幕を閉じる。

杜村時子は、おやつに出したミルクに農薬を混入させると、預かった子供たちを巻き込んで無理心中を図ったのである。杜村時子と十三人の児童が死に、運良く一命を取り留めた児童のひとりもまた後遺症《こういしょう》による障害を残した。この『毒入りミルク事件』は報道されるや瞬く間に日本全土を震撼《しんかん》させ世論を沸かせた。

「なぜ時子夫人は服毒自殺を図ったのか。今となっては謎《なぞ》のままだ」

「そうか！　だから怪談に出てくる幽霊が子供と女主人だったのか！　知らなかったなあ。で、鳶雄のオッサンはその事件が起こったとき何してたんすか？」

「鳶雄は当時二十六歳。放蕩《ほうとう》してはすぐに問題を起こしていた。時子夫人とはほとんど絶縁《ぜつえん》状態だったらしく、事件前後は余所の県に居たそうだ。当然、遺産や保険金はすべて鳶雄に相続された」

「それはそれで怪しいっすね。そんで鳶雄のオッサンはこの忌《い》まわしい場所で殺された、と。何か因縁《いんねん》めいたものを感じませんか？　本当は自殺なんかじゃなく、オッサンが毒を盛った犯人で、生き残った児童が復讐《ふくしゅう》したのかも」

蛇山は呆《あき》れたように首を振った。

「因縁を感じるのは勝手だが、私はこの二つの事件は無関係だと思うね。『毒入りミルク事件』から三十年が経っている。その間、鳶雄は変わらずこの町に住んでいたんだ。宿怨《しゅくえん》を晴らすにしても期間が開きすぎてやしないか」

「それもそうか。まあでも、その児童は気になります」

「もちろん捜査対象だ。君、行ってみるか？」

投げやりな口調で問われた。竜弥のような新米《しんまい》を試すくらいだ、蛇山が今回の事件とは無関係だと断じた以上、そこへの聞き込みに収穫は期待できないと踏んでいる。そればかりか、三十年前の事件を蒸し返して被害者の反感を煽《あお》るという嫌な役回りを引き受ける形でもあった。

「行きます！　もちろんっす！」

しかし、竜弥は意気揚々《いきようよう》と捜査への意欲を見せた。

「鳶雄のオッサンには何度か優しくしてもらったことがあるんすよ。まだ学生だった頃の話っすけど。何か裏であくどいことやってんのは薄々気づいてましたけど、俺にとっちゃただの面《おも》白《しろ》いオッサンだったんです。仇《かたき》討ってやりたいっす」

「そうか。その正義感は良いことだ。励《はげ》むといい」

蛇山は無感情に言った。冷徹《れいてつ》、という言葉が竜弥の脳裏《のうり》に過《よぎ》った。それは署内における蛇山への人物評でもあった。

蛇山は今年で四十五歳になる。捜査一課一筋《ひとすじ》で凶悪事件と闘ってきた叩《たた》き上げの敏腕《びんわん》刑事だ。冷静沈着でここぞというときの勘《かん》が鋭く、切れる、という表現が彼にはとてもよく嵌った。部署内での信頼も厚く、何を考えているのかわからないと恐れられることもあるが、正義感が強いことだけは皆が認めていた。竜弥にとっても理想とする刑事像である。

そんな蛇山だが腕時計を確認した途端、珍しく顔を顰めた。

「そろそろご令嬢が到着する。桐生君、行くぞ」

「は？　ご令嬢？」

場にそぐわない単語に竜弥も顔を顰めた。もちろん竜弥にはその単語の意味するところもわかっていない。——何だ？　ご令嬢って？　令状の聞き間違いか？

このとき、物語はすでにして佳境《かきょう》に入っていた。

桐生竜弥は事件の始まりにして終幕を迎える、ある出会いを果たすことになる。

＊

館の玄関を出て、門扉まで戻る。見張りに立つ交番勤務員に会釈《えしゃく》しつつ敷地から出た。一歩外に出ただけで空気が替わった気がした。旧杜村邸の敷地内も蒸すような暑さだったが、冷気のようなものも漂っていた。外にはそれがない。からっとした清々《すがすが》しい暑さだった。日本特有の湿度の高いじめっとした暑気でありながらそう思えるのだから、どれほど『幽霊館』が異界であったかわかろうというものだ。

「一体誰が来るんすか？　蛇山さんのお知り合い？」

「顔見知り程度だがね。立場上付き合わざるを得んのだよ」

蛇山がしきりに周囲を見回している。旧杜村邸が広大な敷地の中にあるので気づきにくいが、ここは住宅街の只中《ただなか》だった。俯瞰《ふかん》すれば、もちろん周囲には民家の屋根が無数に見えるはず。往来には人や車が行き交っている。ごく普通の町の景色であった。

そこに異様な影が現れた。

「来た。時間通りだ。こういうとき、あの格好は遠目にも気づきやすいから助かる」

竜弥は逆光を遮《さえぎ》るように手を翳《かざ》して、見た。陽炎《かげろう》が立ち込めるアスファルトの上に一体の人影が揺らめいている。それは段々とこちらに近づき、姿形がはっきりとわかっても「んん？」

常人には理解し難いモノであった。

人影は蛇山の前で立ち止まると、軽く会釈したようだった。蛇山も応えて頷く。

「ご足労お掛けしました」

「いいえ。お付き合いくださり恐縮です。改めまして、ごきげんよう。蛇山警部」

人影が喋《しゃべ》った。静かな中にも凛《りん》とした力強さが宿った声。鈴《すず》の音《ね》のように美しくもあったが、どこか哀《かな》しげな響きを有していたのが印象的だった。

ふと、人影は竜弥を窺ったようだったが、特に何も言ってこなかった。

「それで、今回視《み》せて頂《いただ》くモノはどちらにおありなのかしら？」

「……実際に居るかどうかは私の目にはわかりません。遺体があったのは建物の中です。遺体はすでに搬送しておりますが、……それでもまだ居るものなのですか？」

「ええ。異常死なのでしょう？　それも殺人。でしたら、高い確率でまだ居ますわ。案内してください。すぐに終わらせますので」

歩き出す人影を蛇山が片手を上げて押し留めた。

「その前に、私の部下を紹介させてください。貴女《あなた》のことはまだ説明していないのです」

人影はあからさまに面倒臭そうな雰囲気《ふんいき》を漂わせた。

「こちら桐生竜弥巡査です。一課に配属されてまだ日は浅いが、将来有望です。今後も会う機会があるでしょうし、顔だけでも覚えて頂けたらと」

定型的な挨拶《あいさつ》で、あまり紹介の意味を為《な》していないようにも思われたが、上司からの紹介なので体裁を整えるべく敬礼した。

「桐生竜弥巡査です。よろしくお願いします」

頭を下げる。しかし、人影は竜弥の方に体を向けることなく、澄ましていた。

何だ、こいつ……。竜弥は少しだけ苛立った。

先ほどから執拗《しつよう》に『人影』と表現しているのにはもちろん理由がある。その人物は全身を真っ黒い洋服で纏っているのだ。手首まで隠れる長袖の黒のワンピースドレス、黒のロングブーツ、両手に嵌《は》めたレースの手袋も黒で、頭に被《かぶ》ったトークハットも黒。おまけにトークハットから垂れたベールは顔の上半分を覆っており、徹底して肌色を隠していた。見えている肌色部分は口元と首回りだけ。文字通り、まるで影。人の形をした影絵が立体となって歩いているように見えるのだ。

声と口調、そして体格から人影が女性であることはわかっていたが、近づくとその顔がベール越しに薄っすら透けて見えて、思いのほか若いことに気づいた。端整で綺麗《きれい》な顔立ちをしている。しかし、全体的にあどけなさを残してもいた。背もそれほど高くないし、歳は十代半ばくらいと予測できるが、彼女から漂う貫禄めいた雰囲気が邪魔をして、正確な年齢を推《お》し量《はか》るのが難しい。

人影から挨拶が返されないことを悟《さと》った蛇山は、代わりに竜弥に紹介した。

「こちらは天保院《てんぽういん》家の末女、天保院京花《きょうか》さんだ。君も天保院の名前くらい聞いたことがあるだろう」

「てんぽう……いん、って確かあのお山のお金持ちじゃ⁉」

慌てて背後に聳《そび》える山を指で指す。蛇山が頷くと、竜弥は「マジかよ」唖然《あぜん》とした。

竜弥が指し示したのは、千千良町北部に聳える稜線の丁度《ちょうど》真ん中、裳子山《もこやま》の中腹に建てられた一軒の西洋風屋敷である。千千良町のどこからでも眺《なが》めることができ、また逆に千千良町の隅々《すみずみ》まで一望できるその屋敷こそ、巨大グループ企業の創業者一族『天保院家』の住まいであった。

天保院家の歴史は古い。元は華族《かぞく》で、遡《さかのぼ》ればかつては豪族《ごうぞく》の一つとしても知られていた。政財界に大きな影響力があるのはもちろんのこと、現代まで地元に根を張り続けた天保院家は地域発展のためにいくつかの産業を興して町を潤《うるお》わせ、学校を建てて教育にも力を注いだ。千千良町の実質的な支配者とも言えるが、天保院家は地域に貢献するだけで権力を振りかざしたことは一度としてなかった。永きに亘《わた》るその繁栄は、家格に捉われず臨機応変に近代化を受け入れ、保守的でない家督《かとく》相続に拠ると言われている。すなわち婿養子《むこようし》である。当代、先代、先々代と婿養子が家督を継いでいるのだ。いつの時代からか定かでないが、血ではなく名を後世に残すことを選んだ天保院家は、逆説的に家名に執着しなくなった。事業が成功すれば姓《せい》ではなく個人の力量をこそ誇り、あえて旧姓《きゅうせい》を名乗って代表に納まることもあった。なので、多くの町興《まちおこ》しに天保院家が絡《から》んでいることを町民のほとんどが気づいていない。産業も教育機関も外的要因で自ずと成ったものと思っている。

竜弥にしても高い場所に住みたがるいけ好かない富豪という認識でしかなかった。

「ご令嬢ってのはそういうことっすか。しっかし、何でまた……」

京花の異様な出で立ちを改めて見遣《みや》る。これではまるで喪服《もふく》だ。殺人現場に富豪の娘が冷やかしに現れたということなのか。それはちょっと悪趣味すぎやしないか。

「彼女には不思議な力があるのだよ。何と幽霊が視える」

「ゆ、幽霊⁉」

「霊視というのだそうだよ。遺体があった場所には被害者の霊がしばらく居憑《いつ》くらしく、その霊に触れると死んだときの状況《じょうきょう》がわかるというんだ」

「マジすか⁉　じゃあ、そいつを殺した奴もわかるんすか⁉」

「犯人まではわからんらしいが」

窺うと、京花は特に反応を示さなかった。蛇山はふんと鼻を鳴らした。

「私も何度か立ち会ったことがある。こういった事件が起きると直接現場まで駆《か》けつけてくださってね、まったく頭が下がる。本部の上の方からはよろしく頼むと仰せつかっているので、桐生君もご令嬢の邪魔だけはしないように。わかったね？」

それはどう聞いても嫌味であった。蛇山は令嬢のお遊びにも天保院家にへつらう上層部のお偉方にも憤慨していた。冷徹で知られる蛇山がこうまで怒れるのだから、その霊視とやらもよほどお粗末なものなのだろう。喪服はつまりコスプレか。悪趣味もここまで極まればもう呆れるほかない。

　京花は聞き捨てならぬとばかりに蛇山に噛《か》み付いた。

「ご令嬢って呼ばれるの、嫌いだわ。直してくださらない？」

「これは失礼しました。天保院さん」

「今後はお気をつけくださいませ」

　気にするところってそこかよ――と、強く突っ込みを入れたかったが、蛇山と京花が放つ緊張感に圧されて何も言えなかった。居心地悪いぜ、この組み合わせ。

　蛇山が中に案内しようとしたとき、向こう角から少年が「おおーい！」大声を張り上げて走ってきた。竜弥と蛇山が怪訝《けげん》そうに振り返る中、京花だけは無視して敷地の中に入ろうとした。

「おおーい！　待ってよ、京花ァーっ！　京花ってばーっ！」

「京花って、天保院さんのことっすよね？　呼んでますけど？」

「……」

　京花は観念したように立ち止まった。

　少年は息を弾ませて京花の前までやって来ると、苦笑いを浮かべた。

「置いて行くなんて酷いよ。待っててくれてもいいのにさ」

「貴方《あなた》が勝手について来たんじゃない。私、頼んでないわ」

「つれないなあ。でも、珍しくやる気だね。何かあったの？」

「ヒトリには関係ないことよ。邪魔だから、もう帰って」

「帰らないよ。切子《きりこ》さんに頼まれてるからね。終わったら一緒に帰ろう」

「ヒトリ？」

京花と少年の会話を聞いていた竜弥がその名前に反応した。正面に回り込んで少年をよく観察すると、竜弥は「あっ⁉」声を上げた。

「ヒトリ！　やっぱりそうだ！　おまえ、葦原人理《あしわらひとり》だろ⁉　ヒトリなんて名前そうそう無いもんな！　間違いねえよ！　ほら、覚えてないか⁉　俺だよ、俺！　桐生竜弥！　昔、よく遊んでやったろ！　思い出せよ！　ほら！　ほら！　ほら！」

少年の襟首《えりくび》を摑《つか》んで前後に揺さぶった。少年は目を瞬かせて、

「もしかして、たっちゃん？」

「おうよ！　久しぶりだな！　マジで何年ぶりだよこいつ！」

少年の首に腕を回し、髪の毛をわしゃわしゃと搔き回した。「ちょ、やめてよ！」少年は嫌がる素振りを見せながらも楽しげに笑った。

「たっちゃん、何でこんなトコに？」

「俺ァいま警察官だからよ。ココには捜査で来てんだ。おまえこそ何やってんだ？」

「僕は京花の付き添いだよ。事件現場に来るのなんて初めてだからなんか緊張するよね。ええっ⁉　たっちゃんが警察官⁉　だ、大丈夫なの⁉」

「時間差で驚いてんじゃねえぞ。相変わらずの天然ぶりだな、ヒトリは。マジで懐かしいな。元気でやってたか？」

「うん。おかげさまで。もう虐《いじ》められたりしてないよ」

「そっか。なら、よかった」

蛇山が咳払《せきばら》いをした。竜弥は決まり悪そうに人理を放した。

「あ、すんません。こいつ、知り合いだったもんで、つい」

「天保院さん、こちらの方は？　私は初めてお会いするが？」

「部外者です。気になさらないでください。すぐに追い返します」

「そんなっ⁉　京花ってば酷いよ！」

意外な相関関係が発覚し、それぞれが好き勝手に主張し始めたので、いよいよ収拾が付かなくなりそうである。年長者である蛇山がひとまず取りまとめた。

「天保院さん、我々も捜査の時間が惜しい、早速で申し訳ないが霊視を行って頂きたい。桐生君、そちらの少年とは顔見知りのようだからここで相手をしてあげなさい。天保院さんが部外者だと言う以上現場に立ち入らせるわけにいかないからな」

「私もそれで構いません。行きましょう、蛇山警部」

采配《さいはい》に素直に従った京花はすぐさま規制テープを潜って敷地の中に入っていく。後に続く蛇山に「一歩も中に入れるんじゃないぞ」と念を押され、竜弥は何度も頷いた。蛇山は、ただでさえ京花に対して良い印象を持っていないというのに、さらに人理の登場で場の緊張感が完全に吹き飛んでしまったので酷く頭に来ていた。普段の鉄面皮《てつめんぴ》が嘘《うそ》のような怒り顔に竜弥は身が竦《すく》む思いであった。

ただひとり、人理だけが状況を把握しきれずにいた。

「あれ？　僕は入っちゃいけないのかな？」

「ったりめえだろ。何聞いてたんだ？　部外者なんだろ？」

「僕、京花とは親戚《しんせき》なんだ。だから僕は付き添いさ」

「それを部外者っていうんだよ。事件の部外者な。おまえ、ここが殺人現場だって知らないのか？」

「もちろん知ってる。京花が呼ばれたんならそれ以外ないでしょ。京花の霊能力は本物だからね。事件解決に毎回役立っているって聞くし」

どうだかな、竜弥は内心で思った。

人理の言うように、仮に彼女の能力が本物で、毎回霊視とやらで事件解決に繋《つな》がる手掛かりを摑んでいるのだとしても、捜査本部が素直にその情報を鵜呑《うの》みにするとは思えない。おそらく、上の顔を立てて一考の価値アリとでも調査報告に記入して終わりにするはずだ。過去に何度も立ち会っているという蛇山のあのおざなりな態度からしても重宝されているとは言い難い。

本人がどう思っているのか知らないが、良い様に担ぎ上げられている京花にも少しばかり同情した。あのキャラ作りが趣味なら自業自得《じごうじとく》でしかないけれど。

意外にも人理は大人しく待っていた。中に入りたいと駄々《だだ》を捏《こ》ねられるかと思ったのだが、付き合いがあった昔ほどガキではなくなったらしい。

改めて人理を見下ろした。『幽霊館』を物珍しげに眺めるその横顔は小学生時代の面影を残しつつも、少しだけ男らしい面構《つらがま》えになってきた。以前は女のような顔をして、離れて見ると完全に女にしか見えなかったのに。背も低いし体つきも華奢《きゃしゃ》だったからなおさらだ。今はあの頃より少しだけマシになった程度だけれども、成長が見られたのは感慨深い。

「ヒトリ、おまえ今いくつ？」

「十七。高校二年だよ」

最後に会ったときから四年も経っていた。

「あの子は？」

「京花？　京花も同い年だよ。まだ十六歳だけど、今年で十七になる」

若い。竜弥もまだ二十二歳で若い方だが、十代と二十代の境にはとてつもない壁があると感じた。学生と社会人の違いも大きい。ちょっと前までこいつら側に居たのにな、とにわかに感傷的になってしまう。

「普段からあんな格好してんのか？」

京花のことを言ったつもりだったのが、人理は誤解して首を横に振った。

「嫌だな。僕はもうあんなひらひらした物着たりしないよ。昔の話だよ」

思わず「そっか」と呟いた。

昔を思い出す。葦原人理と初めて出会ったのは竜弥が高校生のときだった。放課後に悪友たちといつも屯《たむろ》しているゲームセンターに向かっている道すがらに、建物の陰で小学生の集団が騒いでいるのを見掛けた。よく見れば、数人の男子が寄って集《たか》ってスカートを穿《は》いた同年代の女子を虐めていた。それも悪口を言ったり物を盗ったりしてからかうような可愛いものではなく、男子のひとりが馬乗りになって顔面を殴《なぐ》りつけ、他は手足を蹴りつけるといった集団暴行だった。「何だありゃ？　女子に対してえげつねえ」「止めた方がいいか？　つか、あれウチの弟だ」連れの兄弟が居たこともあってすぐさま止めに入った竜弥たちだったが、後から女子の正体を聞かされて愕然《がくぜん》とした。

その女子こそが葦原人理だった。見た目にも完全に女子にしか見えなかったが、性別はちゃんとした男だった。虐めの延長で女装《じょそう》させられたわけではなく、性同一性障害《せいどういつせいしょうがい》といったデリケートな問題を抱えているわけでもない。なのに、普段から女装をして小学校に通っているというのだ。

「それにこいつ嘘吐きなんだ。みんなこいつのこと気持ち悪いって言ってる」

虐める側が悪いのは当然だが、今回の場合虐められた人理にも問題はあると思った。理由はわからないが女装していれば目を付けられるのは当然であり、嘘を吐いてクラスメイトを騙《だま》していれば反感を買われても仕方がない。

「嘘じゃ、ないよ……。僕は、本当に、本当に――」

視えていたんだ……、と絞《しぼ》り出すように口にした。

人理と連れの弟からそれぞれ事情を聞きだした後、虐め禁止令を課して解散させた。

竜弥はそれからなんとなく人理を気に掛けるようになる。放課後見掛ければ遊びに連れて行ったり、家に呼んで漫画で覚えた格闘技を教えたりした。問題行動が目立つ人理だが、根は素直で明るい性格だった。竜弥は弟分として人理を可愛がり、それは人理が小学校を卒業するまで続いた。

中学に上がればさすがに人理も男子制服を着用しなければならず、問題を起こすことはなくなった。竜弥も高校卒業後の進路を考えねばならない時期に差し掛かったので、自然とふたりが会う機会は減っていった。

完全に会わなくなってから実に四年ぶりの再会である。

「ま、お互い千千良から出てねえんだから、偶然すれ違うこともあるわな」

「だね。でも、今後はもっと会う機会が増えるかも。たっちゃんが警察官ならこういう現場で、こうやってさ」

「……おまえ、あの子の霊能力信じてんの？」

するると、人理はキョトンとした顔で竜弥を見上げた。いかにも竜弥の方が素っ頓狂《すっとんきょう》なことを口にしたかのような間であった。その瞬間、竜弥は人理が京花の霊能力に絶対の信頼を寄せていることを悟った。

「たっちゃんは信じてないの？」

下手《へた》に突けば機嫌を損ねるかもしれない。こんなことで言い合いするのも馬鹿馬鹿しいので、なるべく言葉を選んで弁解した。

「いや、完全に信用してねえわけじゃねえんだ。俺もちょっとはそういうの視えっから」

「え？」

「あんま人に言ったことねんだけどよ、変なモンなら視たことある。屋上から飛び降りた女がいつまで経っても地面に落っこちずに宙に浮いていたり、旅行先のホテルでたくさんの兵隊が夜中に廊下を行進してたり、そんなんなら視ることが偶《たま》にある」

嘘ではない。嘘ではないが、それが夢なのか現実なのか自信はなかった。それらを視るときは必ず金縛《かなしば》りに遭い、一時動けなくなるのだ。もしかしたらその瞬間意識を失っていて夢を見ていただけなのではないかと今でも疑っている。

人理は無邪気な笑みを浮かべた。

「な、何だよ？」

「ううん。そっか。たっちゃんには視えるんだ。でもね、本物はもっとすごいよ。京花は群を抜いている。京花の霊障《れいしょう》はね、視えちゃうとちょっとトラウマ物なんだ」

「霊障？　って、なんだそりゃ？　トラウマもんだと？」

「霊感が無い人にはただ突っ立ってるだけにしか見えないんだ。でも、視える人にはもうね……。視てくるといいよ。僕も一度だけ視たことあるけど、そのとき僕はショックのあまり気を失った。でも、たっちゃんならもしかしたら耐えられるかも」

「お、脅《おど》かすなよ。マジかよ。……へえ」

まずい。ちと興味が湧いてきた。いま、館の中では何が行われているのか。行って確かめてみたい。

「……」

「行ってきなよ。僕、ここから動かないから。京花の付き添いだもの、京花が帰ってくるまで大人しく待ってるしかないし」

門扉から玄関まではアプローチを渡って一直線だ。たとえ人理が館内に入ろうとしてもすぐに気づくし止められる。

蛇山が嫌っているのであまり表には出せないが、竜弥はかなりのオカルト好きだった。ホラー映画はよく観るし、怪談のトークショーにも開催があれば出掛けている。『幽霊館』に霊感少女が現れた、そのシチュエーションだけで実はもう気分は昂揚していたのだ。

「しょうがねえな。そこまで言われちゃあよ。ヒトリ、ここから動くなよ！」

「うん。行ってらっしゃい。頑張《がんば》ってね。気を強く持ってね」

やれやれと面倒臭そうにしつつ足早にアプローチを渡っていく。物陰からこっそり覗《のぞ》けば蛇山に気づかれることはないだろう。玄関の手前まで来ると竜弥は身を屈めた。

壊れたドアの隙間からそっとロビーを窺った。

＊

蛇山が事件の概要を説明していた。杜村鳶雄の素性、死因と殺害状況、発見に至るまでの経緯を聞いた京花は二階に続く階段に目を遣《や》った。

「二階部分は調べてないのかしら？」

「……捜査員数名が怪我をした。そっちは後回しになりますな」

「でしょうね。こちらを睨《にら》み下ろしてますもの」

「誰が？」

「幽霊。少女の形をしています。過去に、よほど陰惨《いんさん》な殺され方をしたのでしょうね」

蛇山は顔を険しくしただけで何も言い返さなかった。

竜弥も階段を見上げた。玄関の外からだと角度が浅く、二階部分までは見えなかった。

「過去に、ですか。では、二階に上がれないことと今回の杜村鳶雄殺害には因果関係は無いということですか？」

「さあ。どうでしょう。廻《まわ》り廻ってといった遠因も考えられます。何せ、ここは旧杜村邸。そこに居憑いた幽霊ですもの。主人が恨《うら》みを買っていてもおかしくありません」

「疑い出せば何でも黒に見えるものです。いいでしょう。上の階については後回しだ」

「行かない方がよろしいと思いますけど。お仕事ですものね、頑張ってください」

気持ちがまるで籠《こ》もっていない励ましは嫌味にも聞こえた。蛇山はもはや慣れてしまったのか、苛立ちをいちいち顔に出さなくなった。見ている竜弥だけがハラハラした。

京花が動く。杜村鳶雄の遺体があった場所の前まで近づいた。

「これより霊障を行います。霊障の最中は大変見苦しい姿をお見せすることになるかもしれませんが、ご容赦ください」

「構いませんよ。私にはいつも突っ立っているだけにしか見えん」

「では、参ります」

京花は手を伸ばし、虚空にある何かを掴む動作をした。

その瞬間、京花の体が激しく仰け反った。ブリッジしそうな勢いで背を反らし、「が、が、があ……」苦悶《くもん》の声を上げながら全身が痙攣《けいれん》し始めた。明らかな異常行動に竜弥は屈めていた腰を思わず浮かした。しかし、間近で見ている蛇山はそれが見えていないかのように平然としている。

「あ、がぁ、だ、誰だ⁉」

野太い男の声が京花の口から出た。京花の体が垂直に戻ると、今度は縦《たて》方向に不自然に伸びていく。いや、伸びているのではなく、浮いていた。たった数センチだが、京花の体はたしかに宙に浮いている。京花は獣《けもの》のような雄叫《おたけ》びを上げて喉《のど》を掻き毟る。その弾みで被っていたトークハットが床に落ち、初めて素顔を晒《さら》した。しかし、そこにあったのは可憐《かれん》な娘の顔ではなく、眼球が半分ほども飛び出した苦しみに喘《あえ》いだ表情だった。

「は、はな、せ」

じたばたと全身で暴れるが一向に戒《いまし》めを解くことができず、いよいよ事切れるかと思われたそのとき、京花は愕然と目の前を凝視《ぎょうし》した。

「は、え？」

意外なものを見たという顔。それまでの苦しみが嘘だったかのように呆然としている。

「何で……おまえが？」

胸元から血が噴き出る。口端《くちは》からも血が零《こぼ》れ落ち、京花はそのまま尻餅《しりもち》をついて、発見された当時の杜村鳶雄の遺体と同じ体勢になって動かなくなった。

竜弥は信じられないとばかりに目を擦った。人がひとり目の前で死んでしまった。その凄惨な光景に、あまりのリアリティに、「う、うえええええ」その場で嘔吐《おうと》した。一体何が起こっていたのか？

「終わりましたわ。霊障は成功しました」

取り澄ました京花の声に、竜弥は慌てて顔を上げた。

ロビーには蛇山と京花の姿があった。蛇山は訝《いぶか》しげに京花を眺め、京花は虚空を掴んだ状態のまま立ち尽くしていた。床に落ちたはずのトークハットはいつの間にか頭に戻っていて京花の素顔を隠していた。喉を引っ掻いた傷も、抉《えぐ》られた胸も、吐血の跡も、何もかも無くなっていた。そんな馬鹿なと思った。竜弥の足元には昼飯の具が混じった胃液が広がっており、脳裏には先ほど見た光景が焼き付いている。あれが幻《まぼろし》であるはずがない。

今のが、霊障……？

「それで、何かわかりましたか？」

「これは人間の手による純粋な殺人です。呪い殺されたわけじゃありません」

「そんなことはわかっています。我々はオカルト殺人など期待しておりません」

「あら。てっきり、はっきりさせたいのはそこなのだと思ってましたわ。失礼しました。そうですね、わかったことと言えば背後に居る誰かを意識するあまり、目の前に突き出されたナイフに刺されるまで気づかなかった、ということくらいかしら」

蛇山は値踏みするように京花を見つめた。殺害状況を鑑《かんが》みたとき、どうして鳶雄は無抵抗に刺されてしまったのか、これまで謎とされてきた。ふたり掛かりであれば体軀《たいく》の大きい鳶雄相手でも正面からの刺殺が可能だろうが、どう遺体を漁《あさ》っても加害者一人分の痕跡《こんせき》しか見つからなかった。ふたり掛かりではないはずだ。であればなぜ、鳶雄は刺されるまで正面に居た人間に気づかなかったのか。あるいは、隙《すき》を見せたのか。

京花の言う「背後に居る誰か」は殺害状況を裏付ける重要なファクターたり得た。しかし、蛇山は認めたくないのか「いや、いや」しきりに首を横に振った。

「遺体の喉元に引っ掻き傷がありませんか？　先ほど聞かされた説明の中には出てきませんでしたが」

「っ、あった。事件に関係ないものと思い言い忘れていた。だが、あれは首元が痒《かゆ》かったからではないのか？　この辺りは藪蚊《やぶか》が多い。喉だけじゃなく全身蚊に刺されていた」

「さあ。全身が痒かったかどうかまではわかりません。ですが、殺される直前まで背後を気にしながら喉を搔き毟ってましたから、少々不自然に思っただけです。もしかしたら背後から首を絞《し》められたのかもしれませんね。それで痕《あと》になったとか」

「いや、それはない。扼殺《やくさつ》ではないものの手で首を強く絞められた痕ならば、引っ掻き傷とは似ても似つかない」

ふたりの会話を聞くうちに竜弥はだんだんと理解した。京花が見せたのはおそらく鳶雄が死ぬ間際に陥った状況の再現なのだ。『死の体現』と呼ぶ方が妥当《だとう》かもしれない。

霊障とは、心霊的症状を意味する。代表的な例の一つに金縛りがある。他にもポルターガイスト現象やラップ音など。人体に影響するもので強いものには憑依《ひょうい》があり、取り憑かれた者は病気や事故に遭いやすくなり、最悪死に至ることさえある。つまり、霊が生きた人間に起こす障りを霊障と呼び、それには多くの種類が存在した。

京花は自ら霊障に罹《かか》りにいった。霊の苦しみを自ら追体験することで死の間際の記憶を読み取るのである。実際に視えていた竜弥には京花の言っていることが本当だと信じられる。あれはやっぱり幻なんかじゃなかった。

だからこそ、京花の言葉足らずの報告が我慢ならなかった。

「首を手で絞められたとかそんなレベルじゃなかっただろ！　アンタ、宙に浮いてたじゃないか！」

ロビーに入って京花を指差した。蛇山は目を細め「あの少年はどうした？」と訊《き》いてきたが、そんなものは後回しだ。

「あれは首を絞められたまま持ち上げられたんだ！　杜村のオッサンは百八十近い長身だった！　そんな奴を持ち上げられるなんて、それより背が高い人物で、その上ガタイが相当いい男じゃないと無理だ！　蛇山さん！　犯人、っつーか後ろから襲った共犯者はプロレスラー並に屈強な男のはずっすよ！」

一瞬呆気に取られた蛇山だったが、すぐに気を取り直した。

「聞いていたのか。なら、さっきも言ったはずだ。そこまで大柄な人間が、宙に浮くほど首を絞めたのならその痕が付く。必ずだ。杜村の体重は百キロ近くある。自重でより強く絞まるはずだから扼頸《やくけい》の痕はさらに濃くなるはずだ。遺体にそれがあったか？」

「う……」

そういえば、京花が体現してみせた宙吊《ちゅうづ》り状態は瞬間的なものではなかった。少なくとも数十秒間は浮かんでいた。扼殺には至らなくてもそれだけの時間絞められていたのなら指の形の痣《あざ》くらい付いていなければおかしい。

「それに何だね。宙に浮いたとか何とか。何の話をしているんだ？」

「え？　だって、さっき天保院さんが……」

言いながら気づいた。蛇山には視えていなかったのだ。本人も言っていたではないか、いつも突っ立っているだけにしか見えない、と。

霊感が強い人間にしか京花の霊障は視えないようだ。

「えっと、……あ、そうだ！　そこにオッサンの幽霊が居るんだろ⁉　だったら直接誰が犯人か訊けないか⁉　そうすりゃ一発で事件は解決だ！」

京花は竜弥の乱入が気に入らなかったのか、明後日の方向を向いている。「無理です」一応答えてくれたが、その声は一層冷たかった。

「だって、会話になりませんもの。幽霊は妄執《もうしゅう》にのみ縛《しば》られています。言いたいこと、伝えたいことしか残しません。こちらの言動に反応するのは稀《まれ》なんです。事件の当事者や親密な関係にあった人物を連れて来たらあるいは反応を示してくれるかもしれませんが、特定の質問に対して的確に応じるというようなことはまずありえません」

割と詳細に説明してくれたものの、つまりこれ以上私に頼ってくれるなと拒絶していることに気づく。蛇山が京花を信用していないように、京花もまた警察に対してそこまでの義理はないようだ。

「私の役目はここまでのようですね。それでは失礼させていただきます」

「桐生君、表まで出てお見送りして差し上げなさい」

「ここで構いませんわ」

「天保院家のご令嬢をお見送りもしないで帰したと知れたら問題です。ここは私を助けると思ってどうか」

「……」

牽制《けんせい》し合うふたりに挟まれて、狼狽《うろた》える。やがて京花がロビーを出て行き、追いかけようとする竜弥に蛇山が言った。

「悪戯《いたずら》に現場を引っ掻き回されては堪らん。敷地内に残さずにきちんと送り出すんだ」

帰るまで見張れと命じられる。あまりいい気持ちはしないが、それも捜査の上では必要なことなのだと弁《わきま》えて、急いで京花の後を追った。

＊

再び門扉の前まで戻ると、そこに人理の姿はなかった。

「あいつ、どこ行ったんだ？　動かないって言ってたのに」

「先に帰ります。ヒトリを見掛けたらお伝えください」

「いいのか？　ヒトリの奴、アンタにべったりだったじゃないか」

京花は小さく溜息《ためいき》を吐《つ》いた。

「犬じゃないのだから手綱《たづな》が無くても一人で帰ってこれるでしょう。あまり私の手を煩わしてほしくないわね」

日傘《ひがさ》を差した。日傘まで真っ黒で、ここまで徹底していると炎天に焼かれやしないかと心配になってくる。

「貴方、視えるのね」

唐突に、訊かれた。その声は批難めいて聞こえた。

何を、とは訊き返さなかった。ロビーで、霊障の内容を口にしたとき、京花は目を合わせてくれなかった。どうやら、霊障を視られたことが屈辱だったようだ。

「体、大丈夫《だいじょうぶ》なのか？」

問い返すと、京花は驚いたように肩を震わせた。

「……死ぬほど痛いわ。実際に致命傷を体験するのですからね。でも、外傷は付かないの。アレは心を傷つけるだけの呪い。心を、死に顔を、赤の他人に見られるだなんて……」

ベール越しにもわかるほど強烈な殺意を湛《たた》えた眼光を向けてきた。たしかにあんな凄惨な姿を見られるのは嫌かもしれないが、京花もそれを承知の上で行ったのだから竜弥だけを責めるのはどう考えても理不尽だ。……言わないけれど。

「お、送ろうか？」

今度は不思議そうな顔をされた。何かおかしなことを言っただろうか。

「私の霊障を視てそんなことを言うなんて、変わった人ね。普通は気味悪がるものよ」

そう言われれば……そうか？　気味が悪いとはなぜか思わなかったが。

「それとも、そういう態度も職務のうちなのかしら？　警察官って大変なのね」

「あ？　警官とかそんなの関係ねえよ。よくわかんねえけど、アンタ、辛《つら》そうだからさ」

「ふうん？」

どこか窺うように小首を傾げると、蛇山さんとは違うのね、と呟いた。

「でも、要らないわ。代わりと言ってはなんだけど、お礼に忠告だけしてあげる。今日のことは忘れなさい」

不意に京花の指先が竜弥の喉元に触れた。人差し指がつつと喉をそっと撫でていく。

「私の霊障で知り得たことは杜村鳶雄殺しの犯人を捜《さが》す上で大した手掛かりにはならないわ。いいこと？　全部忘れなさい。私の霊障が視えるということはそれだけで悪い物を惹《ひ》き付けやすい体質ということなの。深入りすれば厄介《やっかい》なことにも巻き込まれかねない。貴方だけじゃない、貴方の周りも不幸になる。運気ってね、そういった些細《ささい》なことで変わるものなの」

京花が踵《きびす》を返しつつ流し目で竜弥を見た。指先が離れ、突き放すような視線がやがて途切れたとき、竜弥はその場で腰が抜けた。

「ごきげんよう」

黒い影が去っていく。竜弥の額には冷や汗がびっしりと浮かんでいた。

彼女に触れられている間、ずっと背筋《せすじ》が凍っていた。怖気《おじけ》は怖気でも、蠱惑的《こわくてき》な気配に緊張するあの感覚に近かった。生理的に嫌悪感を催《もよお》す昆虫《こんちゅう》なのに、蝶《ちょう》の美しさには思わず魅入《みい》ってしまう——喩《たと》えるならそんな感じだろうか。

近づきたくない、魅惑《みわく》——。そう、魔性《ましょう》だ。

気味が悪いとかそういうレベルじゃない、不吉そのものだ。関わってはならないと第六感が警鐘《けいしょう》を鳴らしている。

「何だよ、くそ。気をつけろって言われても気をつけようがねえじゃねえか」

運気を持ち出されてはどうしようもない。警察の仕事を全うするだけだ。

そうだ。腰を抜かしている場合じゃない。人理はどこだ。余所《よそ》に行ったのならいいが、竜弥が目を離した隙に館に入られたとなれば蛇山から大目玉を喰《く》うことになる。急いで敷地内を探さないと。中に居てくれるなよ、そう願いつつ再び規制テープを潜った。

そういえば、警備に当たっていた交番勤務員の姿がいつの間にか消えていた。

葦原人理は旧杜村邸の裏庭に居た。正面の庭よりも若干手狭《てぜま》で、比較的荒らされていないものの背の高い雑草が好き放題に生え茂っており、より圧迫感を覚えた。かろうじて地面に見えるアプローチを辿《たど》って行った先には蔵のような倉庫があり、人理はアプローチから外れた砂利《じゃり》が敷き詰められた地面に尻餅をついていた。

呆然《ぼうぜん》とした様子で目の前の赤錆びた鉄扉を眺めていた。

「おまえ、何やってんだ?」

「えっと……。あ、あれ? たっちゃん?」

「勝手に歩き回んなよな。ここは事件現場なんだぜ。俺が上司にどやされちまう」

「ごめん。誰かに呼ばれた気がしたんだ。そしたらこの扉の向こうから音がして」

扉を指差す。館内への出入り口だったが、間取り的に台所の勝手口ではなかった。コンクリートで固められたたたき部分が地面より二段も下がっていることからして、もしかしたら地下室への扉かもしれない。

「この中に誰か居るってのか？」

「わからないよ。音がしただけだし、勘違《かんちが》いかもしれないけれど」

まさか本当に犯人が館内に潜伏しているのだろうか。慎重に鉄扉に張り付いた。ドアノブは硬くて回せない。肩を預けて押してみるがビクともしない。逆に、ドアノブを引いてみても駄目《だめ》だった。全然開きそうにない。

「こりゃ無理だ。もう何年も開けてませんって感じだぜ」

「鍵《かぎ》が掛かってるのかな？」

「鍵以前の問題だ。ドア全体が錆び付いててラッチは引っ込まねえし、蝶番《ちょうつがい》も完全に固まってやがる。ドアとして機能してねえよ、コレ」

館内間取り図では、地下室はたしか物置だったはず。館内からは通じておらず、中に入るにはこの扉を開けるしかない。

「ヒトリの気のせいだな。中に入りたければドアごと引っ剝《ぺ》がさないと」

「そっか。なら、いいんだ」

人理は立ち上がると、キョロキョロと辺りを見渡した。

「京花は？」

「さっき帰ったぜ。置いていかれたな」

「そっか。大人しく待ってなかった僕が悪いんだ。京花はマイペースだから」

人理に聞きたいことがあった。天保院京花についてだ。彼女の能力を信用していいものかどうか見極める必要がある。もしも信頼性があるのなら、彼女が霊障中に発した言葉の一つが重要な意味を帯びてくるから。

犯人の手掛かりになるかもしれなかった。

「なあ、ヒトリ、今晩さ――」

四年ぶりの再会で、互いに積もる話もあるはずだ。

＊

公営団地のアパートの一室が桐生家の住まいである。

竜弥は実家暮らしだ。母子家庭で、下に小学五年生の妹・茉依《まえ》がいる。母は小さな出版社の雑誌編集の仕事に携わっており、竜弥が就職したのを機に、会社に詰めて明け方近くまで帰ってこなくなる日が多くなった。そのときだけ竜弥が妹の保護者代わりになっていた。

「せめてマエちゃんが高校生になるまでアンタも面倒見てやって」

母に頼まれずとも当面は実家を出るつもりはない。中高とあまり素行《そこう》のよろしくない青春を送ってきた手前、柄《がら》ではないが、少しでも母の負担を減らしたいなどという殊勝《しゅしょう》なことを考えていた。元々正義感は強い方なので今の生活は割と心地よい。

人理を伴って帰宅すると、居間の座卓で夏休みの宿題をしていた茉依がこちらを二度見して、人理に気づくとピョンピョン飛び上がった。

「あーっ！　ヒトリ君だ！　ヒトリ君だよね!?　うわあ、すごい！　ヒトリ君だ！」

「こんばんは、マエちゃん。久しぶり。大きくなったね」

「うわあ、うわあ、ヒトリ君だ！　ヒトリ君だ！」

「うるせえな。見りゃわかんだろ。――っと、そうじゃねえな。マエ、よく覚えてたな。よし。遅くなっちまったけど飯にすっからテーブル片付けな。三人で飯食うぞ」

「うん！　わかった！　ヒトリ君、ここ座って座って！」

茉依はとても嬉《うれ》しがった。人理が竜弥の家に遊びに来ていたとき、茉依はまだ六歳かそこらで、女装をしていた人理が珍しかったのかよく周りをうろちょろしていた。人懐っこい性格の茉依は仲良くなった人のことは決して忘れない。

スーパーで買った惣菜《そうざい》を皿に盛り付けてテーブルに並べる。人理は客分よろしく茉依が指定した位置に大人しく座っていた。

キッチン台の横で、茉依が茶碗《ちゃわん》に白飯《しろめし》を山のように盛っている。竜弥は苦笑した。

「おまえ、そんなに食うのか？　太んぞ」

「違うよお！　コレ、お兄ちゃんの！　あと、ヒトリ君の！」

「あいつはそんなに食わねえと思うぞ？　見た目華奢だし」

しかし、いざ食事が始まると、人理は冗談《じょうだん》みたいに山盛りにした白飯をぺろりと平らげた。竜弥は唖然《あぜん》とし、茉依は「おーっ」と惜《お》しみない拍手を送る。どうやら痩《や》せの大食いであるらしい。

「しっかし、本当に久しぶりだよな。ドコの学校通ってんだ？」

「千千良工業だよ。野球が強いトコ」

「って、俺の母校じゃねえか。何だよ、後輩じゃん。いま夏休みか？　部活は？」

「部活はしてないよ。バイトあるし。京花の手伝いもあるから」

それだ。天保院京花の霊能力についても訊きたいが、人理と彼女の関係も気になる。

「ねーねー、ヒトリ君はもうスカート穿かないの？」

茉依に出鼻《でばな》を挫《くじ》かれた。人理は困ったように笑った。

「うん。もう穿かなくてよくなった。親の言いつけだったんだ。変わってるよね」

「言いつけって……。言いたかないが、それ、児童虐待《ぎゃくたい》になるぞ」

「昔は仕方がなかったんだ。それに、もうその人は居ないから、文句の言いようもない」

にわかに沈黙が流れた。話題を振った茉依は焦ったように人理の茶碗を奪い取ると「おかわり持ってくる！」キッチンに飛び込んだ。これ以上食わせる気か、あいつ。

「悪いな。余計なこと言った」

「こっちこそ気を遣《つか》わせちゃったね。マエちゃん、いい子だね」

「訊きたいことがある。天保院京花のことだ。あの子の霊障について知りたい」

人理は目を瞬かせると、薄っすらと笑みを浮かべた。

「そっか。たっちゃんには視えたんだね」

どことなく哀《かな》しげに見えたのは気のせいだろうか。

「いいよ。僕に答えられることなら。何が知りたいの？」

「……そうだな。とりあえず、彼女の霊能力が本物か否《いな》か」

「え？　だって、視たんでしょ？」

「視た。けど、熱中症で頭がどうかしていたんじゃないかと言われれば、そんな気もする。それくらい、あれは衝撃的過ぎた。人が異常死するトコなんて初めて見たからな」

いま思い出しても吐き気がする。実際の死じゃなく霊感が視せたものだからなのか、脳髄《のうずい》に映像を直接送り込まれたかのように細部まで思い出せるのだ。気を抜くと、京花が苦悶《くもん》を上げて死んでいく様が繰り返し脳内で再生されてしまう。

「本物かどうかなんてたっちゃんが信じるかどうかだからなあ。僕にできるのは、僕が信じた理由を説明するくらいだよ」

「それでいいよ。おまえは何で彼女の能力を信じられるんだ」

人理は視線を上げて遠くを見つめた。

「同じモノが視えたからだよ。僕がまだ女装していた頃にね、京花は僕にしか視えないモノを視えると言った」

――あそこに居る女の人がヒトリのお母さん？　綺麗な人ね。

「あの言葉でどれだけ救われたかわからない。僕のことをわかってくれるのは彼女だけだった。だから僕は京花の味方なんだ」

優しい顔つきだった。遠くに飛ばした視線の先には、竜弥の知らない人理と京花の過去が見えているのだろう。なぜだか面白くなかった。

「そんで、おまえもあの子の霊障を視たことあるっつったよな？　あれってどんだけ正確なんだ？　マジで死に際を再現してんのか？　言った台詞《せりふ》や浮かべた表情は本物か？」

「それを証明するのは難しいよ。あくまで再現なんだから。実際のと見比べてみないと」

それもそうだ。被害者が死の直前にどう立ち回ったかについては、遺体の状態から科学的に立てた憶測《おくそく》と照らし合わせることである程度正否を証明できるが、口にした台詞まで再現せしめたかどうかなどわかりようもない。

「何で……おまえが？」と、京花はあのとき男の声でそう言った。この台詞が事実なら、杜村鳶雄は知人に殺されたことになる。さらに犯人は鳶雄にとって意外な人物だった。

何で……おまえが？

恨みを買った覚えはない、とでも言いたげな声音。容疑者を絞り込む上で貴重な手掛かりだ。

「――それを忘れろとかって、意味わかんねえよ。そっちが勝手にやったくせによ」

思わず不満が口を突いて出た。京花だって自分が霊障中に喋った台詞くらい覚えていると思うのだが、それを蛇山に報告しなかったのも腹立たしい。どうせ視えやしまいと高《たか》を括《くく》っていたのだ。

「あの女、絶対性格悪いぞ。ヒトリよ、あの女とだけはやめとけ」

「ええ？　たっちゃん、京花と何かあったの？　あと、やめとけって何のこと？」

忠告はするが、告げ口は男らしくないので言わない。会話が一旦《いったん》途切れたところで、茉依が山盛りの白飯と煮えたぎった味噌汁《みそしる》を持ってきた。遅いと思ったらわざわざ温め直していたのか。そして、人理は嫌な顔一つせずにそれらを再び平らげた。

「マエちゃんは将来いいお嫁さんになれるね」

「えへへへへへへへへへへへへ」

不気味なくらい照れて笑う茉依を見ながら、天保院京花よりもウチの妹の方がお似合いだよな、とよくわからないことを考えた。

三人で食器を片付けていると、茉依が窺うように上目《うわめ》遣《づか》いを向けてきた。

「お兄ちゃん、隣の小母ちゃんに聞いたんだけど、『幽霊館』で事件があったって本当？」

思わず舌打《したう》ちする。近所で起きた殺人事件だ、いつまでも隠しておけるものではないし、噂が出回るのも早いのは仕方がない。しかし、わざわざ小学生の女子に知らせなくてもよいではないか。隣のババアめ。

「やっぱりそうなんだ！　それってオバケの仕業かな⁉　本当に居るのかな⁉」

「さあな」

「ヒトリ君はオバケ居ると思うよね⁉　ね⁉　ね⁉」

「うん。居てほしいよね」

「ほらあ！　お兄ちゃん、ヒトリ君は居るって！　居るんだよ！　オバケ！　すごいのが！　こんなやつ！」

両手をパーに広げて突き出した。どんな奴だよ、それ。欠片も怖くねえぞ。

わかってはいたが、茉依がかなりワクワクしている。こうなるから知られたくなかったんだ。竜弥の影響か、昔から好奇心旺盛《こうきしんおうせい》で男子ばりにご近所を探検していた茉依である、殺人事件が起きた『幽霊館』に冒険心が疼《うず》かないはずがない。竜弥も警察じゃなく一般人で、事件が他人事だったなら、同じようにワクワクしていたかもしれない。

残念ながら、兄は刑事で被害者も顔見知りなのである。野次馬《やじうま》に来られても困る。

「オバケなんて居ねえから絶対くんなよ。ガキが集団で来られたら一番厄介なんだ。うるせえし、追っ払うのも面倒だしよ」

「わっかんないよー？　マエ、すっごい役に立っちゃうかもよー？　ほらあ、アニメでやってるじゃん。子供探偵団っていうの。すっごい推理しちゃうよー」

「要らねえよ。つか、そういうノリがウザイってんだよ」

茉依がふざけて体当たりしてくる。それをひたすら無視していたら、横で人理が嬉しそうに眺めていた。いつものことだったので考えもしなかったが、兄妹でじゃれ合っている姿を見られるのは無性に恥ずかしかった。

食器を全部収納棚に片付け終えたタイミングで、茉依が得意顔で言った。

「それじゃあ、お兄ちゃんも知らないような『幽霊館』の秘密を特別に教えてあげよっかなあ！　事件解決の手掛かりにしていいよ！」

傾聴《けいちょう》せよ、と言わんばかりだ。人理が来たからか、今夜はやけにはしゃいでいる。

仕方ない。付き合ってやるか。楽しい気分にわざわざ水を差すこともあるまい。竜弥と人理は茉依の正面に座った。「で？　秘密ってのは何だ？」

「あそこがなぜ『幽霊館』と呼ばれているか知っていますか？　実はですね、」

「幽霊の目撃談があるんだろ？　子供の霊やら女の霊やら」

「でも、廃墟って大体幽霊屋敷って呼ばれるよね。『幽霊館』っていうのは確かに不自然かもしれない」

「聞ーいーてーくーだーさーいーっ。勝手に喋らないでください！　いいですかー？　実はあの建物では昔、本当に除霊《じょれい》の儀式《ぎしき》を行ったことがあるのです！」

「は？　いきなり話が飛んでるぞ。何言ってんだ？」

「もう！　今から話すんだから邪魔しない！　お兄ちゃん、シャラップ！」

まったく。舌足らずが格好付けようとするから余計に空回るのだ。――と、注意したところですぐに説明が上手《うま》くなるわけでもないので、もう好きにやらせておく。

「コホン。えー、昔々、そのときはあまり有名じゃなかった『幽霊館』に、ある一人の霊能力者さんが除霊にやって来たのです。テレビを引き連れてぇ――」

あまり要領を得ない説明でわかりにくかったが、内容は概《おおむ》ねこういうことだった。

三十年前、千千良町の旧杜村邸で起きた『毒入りミルク事件』は、全国に大々的に報じられたので多くの人が知るところとなったが、廃墟と化した邸宅がそのまま心霊スポットになったわけではなかった。館に関わった人間が次々に不幸に見舞われたことについても町内で気味悪がられた程度で収まった。有名になったのは、十年ほど前、霊能力者タレントの初ノ宮行幸《ういのみやゆきゆき》を売り出すべく企画されたテレビ特番がきっかけだった。

テレビ局は旧杜村邸で大掛かりなロケを決行。お笑い芸人に肝試《きもだめ》しをさせた後に、初ノ宮行幸による本格的な除霊を撮影し、真夏の特番で放映した。その際、テレビ局側がキャッチーさを求めて付けた名称が「千千良町の『幽霊館』」なのだそうだ。

当時十六歳の眉目秀麗《びもくしゅうれい》な少年による除霊儀式は薄ら寒くも美しくテレビ映えしたので、お茶の間に大いに受けた。以来、夏の風物詩として毎年心霊特番が組まれるようになり、初ノ宮行幸自身もまた霊能力者の肩書きだけに収まらず役者・歌手・作家とマルチに活躍の場を広げ、今や国民的アイドルとしての地位を築いている。

初ノ宮行幸の人気が高まるにつれて、彼がテレビで最初に除霊を行った旧杜村邸の知名度も上がり、いつしか『幽霊館』という名称だけが一人歩きを始めた。

「その心霊特番なら観たことあるな。そういやマエ、前に歌番組観ながらユッキーユッキーってうるさいくらい騒いでたよな。ああいうのがタイプなんか？」

「ん!?　ん!?　ち、違うもん！　そんなんじゃないもん！　へ、変なこと言わないでよ、お兄ちゃんのバカチン！」

顔を真っ赤にして怒鳴った。人理に聞かれて恥ずかしかったようだ。

「そういや、『幽霊館』って言われ出したのって俺が中学に上がった頃だったっけ。小学生ンときは何て言ってたっけなあ。オバケ屋敷とか、魔女の家とか呼んでた気がすんな」

「あれ？　ということは、もうあそこには幽霊は居ないってこと？　除霊されたんなら」

人理が訊くと、茉依は気を取り直して言った。

「それがね、そのときはきちんと除霊されたみたいなんだけど、何年か経ってからまたあそこで事件が起きたんだって」

一拍置いて、声のトーンを落とした。

「これね、マエが千千良小学校に入学する前の、一コ前の卒業生に実際に起きたお話なんだけど。ある女の子が『幽霊館』で神隠しにあったんだって。オマジナイの最中に」

「おまじない？」

「うん。『幽霊館』に入ってする、願いが叶《かな》うオマジナイだよ。ひとりきりでしないといけない儀式なんだ」

「おいこら。あそこは立ち入り禁止だぞ。門扉だって施錠《せじょう》してあるだろ？」

もっとも、不法侵入が日常的に横行している場所に施錠も何もないのだが。実際、頻繁《ひんぱん》に壊されてるし。小学生ならちっこい体でどこからでも侵入できそうだ。

「ふふん。敷地の裏っかわの塀に穴が空いてて、そこから中に入れるんだよ。お兄ちゃん、知らなかったの？」

くすくす笑われる。……知らなかった。それは良いことを聞いた。おそらく警察も気づいていないことだった。明日、早速穴を塞《ふさ》がないと。ガキ共が侵入してきちまう。

その後、オマジナイの具体的な内容を聞かされたが、竜弥は興味が湧かなかった。それはお百度参りのようなよくある類の願掛けで、若干怪談風にアレンジされている。

「それで、そのオマジナイってのをした暁《あかつき》には願いが叶うってか。ありきたりだな」

「でもね、実際にオマジナイをした女の子はそれきりお家に帰ってこなかったの。『幽霊館』に食べられてあの世に連れて行かれちゃったんだって。それ以来、あそこには女の子の幽霊が彷徨《さまよ》っていて、やって来る人たちをむしゃむしゃぼりぼり骨まで全部食べちゃうのだ！　があっ！」

「五点。おまえの脅《おど》しは恐くない」

「むー」

油断するとすぐにじゃれ合ってしまう兄妹をよそに、人理が何やら考え込んでいた。

「マエちゃんが小学校に上がったときに入れ違いに卒業したのって、僕の代なんだ。行方不明になった子なんて居たっけなあ」

思い出そうとうんうん唸《うな》っている。人理には悪いが、思い出すのは多分無理だろう。小学六年生のとき人理はクラスで虐めを受けていた。放課後は竜弥が面倒を見てやっていたのだ、虐めてきたりそれを無視したりした元同級生たちを、いちいち気に掛けている余裕はなかったはずだ。

それに、噂なんてものは大抵がデマである。

「他にソレしたことある奴いないのか？」

茉依に訊くと、残念そうに首を振った。

「興味はあるんだけど、みんな恐がっちゃってしないの。たぶん試したことある人は居ないと思うよ。マエの友達も好きな人と結ばれたいからオマジナイしようとしたんだけど、やっぱり恐いから無理って」

「それがいい。マエも変な気起こすんじゃねえぞ。あそこで実際に人が死んでるんだ。不謹慎《ふきんしん》だからな」

茉依ははっきりしない返事で誤魔化すと、今度は幽霊の有無を人理と論じ始めた。……こいつ、近々『幽霊館』に忍び込むつもりだな。竜弥は溜め息を吐いて天井を仰いだ。

「マエはね、オバケって居ると思うんだ！　だって、夜に家の中がギシギシって音鳴るし。あれ、絶対オバケの仕業だよ！　間違いない！」

「マエちゃんは幽霊が恐くないの？」

「恐い！　でも楽しい！」

幽霊は居るのか居ないのか——か。天井に見つけた染みの形が一瞬人の顔に見えた。偶然だろうけれど。『幽霊館』の二階には少女の霊が居るのだと、天保院京花はたしかそんなことを言っていた。

＊　＊　＊

高校時代。竜弥が杜村鳶雄と初めて出会ったのは、駅近くのゲームセンターだった。そこにはバッティングコーナーがあり、体力を持て余した竜弥たち不良共は小遣いを賭《か》けたバッティング勝負に興じていた。そこへ、腰が入っていないと冷やかしてきたのが杜村鳶雄だった。父親ほどの世代の男に声を掛けられて若干戸惑った。

杜村鳶雄は散々バッティングコーチの真似事をして気分を良くした後に、言った。

「おまえら、付き合え。イイトコ連れてってやるよ」

未成年者が入れないような場所にたくさん連れて行ってくれた。酒に煙草《たばこ》、賭博《とばく》や女遊び。粗野《そや》で猥雑《わいざつ》な娯楽施設は高校生には刺激が強すぎて、その分得難い経験をした。竜弥たちは杜村鳶雄を無邪気《むじゃき》に慕い、杜村鳶雄は素直な竜弥たちを可愛《かわい》がった。

「困ったことがあれば俺を頼れ。おまえらの面倒くらい見てやるよ」

しかし、卒業後は警察官になろうと決めた竜弥は間もなく一抜けし、勉強に忙殺されて悪友たちとは疎遠になった。後に聞いた話では、竜弥がいなくなってから他の仲間たちも少しずつ杜村鳶雄と距離を置くようになったという。皆、卒業後の進路を決めてそちらに舵《かじ》を取ったので、杜村鳶雄と遊んでいる暇《ひま》がなくなったのだろう。

時折、肩で風を切って歩く杜村鳶雄の姿を街中で見かけた。相変わらず偉そうだ、と感心しながらも、どことなく「寂しそう」だとそのときは思った。

竜弥は今でこそ考える。杜村鳶雄は孤独だったのではないのかと。

もしかしたら、友達がほしかっただけなのではないのかと。

＊　＊　＊

七月二十六日――。

捜査本部は旧杜村邸殺人事件の被害者・杜村鳶雄の交友関係から容疑者を絞り込んでいく方針である。杜村鳶雄は無職にも拘わらず、遺産を食い潰《つぶ》しながら偶にギャンブルで稼いでは、悠々《ゆうゆう》と暮らしていた。しかし、裏では詐欺《さぎ》や薬物事犯の嫌疑が掛かっており、警察は密かにマークしていた。殺害動機がいくつか想定される中、目下、金銭トラブルが原因と見て捜査は進められている。

桐生竜弥は『毒入りミルク事件』の唯一《ゆいいつ》の生き残りである佐久良翠《さくらみどり》の許《もと》へ単身聞き込みに向かった。蛇山からは、犯行があった七月二十三日の午後八時から午後十二時までのアリバイを確認し裏を取るだけでいいと命じられている。

「佐久良は女性だ。いくら油断したからといって杜村が女に殺されるはずがない」

「杜村から覚せい剤の陽性反応が出たって聞きましたけど」

「錯乱《さくらん》していたとしてもだよ。いや、現場があの廃墟ということは、杜村と加害者のどちらかがあの場所を指定して相手を呼び出したはずなのだ。ふらっと立ち寄るような場所ではないし、顔見知りと遭遇するには偶然に頼るところが大きすぎるからな。つまり、杜村は呼び出すにしろ呼び出されるにしろある程度意識がはっきりした状態でなければならなかった。錯乱していたとは考えにくい」

もちろん憶測だが、蛇山の言うことももっともだと思った。

いくつかの可能性が考えられた。例えば、余所で殺されたケースだ。犯行現場が違えば蛇山の推理は根底から覆《くつがえ》る。他にも、余所で落ち合い連れ立って旧杜村邸にやって来たケース。この場合、杜村鳶雄が覚せい剤で意識が朦朧《もうろう》としていたとしても現場にやって来る（連れて来る）ことはできるが、しかしそれでは杜村鳶雄に抵抗されたり第三者に見られたりする危険性があり、不確定要素も多すぎるので現実的ではない。もっとも、どのケースであれ、計画的犯行であることが前提だが。

「衝動的に致した殺人であれば、犯人はますます杜村鳶雄と近しい間柄だと推測できる。四課がこれまで探ってきた杜村の動向の中に佐久良と接触した形跡はなかった」

「あ、無いんすか」

何だ。ではもうとっくに佐久良がシロだとわかっていたんじゃないか。四課——組織犯罪対策課がすでに身辺調査をしているのなら間違いあるまい。

「それでも確実とは言えん。だから、裏付け捜査が必要なのだよ。気を抜くな」

蛇山との会話を思い出しているうちに、『佐久良』の表札が出ている一軒家《いっけんや》に到着した。かつては旧杜村邸の近所に住んでいたらしいが、事件後に同じ町内だが離れた場所に引っ越していた。事件当時は周囲の声も煩《うるさ》かったのだろうし、当然だと思う。

インターフォンを鳴らして数十秒。一応、事前に電話で任意で聞き込み依頼を申し入れていて、そのときに応対したのは佐久良翠の母親だった。アポイントの時間に両親は不在ということなので、玄関まで翠本人が自ら出迎えに現れた。

ドアを開けて出てきた女性はひどくやつれて見えた。年齢は三十八歳だと聞いていたが、それより十は上に見える。ベリーショートの髪型は活発な印象を与えるが、落ち窪《くぼ》んだ目元のせいで逆に脳手術を控えた入院患者を思わせた。生気が感じられず、竜弥を見る目つきも虚ろだ。天保院京花が実体のない幽霊のようだとすれば、こちらは魂のない屍《しかばね》――ゾンビのようだと思った。

「県警本部捜査一課の桐生竜弥です。佐久良翠さんですね？」

警察手帳を提示すると、翠は小さく頷いた。言葉を一言も発さず、手招きだけした。竜弥は「お邪魔します」門を開けて、中に入っていく翠を追いかけた。

もう一つ、蛇山から言い含められたことがある。

佐久良翠は喋れない。『毒入りミルク事件』の際、牛乳嫌いだった彼女は口に含んだ瞬間すぐに吐き出して九死に一生を得たのだが、少量でも喉に入った農薬が彼女の声帯を爛《ただ》れさせた。以来彼女は声が出せず、事件があった八歳の頃から一切の言葉を失っている。

通されたのはごく一般的なフローリングのリビングだった。勧められるままにソファに座り、佐久良翠は壁際のパソコンデスクに寄りかかった。休止モードにしていたパソコンを起《た》ち上げると、キーボードを片手で器用に打ち込んでいく。

『はじめまして。サクラミドリ、です。私は声が出ません。合成音声でお話しします。失礼かと存じますが、何卒《なにとぞ》、ご容赦ください』

スピーカーから流暢《りゅうちょう》な女性の声が流れた。予《あらかじ》め用意された文章を並び替えて再生しているようだ。竜弥が手話を理解できれば一番効率が良かったのだが、手話が出来ない来客用にと常にパソコンを起動させてあるのだという。

「ご面倒をお掛けします。簡単な聴取ですのでお手間は取らせません」

そんなつもりはなかったが、いざ障害者を前にするとどうしても気が引けてしまう。その上この後、彼女が声を失ったきっかけとなった事件を掘り返そうというのだからもう気後れするばかりだ。

『訊きたい、こと、は、何ですか？』

だが、訊《たず》ねないわけにいかない。

「佐久良さん、杜村鳶雄をご存知ですよね？　……えっと、知ってますか？」

訊き直したのは、佐久良翠が目に見えて固まってしまったからだ。トラウマを呼び起こした――そう感じ取れて気が咎《とが》めた。

「答えたくなければ無理して頂かなくても結構ですよ」

『はい』合成音声で返事をした後、慌てて付け加えた。『知っています』佐久良翠は落ち着き払ってキーボードを何度か打ち込む。『事前に、聞きました』

そういえば、アポイントを取るときに聞き込みの内容を説明していたのだと気づいた。佐久良翠は用件を知った上で応じてくれたのだ。トラウマだ何だと余計な心配だったようだ。

「七月二十三日の夜、旧杜村邸にて殺害されました。……三十年前の事件を蒸し返すようで心苦しいのですが、佐久良さんは杜村家と深い因縁《いんねん》がおありです。重要参考人ってほどじゃないにしろ、杜村鳶雄とその後も接点があったかどうか調べる必要がありまして。その、大変言いにくいのですが、杜村家に恨みを抱えていてもおかしくないわけで」

『わかります。そのとおり、と、思います』

佐久良翠は感情もなく淡々と単語を再生している。

「ご理解感謝します。ちなみに、杜村鳶雄が殺されたことはいつ知りましたか？」

少し考えるようにして虚空に指を彷徨わせてから、

『昨夜、電話、を、頂いて、とき、に、知りました』

「ささやかですが、夜のニュースでも取り扱われました。観てませんか？」

『テレビ、は、観ます、が、それ、は、観ません、でした』

「昔の事件の後、杜村鳶雄と会ったことはありますか？」

『ありません』

「杜村鳶雄の顔はご存知でしたか？　三十年前、杜村鳶雄と面識はありましたか？」

『私、は、知っています。会った、こと、あります。しかし、彼、は、いま、の、私、を、知りません、――――たぶん』

迷った挙句に、多分、と付け足した。杜村鳶雄が肉親が起こした事件の生き残りである佐久良翠の顔を知っていてもおかしくないが、三十年経って成長した現在の彼女を認識していたかと言えば、たしかに難しいところだ。杜村鳶雄本人にしかわからない。

「事件後、接点はまるでないと？」

『はい』

「一応お訊きしますが、杜村鳶雄が殺害されたことについて何か思い当たることはありませんか？　三十年間会っていないのは重々承知してますが、もし気になることがあれば教えてください。どんな些細なことでもいいので」

「……」

すると、それまで覇気のなかった佐久良翠の顔に変化が訪れた。

微笑んだ。

落ち窪んでいた瞳には光が宿り、滑らかだった指先は幼児が手遊びするときのようなたどたどしいものに変わった。ゆっくりと一文字一文字を打ち込んで、再生した。

『の』

『ろ』

『い』

——『です』

「は？」

流れた音声の意味がわからなくて唖然となる。佐久良翠はにんまりと口角を吊り上げると、竜弥を見つめながら小刻みに息を吸い込んでいた。ヘエ、ヘエ、ヘエ、ヘエ、という掠《かす》れた吸引は、彼女の音を立てた笑い方なのだと遅まきながら気づいた。

「の……ろ、い。——呪いって言ったんですか？　いま」

今度は叩《たた》きつけるようにキーボードに指を打ち付ける。

『はい』『私』『が』『の』『ろ』『い』『こ』『ろ』『した』『の』『です』

「……」

——私が呪い殺したのです。

理解したと同時にぞっとした。佐久良翠は凄惨な笑みを浮かべている。

喉が渇く。大袈裟《おおげさ》に唾《つば》を飲み下して、佐久良翠に訊ねた。

「な、なぜ？」

『ふ』『く』『しゅ』『う』

――復讐。

復讐で呪って杜村鳶雄を殺しただと？　あまりの突飛さに付いていけない。性質《たち》の悪い冗談かと身構えていたが、佐久良翠はいつまでも掠れた笑い方を止めなかった。

「ふ、復讐ってことは、貴女は杜村鳶雄に恨みがあったってことですか？」

『はい』血走った眼でキーボードを凝視する。人が違ったようだ。『もちろん』

「でも、さっき子供のときから一度も会っていないって……」

『子供、の、こ、ろ、の、う、ら、み』

そう音声を入力して、自分の喉元を指し示す。

声を奪ったのは杜村鳶雄だと訴えていた。

「……え？　ちょっ⁉　そ、それってつまり、『毒入りミルク事件』の犯人が⁉」

『モリムラトビオ』

その名前は音声登録されていたのか瞬時に流れた。

驚愕だった。杜村鳶雄の母、杜村時子が十三人の児童を巻き込んで無理心中を図ったとされてきたのに、真実は鳶雄の大量殺人だというのである。これは犯罪史を揺るがす新発見となり得た。蛇山が聞いたら引っ繰り返ることだろう。証拠を摑んで急いで捜査本部に戻らなければば。

「……」

い、いや、落ち着け。何を本気になっている。どう考えたっておかしいだろ。『毒入りミルク事件』の真相については今は置いておこう。佐久良翠が息子の杜村鳶雄に逆恨《さかうら》みするのだってそこまでおかしいことじゃない。だが、その復讐方法が呪いだと？　そのおかげで杜村鳶雄は死んだって？　――はっ。馬鹿馬鹿しい。真剣に聞いて損した。

「あのね、佐久良さん。杜村鳶雄は胸をナイフで刺されて殺されたんです。階段から転げ落ちたとか、原因不明の心臓麻痺《まひ》で死んだわけじゃない。呪いじゃないんだ。これは歴《れっき》とした殺人です。それとも、その殺人に貴女が関与しているとでも言う気ですか？」

『半分、正解、です。私、が、した、こと、は、モリムラトビオ、を、こ、ろ、す、よ、う、に、し、む、け、た、だ、け』

「殺すように仕向けた？　殺し屋に依頼でもしたってんですか？」

『の、ろ、い、です。彼、の、し、き、を、は、や、め、た』

死期を早めた――自ら手を下すのではなく、杜村鳶雄が殺されるように運命を操《あやつ》ったという。しかし、それでは。

「死期を早めるのに三十年も掛かりましたか」

皮肉のつもりで言ってみたのだが、佐久良翠は嬉しそうな顔をした。

『し、ん、で、い、っ、た、みんな、も、きっと、喜んで、いる』

佐久良翠は半狂乱になって笑い続けている。罪を悔やんで自白したという雰囲気《ふんいき》ではない。全身で喜びを露《あら》わにしていた。

「……」

ああ、そうか──竜弥は静かに理解した。

この人はもうとっくに狂っているんだ……。

「ありがとうございました。あと一つ質問したら失礼しますんで」

同情せずにはいられない。声を失い、憎むべき相手を失い、慰《なぐさ》めにその息子を延々と恨み続けてきたのだろう。杜村鳶雄が殺されたと知って恨み辛みが呪いとして成就《じょうじゅ》したのだと思い込み、整合性を図るべく頭は自分の都合の良いように物事を解釈していく。たとえさらに三十年後に杜村鳶雄が老衰で死んだとしても、それさえ呪いのおかげだと彼女は信じていたはずだ。

蛇山の読みどおりここに収穫はない。さっさと引き上げよう。

「これ訊かないと本部に戻れないんでよろしくお願いします。三日前の七月二十三日の午後八時から十二時の間、どこで何をされていましたか？」

当初予定していたアリバイの確認である。佐久良翠は笑いをぴたりと止め、カレンダーを見た。そして、手帳を取り出しスケジュールを確認する。

『私、は、楽器教室に通っています。楽器、が、好きです。も、う、さ、け、び、ご、え、も、あ、げ、ら、れ、な、い、私、の、か、わ、り、に、な、い、て、く、れ、ま、す』

——もう叫び声も上げられない私の代わりに鳴いてくれます。

佐久良翠はフッと息を吐いた。

メモ用紙に教室の電話番号を書き、竜弥に渡した。

『そ、の、日、は、練習日、でした。確認、してください』

ソファから立ち上がる。長居は無用だった。これ以上ここの空気を吸っていたくない。

「ご協力いただき感謝します。それでは、自分はこれで」

リビングを出て行こうとしたときだ。

『アサカソウジ』

『オクイマナブ』

突如流れた音声に思わず振り返る。佐久良翠は両腕を組んでデスクに寄り掛かり、真剣な眼差しを竜弥に向けていた。

『忘れないで。この、名前。きっと、し、ぬ、から』

「死ぬって……、いま言った名前の人たちが？」

佐久良翠は肩を竦《すく》めてみせた。そうなったらいい、と期待を込めるように。

その仕草、表情は、狂人のものとは思えないほどまともに見えていた。

＊

佐久良家から出て、前の通りでしばらく佇《たたず》んだ。どっと疲れが襲ってきた感じだ。二日に亘って不気味な気配を味わうことになろうとは。天保院京花の言うとおり、運気が下降気味なのかもしれない。

あのリビングは、佐久良翠が放つ圧迫感は、異様だった。きっと『声』のせいであろう。合成音声で構成された彼女の会話には終始生気がなかった。そのため、会話には通常あるはずの『間合い』の欠如と、途切れ途切れの単語のせいで彼我《ひが》との距離感がぼやけてしまい、目の前の佐久良翠ではなく、佐久良翠を取り巻く環境と対話している気分にさせられたのだ。リビングそのものが佐久良翠の体内のようだった。

部屋中に纏わり付く合成音声。なんとなく呪術めいていた。あそこは異界だったのだ。

踵を返して警察署の方角へ歩き出す。数歩歩いてようやく調子を取り戻した。夏の熱気を吸収したアスファルトの固さがいま居る場所を教えてくれている。安心したと同時に、かなりの量の冷や汗を掻いていたことに今さら気づいた。

角を曲がったとき、長身の男とぶつかりそうになった。「おっと」と立ち止まる男性に対して「あ、悪い」竜弥から避けて道を譲った。

サングラスを掛けたその男の顔に見覚えがあった。一瞬、知り合いかと思い、記憶の中に検索を掛ける。確かに知っている顔である。しかし、どこで見掛けたのか、どういう知り合いなのかは思い出せない。——元同級生かな？　でも、こんなやつ居たっけ？

数秒間、直視した。男も竜弥を見つめて、首を傾げる。こっちは竜弥に見覚えがなさそうだった。「どーも」避けた竜弥に軽く礼を述べて行き過ぎる。その仕草、声、そして離れたことで初めて捉えた全体像からピンときた。

竜弥の口からするりと男の名前が出た。

「初ノ宮行幸？」

男は立ち止まると、サングラスを外して振り返る。その顔は間違いなく霊能力者タレントにしてアイドルの初ノ宮行幸であった。

「ははっ、参ったな。バレてしまったか！　変装していたつもりだったのに。サングラス一つで隠しきれるものじゃないね！」

参った参った、と言いながら嬉しそうに近づいてきた。

竜弥の手を握ると上下に振った。無理やり握手を交わし、「いつも応援ありがとう」と寄せてもいない好意に対して感謝される。

「はあ？」

　怪訝な顔から不機嫌顔に変わっていく竜弥を見て、初ノ宮行幸は「しょうがないな」何を勘違いしたのか肩を竦めた。「特別だよ」竜弥の胸ポケットから警察手帳を抜き取ると、いつの間にか手にしていたサインペンを器用に回す。

「へえ。本物の警察手帳にそっくり。なに君、マニア？」

「あっ!?」

　警察手帳の表紙を真似ているだけの自由帳と思ったようだ。しかし、本物の警察手帳に記述スペースはなく、眉根《まゆね》を寄せた。

「まあ、これでいいか」

　偶々《たまたま》挟んでいたのは佐久良翠から受け取ったメモ用紙である。警察手帳を下敷きにしてそこに何やら書き込んだ。手帳ごと、ほら、と返されて、竜弥はしばし固まった。音楽教室の電話番号の上にでかでかと初ノ宮行幸のサインが描かれてあった。

「礼には及ばない。僕はファンを大切にするからね。ああ、その代わりと言っては何だけど、僕がこの町に居ることはあまり口外しないでほしいな。お忍びなんだ。いいね？」

「うっわ、何てことしやがんだこの野郎！　やべ、コレ、読めっかな……」

　幸い、聞き込みの内容は別の手帳に書き留めているし、教室の名前もわかっているので損害はなかった。ただ、警察官にとって命よりも大事な警察手帳を軽々しく扱われたことには怒りが湧いた。

文句を言おうと顔を上げると、初ノ宮行幸の姿はすでになかった。引き返してみて角を曲がっても、長身の男はどこにも見当たらない。消えた。狐《きつね》につままれた気分である。

「何だってこんなところに居やがったんだ？」

芸能人には特に興味がなく、会えて嬉しいという気持ちはまったくない。

でもこのサイン、茉依に見せたら喜ぶかもしれないな——妹の笑顔を思い浮かべてとりあえず溜飲《りゅういん》を下げる竜弥であった。

それにしても、変わった野郎だぜ。初ノ宮行幸ってのは。

＊

午後は苦手な書類作成に追われた。上司に上げるための報告書である。

なんとか形に仕上げて大きく伸びをしていると、蛇山たちベテラン刑事が本部に戻ってきた。彼らもまた杜村鳶雄の交友関係を洗っていた。

「桐生君、佐久良翠のところには行ってきたのか？」

「はい。内容をこちらにまとめたんで見てもらえますか？」

Ａ４用紙を差し出すと、蛇山は早速目を通し始めた。ほんの数行目を行き来させただけで、見る見るうちに顔つきが険しくなっていった。

「呪いだと？　馬鹿か、君は。そんなオカルトあるわけないだろう」

「彼女が言ったんですってば。でも、あの家に居ると結構呑《の》まれますよ。佐久良翠が恐い恐い」

「何だ、君は佐久良翠を疑っているのか？」

「いえ、参考人の枠《わく》から出ることはないと思います。ただ、最後のがちょっと」

「最後？　……これか？」

蛇山は『アサカソウジ』と『オクイマナブ』の名前を確認するや、手帳を取り出した。

「朝霞《あさか》惣次《そうじ》と奥井《おくい》学《まなぶ》は共に杜村鳶雄の小学校時代の幼馴染《おさななじ》みだ。今でも親交があり、三人で居たという目撃情報も多い。杜村を知っている者からすればこの二人はセットで覚えられているほどよく行動を共にしていた」

「と、いうことは？」

「佐久良翠がハッタリで出すには順当な人選というわけだ」

すでにハッタリ扱いだが、その安直さ加減がさらにハッタリの色合いを強めている。

詳しくは会議の席で通達すると言われ、大人しく待つ。

捜査本部の定例報告会が始まり、杜村鳶雄の交友関係について次々と報告が上げられた。約束どおり、隣に座る蛇山が朝霞惣次と奥井学のことを個別に補足説明してくれた。

「三人は月に一度のペースで行き付けの居酒屋で酒を酌《く》み交わしている。居酒屋の店主の話によると、三人はそれぞれタイプが違い、とても連合いには見えなかったそうだ。奥井は妻子持ちで、運送会社に正社員として勤めている。あとの二人は独身で、杜村は無職。朝霞は日雇い従業員をしている」

「奥井だけ浮いてますね」

「ふたりと違い大学を出ているしな、普段から身形《みなり》もしっかりしていたそうだ。ひとりだけスーツを着て、杜村と朝霞は常にジャージやTシャツ姿だった。だが、杜村と朝霞もタイプは異なる。大柄な杜村に対して朝霞は小柄。傍目《はため》には親分と舎弟《しゃてい》に見えたそうだが、そういった力関係はなかったようだ。どことなく一線を引いた付き合い方をしていたらしい。ただ、この三人には黒い噂がある」

ホワイトボードに書き連ねた容疑者の名前のうち、朝霞と奥井だけ一括《ひとくく》りに丸で囲ってある。そこに傷害、強姦《ごうかん》、詐欺、窃盗《せっとう》、覚せい剤と加筆されていき、すべてに『?』が付けられた。

「彼らがよく屯している囲坂《かこいざか》の飲み屋街を中心に聞き込みしてきたが、悪評判のオンパレードだ。目撃情報だけでなく被害者や当事者にも直接会ってきたが、三人の悪行は枚挙《まいきょ》に暇《いとま》がない。目立つところで杜村は傷害罪や薬物事犯の疑いがある。朝霞は迷惑行為防止条例違反。中でも悪質なのが奥井で、詐欺師だというんだ。儲《もう》け話があると持ちかけて支度金を騙し取る単純な詐欺だ。何人もの人間が騙されて金を巻き上げられている。一回の被害額は数千〜数万円程度だが、総額だと数百万は騙し取っていると見られる。あの界隈《かいわい》では割と有名な話だ」

「奥井に前科は？」

「無い。杜村にもな」

「何でですか⁉　捕まえればいいのに！」

「被害届けが出されていない以上捕まえようがない。三課も把握していなかった」

「はあ？　何で被害届けが出てないんすか？」

「警察に相手にされなかったと言っていた。ふん。交番所長の怠慢だ。囲坂の所長はたしか巡査部長だったか。古参《こさん》なだけで大した輩《やから》ではないということだ」

蛇山はそう吐き捨てた。蛇山はしばしば人を階級や所属で差別する。それさえなければと竜弥は思うものの、故に職務に対しては厳格で、努力を認める公正性も持ち合わせているので、複雑である。

「対して、朝霞惣次は重度のアル中で、路上で眠る等の迷惑行為が目立った。酔っ払いを保護して注意するレベルだな。無論、逮捕には至らない」

「ふたりが杜村殺しの犯人である可能性はあるんでしょうか？」

「動機に関しては憶測も立てられん。何せ情報がないからな。それに、奥井は数日前から行方不明だ。奥さんも子供も奥井の姿を見ていない。会社も無断欠勤している」

「え⁉」

「奴が犯人で逃げ回っていることも考えられる。朝霞は飲んだくれていて話にならんそうだ。

杜村を呼び出して殺害できたとは思えん」

奥井で決まりか。竜弥はそう思ったが、捜査本部は覚せい剤を出回らせている暴力団や海外マフィアといった裏社会の闇《やみ》に嫌疑を掛けていた。むしろ、そこにメスを入れたいと躍起《やっき》になっているように感じられた。

会議は、引き続き聞き込みに当たること、杜村が所持していた覚せい剤の出処《でどころ》を探ることを当座の方針に固めて終了した。捜査本部の指揮に当たっている捜査一課長は特に目撃者の発見に尽力せよと下命《かめい》した。

旧杜村邸から半径百メートル圏内《けんない》を規制区域に定め、その近辺から目撃情報を募っているが釣果《ちょうか》は芳《かんば》しくない。二十三日夜に杜村鳶雄を見たという目撃情報も少なく、旧杜村邸に至っては近づいた者さえいまだに見つかっていなかった。

所轄《しょかつ》の刑事を投じての防犯カメラの映像解析は今も続いている。しかし、不運なことに、旧杜村邸近辺の路上や商店に防犯カメラはあまり設置されていなかった。杜村鳶雄の事件当日の足取りを追うことさえ困難な状況であった。

通信司令室からその一報が届いたのは、班毎《はんごと》に聞き込みのエリア分けを行っている最中だった。報告を受けた職員は捜査員全員に聴こえるように、課長に報告した。

「囲坂六丁目の谷内ビルの屋上から男性が転落死した模様！　遺体は朝霞惣次と判明しました！」

「なんだと⁉」

捜査員たちはにわかに騒然とした。課長が指示を飛ばす。

「現場に急げ！　蛇山の班は遺体の確認！　自殺か他殺か見極めろ！　他は現場付近を巡回し不審者を探せ！　ボードに書かれた被疑者のアリバイ確認も怠《おこた》るなよ！」

「行くぞ」

「は、はい！」

蛇山に肩を叩かれて我に返った。竜弥は驚きのあまりしばし呆然としていた。

朝霞惣次が死んだ。佐久良翠が予言したとおりに。

——忘れないで。この名前。きっと死ぬから。

偶然に決まっている。杜村奥井朝霞の三人を狙った連続殺人か、個別の事件が偶々重なっただけか。あるいは朝霞の自殺か。いずれにせよ呪いなんかじゃない。呪いであってたまるか。

夕方、黄昏《たそがれ》に色づいた街中は買い物中の主婦や仕事帰りのサラリーマンが行き交っていた。

『囲坂』はその名の通り坂道が多い町である。緩《ゆる》やかな坂道の細長い通りには飲み屋が立ち並び、その途中にある十字路の一角に囲坂交番はあった。

谷内ビルは坂道を下った先、表通りから一つ路地に入った場所に建てられた六階建ての雑居ビルディングである。路地裏ではあるものの、道は広く、商店もいくつかあり、表通りからも丸見えなので、人通りもそれほど少なくなかった。竜弥たちが駆けつけたときにはもう野次馬が数十人集まっていて、間に合わせの規制テープが不細工に張られていた。

ブルーシートに覆われた遺体に近づく。番をしていたのは囲坂交番で勤務する警官で、蛇山に気づくと「ご苦労さんです」緩慢《かんまん》な動作で敬礼した。

「仏《ほとけ》さんはこの上から落下して頭を割っちまったみたいです。どうもね、自殺じゃねえかってワシは思うんですがね」

「朝霞惣次で間違いないのだな？」

「へい。まあ……」

警官はしわがれた声で頷いた。ふっくらとした顔は脂《あぶら》ぎっていて、ガマガエルに似ていた。目元口元に皺《しわ》が目立ち、かなり年配であるとわかる。

「そこの交番の所長だな。朝霞惣次を知っているのか？」

「知ってます。ほぼ毎日のように決まってそこの通りで酔い潰れて倒れてるんですわ。独身で家族もいないから酔いが醒《さ》めるまでいつもウチで預かっとりました」

「自殺だと思う理由はあるのか？　事故や殺人の可能性は？」

「へ？　いや、まあ、事故の可能性もなくはないんですがね、それよりも殺される理由の方が見当が付かんのです。酔っ払う以外に人に迷惑かけるようなお人じゃなかったし、あんま悪さできる人柄《ひとがら》でもなかったんで。誰かに恨まれてたとはどうしても思えんのです。……あの、何でこんな大騒ぎになってるんで？」

警官は杜村鳶雄殺害事件との関連性を知らない。ただの酔っ払いが我が身を儚《はかな》んで自殺した――その程度に考えている。

竜弥は一度合掌し、ブルーシートを遠慮がちに捲《めく》った。頭部の損壊が激しく、思わず目を逸らしたくなったが、気合で直視した。……これが朝霞惣次の顔か。転落したことによる損壊以外に不自然な点がないか確認する。突き落とされたのであれば、その痕跡は必ず残っているはずだ。

ソレを見つけたとき、竜弥は一瞬呼吸が止まった。ただの偶然だろう、しかしこんな偶然ってあるものなのか。

「蛇山さん、コレ。喉元に引っ掻き傷が。……杜村鳶雄と同じ」

蛇山も目を見開いた。偶然と片付けるにはあまりに似通いすぎた引っ掻き傷。自らの両手でデタラメに引っ掻いた痕は痛々しいミミズ腫《ば》れを引き起こしていた。

喉。

傷。

佐久良翠が自分の喉元を指し示して告げた単語。

『復讐』

「ま、まさか本当に、『呪い』が……？」

竜弥が呟くと、蛇山が突如激昂《げっこう》した。

「うう、うるさい！　呪いなどあるはずない！　あるはずないのだ！」

吃驚《びっくり》した。冷静沈着で知られる蛇山が青ざめた顔で怒鳴り散らしたのだ。どこか怯《おび》えているようにさえ見える。蛇山らしからぬ感情の発露だった。

「蛇山さん？」

「そんな非科学的なもの信じる方がどうかしている！　あの天保院の娘にしたって！」

小声でぶつぶつと文句を口にした。いま蛇山に話しかけるのは止した方がよさそうだ。

杜村と朝霞。飲み仲間にして札付きの三人組のうち、ふたりが死に、どちらの喉にも似たような引っ掻き傷が付いていた。

呪いに半信半疑の竜弥の脳裏には京花の霊障が思い出された。宙に浮きながら喉元を引っ掻く朝霞の姿を想像してしまう。

あとひとり、奥井の行方《ゆくえ》が気になった。

＊

間もなく現場《げんじょう》した検察官や鑑識に転落死の原因究明を任せ、竜弥と蛇山は目撃情報を求めて周辺の聞き込みに回った。その頃には蛇山もいつもの平静さを取り戻したが、時折背後を気にする素振りを見せた。やはり、何かを恐れているようだった。

転落した瞬間を目撃した者はいなかった。ビル下の暗がりに倒れている朝霞を発見した通行人が交番に駆け込み、所長自ら所轄への連絡、現場保存を行い、竜弥たちの到着を待ったということだった。朝霞のそれまでの足取りもいまいち掴み切れずにいる。

結局、大した収穫を得ることもなく、この日の捜査は午後九時を回った頃に終了した。

桐生家の家庭事情を知る課長から直帰を許された。小学生の妹を夜に一人きりにしておくのは不安だったので、正直助かる。本来、独身警官が集団生活している『待機寮《たいきりょう》』に入らなければならなかったのだが、県警本部が徒歩圏内にあることもあり、実家からの出勤が特別に認められていた。竜弥は急いでアパートに帰った。

アパートの部屋の前で鍵を取り出そうとして、違和感に気づいた。

室内に明かりが点いていない。窓を覗《のぞ》き込んでも、廊下《ろうか》のちょっとした明かりさえ見えなかった。——おかしい。茉依なら恐がってあちこち電気を点けるはずだ。寝るときも豆電球の明かりが無いと恐がるくらいなのだ。そのくせに幽霊には興味があるというヘンテコな奴だが、一人きりで留守番をしているのにこの暗がりは変だ。

鍵を開けて部屋に入る。廊下の電気を点けて、洗面所、浴室、リビング、台所、寝室を順番に見ていく。茉依はいなかった。

「マエ！　いないのか!?」

ふと気がついて、慌てて玄関に戻る。たたきに茉依のサンダルがなかった。

——出掛けた？　こんな夜更けに？

母に携帯電話で連絡し、茉依の行方を確認する。母は何も知らないという。

『本当に家にいないの⁉　押入れとか⁉』

「いねえよ！　それと、あいつお気に入りのサンダルもなかった。もしかしたら、昼間からずっと帰ってないのかも。とりあえず今からコンビニとかその辺探してみる！」

電話を切り、竜弥は靴を履き直して外へ飛び出した。

ひとまず隣家は訪ねたが、茉依は来ていなかった。

「そういえば夕方くらいに若い男の人が桐生さんちを訪ねてきてたわよ」

「若い男？　それってどんな？」

「さあ。私の顔見たらすぐにどっか行っちゃったのよぅ！」

小母さんはまるで痴漢《ちかん》にでも遭ったかのように取り乱した。

「マエちゃんが心配だわ！　おばさんも探すから！　みんなにも声掛けておくわね！」

「すみません。お願いします！」

町内で殺人事件が発生したばかりだからか、近所の人たちは皆繊細《せんさい》になっていた。アパートの数世帯の家族が茉依探しに協力してくれた。大事《おおごと》にしたくなかったが、すぐに茉依を発見できるならそれに越したことはない。

手分けして近所を捜索する。心当たりあるところへは電話を掛け、虱潰《しらみつぶ》しに探した。

「マエーッ！　居たら返事しろ！」

特に川原や貯水池を注視した。子供が夏に遭難する場所の定番である。だが、茉依はいなかった。

「あいつが行きそうなトコなんて他に何処《どこ》が。――あ」

夏の定番。どうして忘れていたのか。昨夜も言っていたではないか。

「『幽霊館』だ！　あいつ、肝試しに行ったんだ！」

真っ先に探しに行くべき場所だったと悔やむ。捜索を開始してから一時間弱、協力してくれている人たちからまだ何の連絡もない。まさか殺人事件があった現場に居るだなんて誰も思いつかないのだろう。だが、竜弥には確信があった。茉依はそういう性格だ。

旧杜村邸に近づくにつれ、住居の明かりが減っていく。夜になると人気がめっきり無くなってしまうのがこの辺りの特徴だ。それ故に、心霊スポットとして人気が出たとも言える。二十三日の晩、杜村鳶雄を見た人が出てこないのも頷ける。

館が視界に入ったとき、不思議なものを見た。

「何だありゃ……っ!?」

『幽霊館』が薄っすらと光っていた。燐光《りんこう》のような淡い光が館全体を纏っている。光源は電飾といったものじゃない、館そのものが光を放っているように見えた。

物音がしてそちらに目を向けると、旧杜村邸の塀《へい》の角を曲がっていく人影を見つけた。遠目にも背が低いとわかり、すぐさま追いかけた。角を二度曲がると細い路地に入った。小さな人影は石塀《いしべい》に手を突いて蹲《うずくま》ると、何と石塀の壁に頭を突っ込んだ。

――擦り抜けた？　違う！　あれが昨日マエが言ってた抜け穴か！

「ていうか、やっぱりマエじゃねえか！　おい、マエ！　ちょっと待て！」

茉依は竜弥の制止も聞かずに石塀の中に吸い込まれていく。駆け寄ってみると、抜け穴は大人が通るには少し小さい。無理やり体を押し込んでみたが、竜弥では肩幅が大きいために支《つか》えてしまう。中に入れない。

「マエーっ！　どこ行くんだよ⁉　戻ってこい！」

茉依はふらふらと裏庭を歩いていく。その姿は夢遊病《むゆうびょう》に罹ったみたいにおぼろげだ。裏庭を突っ切って建物側面に付いている鉄扉の前で立ち止まる。昨日、人理が中から物音がしたと言い、竜弥がどんなに押しても引いても決して開くことのなかったあの錆びた扉だ。茉依がドアノブに手を掛けると、あっさりとドアが開いた。

「な、何で開くんだよ？　マエぇぇぇえ！　行くなぁぁあぁ！」

茉依が鉄扉の中に消えていく。

穴から入るのを諦めて上半身を引き抜く。

正面門から回ろうと踵を返した瞬間、「がっ⁉」後頭部に衝撃が走った。背後から殴られたのだと理解したとき、続けて腹部を膝《ひざ》で蹴《け》りつけられた。

「ごふっ……っ!?」

だ、誰だ。こいつ……。

呼吸ができない。目がチカチカと弾け、手足の先まで痺《しび》れた感覚が襲ってきた。

トドメとばかりに、再度後頭部を思い切り殴られた。

——深入りすれば厄介なことにも巻き込まれかねない。貴方だけじゃない、貴方の周りも不幸になる。

沈みゆく意識の中、なぜか天保院京花の言葉が思い出された。

マエ……、ちくしょう……、マエ……。

「……」

気絶した竜弥を見下ろす襲撃者。

その両手が竜弥の喉元にゆっくりと伸びていく。

（つづく）

夕日が空を黄金色に染めた。強い西日を背にしていると、正面に立つ朝霞惣次の顔が眩《まぶ》しさに歪んだ。目を細めたり手を翳したりしてこちらの顔を確認しようとするが、うまく行かず難儀していた。

「こんなトコに連れてきやがってよぅ。おまえ、何のつもりだ？」

常に酒気を漂わせる朝霞は普段から呂律《ろれつ》が怪しい。こんな調子で日雇いの仕事がきちんとこなせるのか大いに疑問である。金に不自由していないとはいえ、なんたる怠惰。真っ先に死ぬべきだ。

二、三問答した後、「貴様ァ！」朝霞はにわかに激情に駆られた様子でこちらに詰め寄ろうとした。ところが、突如として喉元を押さえてもがき始めた。

「んあっ⁉ あ、が、かぁッ⁉」

皮膚《ひふ》の下、そのさらに奥の食道から異物を抉り出そうとするように深く爪《つめ》を突き立てる。引っ掻いた箇所《かしょ》が赤く腫れてきた。

黙って見ていればいずれ死ぬ。だが、それではこちらの気が済まない。

「仕方ないんです。僕は悪くないんです。全部『呪い』のせいなんです」

謝りながらも、その顔は恍惚《こうこつ》として微笑を浮かべた。

首を絞めて持ち上げているわけでもないのに、朝霞の体が微《かす》かに浮き上がる。地面から離れた足元を持ち上げて体を傾けるのは造作もなかった。

朝霞は泡を吹き白目を剝いた。逆さまになっていることに気づきもしない。

「さようなら」

柵《さく》を越えたところで手を離す。その瞬間、重力を取り戻した朝霞は六階の高さから落下した。

ドサッ、という土嚢《どのう》を落としたような音が遥か下方から響き渡った。

「やった！　やったぞ！　悪は滅んだ！　悪は滅んだ！　――――ん？」

ビルの底。日の当たらぬ陰の暗がりからこちらを見上げる少女がいた。

陰よりもなお暗い、漆黒《しっこく》を纏った魔女。

天保院京花。

人影は奥歯を嚙み、魔女に向かって吠《ほ》えた。

「全員殺すまであと少しなんだ！　あと少し！　あと少し！　邪魔はさせないからな！」

柵に頭をぶつけて狂ったように叫ぶ。

通行人の悲鳴とざわめきが聞こえてくると、人影は建物の中に姿を消した。

無能トラブルメーカー

ここに『幽霊館』と云《い》われている一軒家がある。

元は資産家の持ち家だったが、三十年前、かの有名な『毒入りミルク事件』が起こったことから曰く付きの物件となり、以来忌避《きひ》されてきた。

しかし十年前、テレビの企画で初ノ宮行幸《ういのみやゆきゆき》が除霊を行ったことで話題が再燃し、心霊マニアを呼称する多くの若者が県外から肝試しに訪れ、にわかに風紀が乱れた。喧嘩、不審火、淫行《いんこう》等。最も近隣住民を悩ませたのは粗大ゴミの不法投棄であった。悪臭問題や景観を損ねることもそうだが、何より懸念《けねん》されたのが子供への危険である。

無人の廃墟が子供たちの好奇心を大いに刺激することを親たちは知っている。どんな危険な物が落ちているかわからないのだ、親は子に館には近づくなと言いつけた。理由を問われれば各家庭ではこのように脅かしている。

「あそこは『幽霊館』と言われているの。近づいたら悪霊に食べられちゃうわよ」

元々土台には心霊スポットの名所という触れ込みがあり、その脅しは瞬く間に子供たちに浸透していった。やがて、悪い噂は形を変え尾ひれを付けて拡散され、時間の経過とともに怪談として脚色《きやくしよく》されていく。

曰く――、『幽霊館』では女の幽霊が夜な夜な泣き声を上げている。

それは悪鬼《あっき》へと堕《お》ちた女主人が子供の魂《たましい》を泣きながら食べているからとも、不貞《ふてい》を犯して幽閉された女の使用人が中絶した子の幽霊に許しを乞《こ》うているからとも。物語の核心には必ず子供への執着があった。

親の目論見《もくろみ》どおり近所の子供たちは恐がって近づかなくなった。しかし、噂の真相を確かめるべく館に潜入しようと試みる悪童《あくどう》は少なからず居るもの。我こそが幽霊の正体を見破らんと意気込む彼らはそこにルールを設けて遊びの要素を取り入れ、真相究明は次第に『度胸試し《どきょうだめ》』として形骸化《けいがいか》されていく。もはや真相は二の次となり、館への侵入は夏の風物詩のように悪童たちの間で受け継がれていった。

ルールは人や時代によって微妙に異なるが、概《おおむ》ね一致するのは次の通り。

一つ、必ずひとりで行わなければならない。

一つ、敷地への出入りは『壁の穴』を使用する。

一つ、館の裏手にある鉄扉を四回ノックし、「なぜ泣いているんですか？」と問う。

一つ、誰にも会わず、何事もなく帰ることができれば願いが叶う。

ルールを破ると祟《たた》られると言われている。もっとも、子供が作ったルールに信憑性《しんぴょうせい》などあるわけもなく、罰《ばつ》と言えば精々大人に見つかった際に大目玉を喰《く》らうだけである。祟りは起こらないし、願いが叶うわけもない。

それ自体が単なるゲームで、所詮《しょせん》子供のお遊びだった。

――私には気になる男子がいた。

向こうは私のこと何とも思っていないのが丸わかりで、私の想いはいつも空回り。報《むく》われる日はなかなかやって来ない。

縋《すが》る思いで向かった先は、『幽霊館』。

祟られるのは恐いけど。私の願いが叶うのならば。

壁の穴を抜け、恐々とした歩調でなんとか裏手の鉄扉に辿《たど》り着く。

この扉の向こうに何があるのか、誰も知らない。

何がいるのか、誰も知らない。

ノックは軽めに。恐る恐る四度。そうして唱える呪文はたしか……。

「なぜ泣いているんですか？」

返答はない。当然だ。周囲に人は誰も居ない。

これで終わり？

ほう、と一安心。

さあ、後は誰にも見つからずに元来た道を帰るだけ。

帰レルモノナラ、帰ッテミヨ。

背中を向けたその瞬間、鉄扉が開き、中から無数の手が伸びてきて。
ナゼ泣イテイルノカト問ワレレバ。
一溜《ひとた》まりもなく、屋敷の中へと引きずり込まれた。
子供タチニマタ会エテ嬉シイ嬉シイ。
飲み込まれたが最後、二度と外へは出られない。
モウ、ドコニモ行カナイデ。
閉じた鉄扉の隙間から、血が止め処《ど》なく流れ出る——。

五年前の千千良小学校六年三組の女子児童に実際に起こった恐い話である、と云う。
その女子児童の名前は箱崎若菜《はこざきわかな》。
現在、行方不明。

＊　＊　＊

七月二十日——。

終業式を迎えた千千良小学校では、児童が明日から始まる夏休みに浮き足立っていた。担任の先生が読み上げる休み期間中の注意事項なんてまったく耳に入らない。気持ちは逸《はや》り、今すぐ教室を飛び出したくてウズウズしている。

桐生茉依《きりゅうまえ》は目を輝かせて小刻みに椅子《いす》ごと体を揺らした。半日授業が終わったらクラスの男子たちのサッカーに混ぜてもらう約束をしていた。皆で示し合わせてお弁当も用意した。昼食を取りに家に帰るのも惜《お》しんだのだ。それは夏休みが永遠に続かないことを知っているから。今年で五度目となる夏休み、長いようで短く、楽しいだけじゃなく切なくもあるこの一ヶ月間を、余すことなく堪能《たんのう》し尽くすためには、一秒だって無駄にできない。

あと、お兄ちゃんが作ってくれたお弁当も楽しみだ！

早く終われ、とクラス担任の戸田《とだ》先生に念を送り続け、ようやく帰りの会が終了した。

「起立、礼っ！　みなさん、さようなら！　――はい、気をつけて帰れよーっ！」

戸田先生は教室の前扉に立つと、出て行く生徒一人一人とハイタッチしていく。毎日、帰りの挨拶後は欠かさずこれをやる。先生流の生徒とのコミュニケーションの一つである。茉依も勢いよくバチンと掌《てのひら》を打ち鳴らした。

「おおっ!?　桐生はいつも元気だな！　休みの間、転んで怪我なんてするなよ！」

「はーい！　先生、またねーっ！」

すかさず「廊下は走るなよ」と釘《くぎ》を刺され、我慢して早歩き。角を曲がって先生から見えなくなったところで駆け出した。昇降口まで来ると、先に教室を出た男子たちに追いついた。

「おっせーぞ、桐生。三十秒遅刻！　罰ゲームだかんな！」

「えーっ!?　何でぇ!?　みんな先生にタッチしないで行ったでしょ！　ずるい！」

「じゃあ次は校庭まで競争な！　よーい、どん！」

「あーっ！　待ってよ！　まだ靴履いてないし！　あ、上履き持って帰んなきゃ！　もう！　待ってってばあ！」

男子はすぐに意地悪する。仲は良いけど、偶にこういうことされるとムッとなる。

「マエちゃん」

急いで靴を履いていると、隣のクラスの沙羅《さら》ちゃんに声を掛けられた。

「マエちゃん、小沢《おざわ》君といつも仲良いよね」

小沢君とは、さっき「遅い」と文句を言ってきた男子のことだ。沙羅ちゃんは小沢君のことが好きだった。それは四年生のときに聞かされた。

「うん。仲良いよ。あ、でも、小沢君とだけじゃないからね」

誤解がないように付け加える。三人とも去年は同じクラスだったので顔見知りだ。でも、沙羅ちゃんは、小沢君はおろか他の男子ともあまり話せない奥手な子だった。茉依は男子のノリと運動量に付いていけるので、サッカーでも虫取りでも探検でも一緒にこなせるけれど。沙羅ちゃんはそんな茉依が羨《うらや》ましいようだった。

競争はもう諦《あきら》めて、沙羅ちゃんと一緒に昇降口を出る。お日様は高く、蝉もみんみん鳴いている。夏真っ盛り。涼《すず》しい部屋で寝そべるのもいいけれど、こんな陽気の日は外で駆け回る方が気持ちいい。ウキウキが顔に出たのか、沙羅ちゃんがくすりと笑った。

「マエちゃんって、ノーテンキだよね？」

「サラちゃん、それって、褒《ほ》め言葉じゃないよ？」

そうなの？　と、意外そうな顔をする沙羅ちゃん。結構天然さんなのだ。

「お天気みたいに元気な子って意味だと思ってた」

「うーん、マエだっていつも元気なわけじゃないよ？　元気ない日だってあるよ？」

「どんな日なの？」

「……雨の日、とか」

ほら、と沙羅ちゃん。これは一本取られた。いや、茉依が単純なだけなのかもしれない。誤《ご》魔《ま》化《か》すように笑っていると、沙羅ちゃんが浮かない顔をした。

「どうしたの？」

「うん。あのね、ちょっとマエちゃんにお願いしたいことがあるの」

「何？」

「一緒にね、……お、オマジナイに行ってほしいの！」

小声で、だけど力強く言った。両手をギュッと拳《こぶし》に握る姿勢からも懸命《けんめい》さが伝わった。

「それって、『幽霊館』のオマジナイのこと、だよね？」

沙羅ちゃんは小さく頷いた。その顔はちょっぴり赤い。それだけで茉依は沙羅ちゃんがオマジナイで何をお願いしたいのかを察することができた。――まあ、恋する女の子が込める願い事なんて一つしかないよね。

「でも、オマジナイってひとりでしないといけないいんだよ？」

「うん。わかってるけど、恐いから。穴のところまででいいから付いてきて」

「そういうことなら、わかった。いいよ！」

茉依はすぐに了承した。以前から一度『幽霊館』を探検してみたかったのだ。でも、恐がって誰も付いて来てくれなかった。探検は一人よりも二人、二人よりも大人数で行く方が楽しい。ゲームで言うところのパーティーを結成した方が気持ちは俄然《がぜん》盛り上がる。

「男子も誘ってみる？　人が多い方が恐くないよ？」

「え？　でも、オマジナイ……」

「あ、そっか。知られたくないよね」

そりゃそうだ。だから茉依だけに打ち明けたのだ。意中の相手と結ばれるための内緒のオマジナイに、その相手を同伴させてどうする。

「じゃあ、マエとサラちゃんのふたりだけで行こっ」

「うん。ありがとう！」

がっちり握手して約束を交わす。「いつ？」と訊ねると、沙羅ちゃんは言った。

「明日から何日か家族でお出掛けするの。だから、来週になっちゃうけど」

「了解！　マエもそのときまでにいろいろ用意しておくね！」

「いろいろって？」

沙羅ちゃんは首を傾げた。マエはにっこり笑った。

「ひみつ！」


夏真っ盛り。お日様高く、蟬はみんみん。ワクワクとドキドキが止まらない。

怪談の季節だ。

＊　＊　＊

千千良工業高等学校でも終業式が行われていた。こちらも半日授業だが、放課後は部活動や生徒会活動で居残る生徒が大勢居た。そして、補習を受ける生徒も。

葦原人理《あしわらひとり》は、誰も居ない教室で期末試験の追試を受けさせられていた。

彼は決して頭が悪いわけではないが、要領だけは異様に悪かった。数学のテストで赤点を取った彼は、同じ計算問題が出題される追試でありながら前にも躓《つまず》いた問題で再びシャーペンの動きを止めた。答えを丸暗記すればいいものを、彼はそうしなかった。

数学は苦手だった。問題にある数字を公式に当て嵌《は》めて解《かい》を得る、その一連の流れはやれと言われればすぐにもできる。しかし、人理は「式」に並々ならぬ拘《こだわ》りがあった。

まず公式の成り立ち——定理や定義を理解しないことにはその公式を使いたくなかった。この問題にはこの公式、と提示されても疑問が残るだけで先を考えることができないのだ。それはそれで正しい勉強法の一つであるが、人理の場合、極端な話、そもそもなぜこのような「式」が生まれたのかというところまで追及しなければ気が済まなかった。真面目《まじめ》な分だけ性質が悪い。授業中、いちいち質問しては進行を遅らせるので、教師にとっては面倒臭い生徒であった。

葦原人理は、名前に有るからか、何事にも「理」に拘る傾向にあった。

理とは定められた形だ。数学で言えば式だ。道理。条理。疑いようのない正しい筋道《すじみち》。この世のすべての物事には必ず芯《しん》となる「理」があり、理解も把握もできずとも、人智《じんち》の及ばぬ地平の彼方《かなた》で世界を構築せしめている。

無意味なものなんてこの世にはない。

余分な物さえ「理」の枠の中に収まっている。そのはずだ。

だから、人理は考える。

なぜ、この世には幽霊が存在するのか。

そしてなぜ、この目は幽霊を視ることができなくなってしまったのか。

意味があるはずだった。「理」に無駄はない。そのように成り立ったのなら、それが正しい筋道だ。ならば、その「理」から長年求め続けた解を得られたなら、理解できたなら、もう一度。たぶん、きっと。

幽霊を視つける方法に辿り着けるかもしれない。

葦原人理には両親がいない。物心付く前に他界している。

共働きだった両親は保育所に預けた人理を迎えに行く途中で列車の脱線事故に巻き込まれて死亡した。鉄道会社から支払われたささやかな賠償金《ばいしょうきん》は心無い親戚共に食い潰され、最後に人理に遺されたのは、名前と体、そして天保院《てんぽういん》家との縁《えん》だけであった。

六歳まで児童施設で育てられた後、天保院清宗《せいしゅう》——京花《きょうか》の父親に引き取られた。どういう経緯があって人理の存在を知り、どうして引き取る気になったのか、理由は明らかにされていない。代々婿養子に家督を引き継がせてきているので、そのことで一族内に不穏な憶測が飛び交い一悶着《ひともんちゃく》あったという話だが、それは最近になって知ったことだった。

人理は天保院清宗の養子となった。しかし、姓は葦原のままだった。正確には養子縁組してもらっておらず、立場は天保院家の居《い》候《そうろう》という扱いであった。法的にそれは大丈夫なのかと後になって気づいたが、京花の兄・流正《りゅうせい》から葦原家とは遠縁関係にあることを教えられたので、おそらく大丈夫なのだろう。清宗の考えることはよくわからない。人理に何を期待しているのか。とはいえ、不自由しなかったので人理に不満はなかった。

住居として宛《あて》がわれたのは、天保院家の豪奢《ごうしゃ》な屋敷の裏庭の奥に建てられた、プレハブ小屋のような仮設住宅だった。清宗は申し訳無さそうにしていたが、水道とガスと電気は一通り通っていたし、居候の身でありながら完全なプライベート空間が持てるのはこの上なく嬉しかった。京花や、京花の兄姉たちに気を遣わなくて済むし、それに、

——可愛い可愛い私の子。

母親代わりになってくれる人と一緒に住むことができたのだから。

——髪を梳《と》かしましょう。スカートを穿きましょう。ほら、女の子らしく。

言うとおりにした。周りから変な目で見られても貫き通した。なぜなら、その人は人理にとって唯一の家族だったから。嫌われたくなかったのだ。

その育ての親が何者であったのか、今となってはわからない。天保院家の誰にも心当たりがなかった。清宗さえ険しい顔をして、「そんな女は居ない」と断言された。

ただひとり、京花だけは違った。

「あそこに居る女の人がヒトリのお母さん？　綺麗な人ね」

女装をした人理を、侮蔑《ぶべつ》を込めた目で睨《にら》みつけながらそう言った。

嬉しかった。京花は嫌がるかもしれないけど、人理はその瞬間京花も家族の一員に思えたのだ。同じヒトが視えている、それだけで人理は救われた思いだった。

天保院家を出て一人暮らしを始めてから一年と四ヶ月。葦原人理には習慣にしていることがある。それは、同じく天保院家を出た少女に『お願い』をしにいくことだ。

どうしても会いたい幽霊がいた。

会えるものなら、また会いたかった。

＊　＊　＊

数学教師に無理やり問題を解かせられて学校から追い出された後、人理はなぜか『幽霊館』で看板《かんばん》の設置作業を手伝わされていた。敷地内に入り、黒と黄色の標識ロープを玄関の庇《ひさし》の柱にピンと張り、ロープに『立入禁止』の看板を吊るす。他にも、『不審者に注意！』や『ゴミを捨てるな！』や『火の用心』といった看板もそこここに掲げる。

「こんなもんかなあ。葦原君！　まだ看板残ってる？」

「これで最後です。でも、知らなかったです。こんなこと毎年してたんですか？」

「そりゃね。夏休みだからね。子供が探検しに来ちゃうんだ。大変だよ。見回る方も」

そう言って、警察官の制服を着た猿垣《さるがき》巡査は笑った。

猿垣巡査は囲坂交番に勤務するお巡《まわ》りさんである。町のことなら誰よりも詳しい事情通でもある。毎年町内の小中学校で行われる交通安全集会や防犯対策講習では必ずマイクの前に立ち、子供たちに身近な正義のヒーロー像として印象を植え付けていた。人理も例外ではなく、子供の頃から『町のお巡りさん』と言えば猿垣巡査に他ならなかった。もうすぐ五十代に差しかかろうという猿垣巡査の顔には長年の苦労が皺の数だけ刻まれている。

「手伝ってくれて助かったよ。ひとりでしてたらもっと時間掛かってた」

設置作業を終え、腰を労わるようにポンポン叩く猿垣を見て、人理は苦笑した。

下校中、数枚の看板と工具箱を持って歩く猿垣に声を掛けたのがそもそものきっかけだった。

「大変そうですね」「わかる？　半分に減ったら楽なんだが」と了承した覚えもないのに気がつけば看板を半分持たされて旧杜村邸にやって来ていた。有無を言わせなかった猿垣は狸《たぬき》だが、目的も訊かずに付いてきた人理も人理である。作業が始まっても何が何やらわからずじまいで、結局最後まで手伝ってしまっていた。

「これで立入防止になるんですか？」

「ならんよ。これはね、私たち警察官もきちんとお仕事してますよ、っていうアピールなんだわ。だってさ、四六時中ココを見張ってるわけにいかないしさ、偶々見回っていないときにココで怪我されてもさ、俺たちのせいにされちゃ堪《たま》んないじゃない。ねえ？」

「警察のせいにされたことがあったんですね」

「ほぼ毎年のことさ。で、何でか看板も毎年無くなっちまう。持っていく物好きが居るんだな。

理解できんよ」

盗られただけではないだろう。見渡せば、生ゴミの袋や不法投棄された粗大ゴミがあちこちで山積みにされている。きっとその中に看板も紛れているに違いない。

猿垣は嘆息《たんそく》して庭を、そして館を眺めた。

「哀しいなあ。昔は素敵な豪邸だったのに。お庭なんてよく手入れされててなあ」

「ここに住んでた人のこと知ってるんですか？」

「……君さ、『毒入りミルク事件』って知ってる？」

「？　何ですか、それ？」

「あー、今の子供はもう知らないか。いや、忘れてくれ。——ここは杜村さんって人のお宅だったんだ。杜村時子夫人と息子の鳶雄さん。昔を知ってる人なら旧杜村邸って呼ぶんだが、人が住まなくなって三十年経つし、いろいろあったから、『幽霊館』って呼んだ方が今は馴染みがあるよな」

人理は頷いた。『幽霊館』と呼ばれていることも、幽霊の目撃情報も、町内の公立学校に通っていれば必ずどこかで耳にする。それくらい怪談の舞台としてメジャーだった。

「女主人の幽霊が出るんですよね。さらった子供を泣きながら食べるとか何とか」

感慨深げに口にした人理に対して、猿垣は険しい表情になった。

「子供を食べるだって？　とんでもない！　時子さんをそんな悪鬼みたいに言うもんじゃない

よ！　昔、世話になったからね。そんな悪評が立つことさえ許せないね！　いい機会だ。君がさっき言った女主人がどんなお人だったか教えてあげよう。是非《ぜひ》、お友達にも話してあげなさい。誤解されたままというのは我慢ならん」

鼻息を荒くして話し始めた。

四十年以上も前の話である。

当時、杜村時子は余った部屋を活用して預かり保育をしており、多くの子供たちが出入りしていた。近所に住んでいた猿垣少年もまた母や姉に連れられてよく通っていた。おやつに出される夫人お手製のケーキが美味しくて、毎回それが楽しみだった。

「時子さんは優しい人だった。偶に厳しくもあったけど、悪ガキだった俺たちにきちんと躾《しつけ》してくれていたんだなあ。あのとき預けられた子供はみんな時子さんのことが好きだったよ。悪鬼のイメージとは程遠いね」

しかし猿垣は、息子の鳶雄は放蕩《ほうとう》で困ったもんだった、と吐き捨てた。

「俺が十歳かそこらのときだ。それまでも鳶雄は素行が悪かったが、高校を中退したあいつは行方を暗ませたんだ。で、偶にふらっと帰ってきては時子さんに金をせびって暴力を振るっていた。ついでに俺たちのことも蹴っ飛ばして意地悪して出て行ってなあ。何で時子さんみたいな優しい人からあんな奴が生まれたのかってみんなして不思議がったもんだよ。今もって謎だな、謎」

そして、三十年前。時子夫人は自殺した。そのとき十九歳だった猿垣は地方の大学に進学しており、訃報《ふほう》は翌日の朝刊で知ったという。杜村家の財産をすべて相続した鳶雄は千千良町に戻り腰を落ち着けた。最近は飲み屋街に頻繁に現れては一悶着を起こしている。

「俺ぁね、時子さんの自殺は鳶雄が原因なんじゃないかって思うんだ。あいつは根っからの悪人だからな。それで、鳶雄の荒んだ生活に時子さんは嘆き悲しみ、死んだ後も館の中で泣き続けている、とこうご近所さんたちが皮肉ったわけだ。これが怪談の真相だな」

「子供をさらうっていうのは？」

「こんな不衛生的な場所に子供を近づけさせないための方便だろう。怪談やら妖怪忌憚《ようかいきたん》なんてもんは大体が禁止事項を強制させるためのもんだからな」

不徳をしてはいけない、すれば恐ろしい目に遭うぞ——という脅しなのである。

「じゃあ、本当は、ここには幽霊なんて居ないってことですか？」

「それは俺にもわからん。まあ、居て欲しくはないな。恐いからな」

猿垣は幽霊の存在を否定したいわけではなく、あくまで杜村時子の汚名を返上したかっただけらしい。

「何だ。居るかどうかわかんないのか……」

「がっかりしているね。居て欲しいのかい？　葦原君は霊感強い方？」

「いえ。全然。まったく、、、、、、、、、視えなくなりました。だからかな、居たらいいなって」

「ふうむ。変わった子だね、相変わらず」

猿垣が撤収しようと工具を片付け始めた横で、人理は館の二階を見上げた。二階の窓から人影が覗いていた、という怪談の定番を期待して。枯《か》れ尾花《おばな》でもいい、それらしいモノが視えたならどんなにいいか。

カツッ。

硬い何かが落下した音がした。「?」それは人理にだけ聞こえたようで、猿垣は蹲《うずくま》ったまま釘の本数を数えていた。音がした方に目を向ける。館から少し離れた位置、前庭の隅っこ――四角い敷地の丁度角の辺りだ。そこは敷地外から投げ込まれるのか特にゴミが山積された場所で、初めは粗大ゴミが崩れた音かと思った。

だが、違う。さっきのはたしかに落下音だった。小石のような物が降ってきて、地面に敷き詰められた白亜の砂利の上に落ちた音だ。しかし、真上には青空が広がっており、投げ入れる以外に何かを落とせるような高い建物はない。ざっと見たところ鉄柵の外に人の姿は確認できなかった。

――じゃあ、どこから?　何が降ってきた?

気になる。人理は手前にある小さなゴミ山を越えて、端《はし》っこまで到達し、鉄柵に沿って庭の隅まで移動した。鉄柵を乗せた煉瓦塀《れんがべい》の根本には雑草が生い茂っていて蝿《はえ》や藪蚊が無数に飛び交っていた。それらを無視してひた進み、やがて角に到達する。

大きいゴミ山の裏側。玄関からは丁度《ちょうど》見えない位置である。

「……」

何もなかった。たしかここら辺の地面で音が響いたはずなのだが。

気のせいだったのだろうか。

ふと振り返る。二階の窓から何かを投げたら、たとえばこの辺に落ちるんじゃ――。

「こらこら、勝手にどこに行くんだい⁉ 危ないぞ！」

猿垣が慌てて追いかけてきた。手伝いとはいえ一般人を立入禁止場所に勝手に入れた挙句、その上怪我をされては堪らんと思ったのだろう。実際、積み上がったゴミ山はいつ崩れてもおかしくなく、その真下に居る人理は十分危なっかしい。

しかし不運にも、猿垣の方が先に落ちていたゴミに躓いて盛大に転んでしまった。雑草が特に群生している箇所に頭から突っ込み「うわたっ⁉」悲鳴とともに起き上がる。

「なんか棒みたいなのがお腹に刺さった！」

「ええ⁉」

「あ、いや、大丈夫。ベルトが盾《たて》になってくれたから。それに、俺の体重でこいつの方が折れちまった。――よっと、ん⁉ なかなか抜けないな、くそ、こいつめ！」

猿垣は地面から真っ二つに折れた棒を引き抜くと、しげしげと眺めた。

「何だろうね、この棒？」

「神事《しんじ》に使われてそうですね。ほら、神社とかで」

儀礼品のようだった。細かい刻み目を入れた細長い紙を巻き付けた、何らかの花を模《も》した竹《たけ》串《ぐし》。長年風雨に晒《さら》されたのか、紙には汚れが目立っていた。

「何だか気持ち悪いなあ。誰かの悪戯かな」

ゴミ山に投げ捨てる。竹串は他のゴミに紛れてしまい完全に見失った。

「まったく。こういうことが起こったら大変だから看板掛けているんだよ」

「すみません」

転んだのは猿垣だが、足元も見ずに急いで駆けてきたのは人理が勝手に行動したせいである。素直に頭を下げて謝罪した。

「……っ⁉」

「どうかしました？」

「いや、何か変な声が聞こえた気がしたんだが」

猿垣が背後を振り向いたそのとき、人理の腹が鳴った。そういえば、学校から出ていまだに昼食を取っていない。時刻は気づけば午後三時。顔を上げると、猿垣は脱力したように笑っていた。

「ま、とりあえず交番に戻るか。大した物は無いが、手伝ってくれた礼くらいするよ」

人理は目を輝かせた。食べ物は何よりのご褒美《ほうび》だ。

＊

二個目のカップラーメンをモリモリ食う。麺《めん》を啜《すす》るのではなく箸《はし》に巻き付けて頬張《ほおば》った。時折、思い出したように饅頭《まんじゅう》を口一杯に詰め込んで、それをスープで流し込む。恐ろしい食べ合わせに猿垣は思わず口元を押さえた。「見てるだけでキツイなあ」「？　美味しいですよ？」ちなみにスープは豚骨《とんこつ》で、饅頭の中身はカスタードクリームである。

「余りもんと貰《もら》いもんしかなくってねえ。申し訳ないけど」

十分である。正直、人理は食事に味や質を求めていない。激辛《げきから》とか激甘《げきあま》とかそういった強い刺激がなければ何だって食べられた。量さえあれば、腹さえ膨《ふく》れれば、満足できた。それはそれで一種の拘りなのである。

「あ、ラーメンおかわりいいですか？　お湯、自分で沸かしますんで」

猿垣は感心しつつ三個目のカップラーメンを取り出した。

囲坂交番は飲み屋が連なる通りのほぼ中心、十字路の一角にある。昼間は比較的人通りが少ないが、ガラス戸越しに大食いチャレンジを行う人理の様子はかなり目立っていた。いいのかな？　と若干心配したものの、招き入れた猿垣からして大して気にしたふうもなく、人理も遠慮するのをやめた。猿垣曰く、所長の性格が緩いために交番の気質も自然と緩くなるのだという。「俺も所長も庶民に親しまれる交番を目指しているのだ」とも語った。

そんな温厚で知られる所長が、奥の待機室から小柄な男を引き連れて出てきた。

所長はガマガエルに似た顔を人理に向けて、にんまり笑った。

「三杯目？　よく食うなあ。若いってのはいいなあ。遠慮せずにどんどんお食べ」

口いっぱいに頬張っているので返事ができず、ただ頷く。

「俺たちの夜食ですよ、所長」

「侘《わび》しいよなあ。カップラーメンはもう飽き飽きだよ、ワシは。なあ、朝霞？」

後ろを振り返る。朝霞と呼ばれた小男は、寝起きらしく、眩しげに目を細めていた。

「俺ァ、カップラーメン好きだよ、所長さん」

そして、しきりに喉元を押さえていた。辛そうに咳をする。

「あー、何か喉が痛い」

「風邪引いたんじゃないのか？　路上で寝てりゃあそうなる。酒もいい加減控えてやらんと体に毒だよ。いつかおっ死ぬぞ」

「へーい。おーい、サル、世話ンなったね。また来るよ」

「もう来んな。家で寝ろ、家で」

朝霞はハンと鼻で笑うと、足元をふらつかせながら出て行った。

猿垣は溜め息を吐いた。

「あの酔っ払い、交番をホテルか何かだと勘違いしてねえか？　葦原君、あんなふうになっちゃ駄目だぞ。見掛けても近づくんじゃないぞ。絡まれるからな」

朝霞惣次。聞けば、猿垣が毛嫌いしている杜村鳶雄の友人だそうだ。四、五年前からほぼ毎晩のように囲坂近辺で飲み歩き、路上で酔い潰れては毎度保護されている。

お酒か……。お腹の足しになるのかな。

人理はそんなことを考えた。

＊　＊　＊

誤解がないように言えば、朝霞惣次は決して酒好きなどではなかった。

幼少の頃、旧杜村邸の斜向《はすむ》かいの木造平屋に住んでいた。家の大きさで所得の格差を思い知らされたが、別段羨むこともなかった。同級生の杜村鳶雄が資産家の令息《れいそく》とは思えないほど粗野で下劣《げれつ》な男であったからだ。貧乏育ちの自分と何ら変わらない品の無さに親近感を覚え、話してみるとやはり親しみやすかった。それほど仲良しだったわけではないが、互いに一目《いちもく》置いていた感覚はあった。

三十年前――二十六歳のときに開かれた同窓会で杜村鳶雄と奥井学に再会した。元々倫理観《りんりかん》が著《いちじる》しく欠如していた三人は、とある犯行計画の下に結託《けったく》した。

そして十年前、旧杜村邸にテレビ取材が入ったときから背後に不吉な気配を感じるようになった。偶に、朝霞惣次は杜村時子の亡霊に付き纏われる夢を見る。

飲まずにいられなくなったのはそれからだ。

＊　＊　＊

七月二十五日——。

千千良町宴合《えんごう》四丁目七号にアパートメント『れんげ荘』はある。

人理はここを訪れるたびに感嘆してしまう。その建物があまりに芸術品めいているからだ。和洋折衷《わようせっちゅう》極まった大正レトロ風な趣《おもむき》のある赤煉瓦の館。嵌め込まれたステンドガラスが日光を弾いて涼やかに煌《きらめ》いている。玄関までのアプローチには季節の花々が植えられたプランターが並んでいて足元を楽しませてくれる。裏庭にも花壇《かだん》や家庭菜園が広がっており、すべてアパートの管理人が手入れをしていた。

ガス灯をモチーフにしたアンティークなランタンに出迎えられて玄関を潜ると、淡い陽光差し込む吹き抜けのロビーに出る。左を向けば実際に使われている壁掛けタイプの電話機が見え、そのすぐ横に管理人室の窓口があった。正面には二階に上がる木製階段と廊下が奥へと続いている。毎度のことながら、この歴史ある美術館のような雰囲気には圧倒されてしまう。

大正レトロファンには堪らない物件だと思うのだが、ここに住んでいるのは管理人の華表切《とりいきり》子《こ》と天保院京花のふたりだけだった。京花が家を出ると決めたとき、京花の父である清宗は猛反対の末に「京花の従兄弟《いとこ》違いに当たる華表切子さんが営むアパートにならば下宿してもいい」と渋々妥協した。その後、清宗はとんでもない行動に出た。『れんげ荘』を丸々買い取ってオーナーとなり、それまで住んでいた十数名の大学生を卒業と同時に追い出すと、京花のためだけのアパートに変えてしまったのである。保護者役として親戚を傍《そば》に置かれた形なので京花はとてもとても嫌がったが、さほど干渉されることなく、その上食事の世話まで見てくれるので次第に不満はなくなったようだ。

京花は大抵部屋に引き籠《こ》もっている。通っている女子高にも進級できる最低限の日数しか出席しない。それは京花の体質が関係しているのだけれど、本人の怠け癖《なまぐせ》に因るところが最も大きいと人理は見ている。あの性格をなんとかしなければ、と密かに使命感に燃えていた。

玄関のたたきで靴を脱いでいると、管理人室の扉が開いた。

「お？　今日も来たのかい？　君も暇だね、ヒトリ」

「切子さん、こんにちは」

華表切子が出てきた。京花の母親の従妹に当たり、どことなく顔つきが京花に似ている。美人で快活としているからか全体的に若々しく、四十代にはとても見えなかった。

後ろ髪をシュシュでまとめていたのでこれから庭の手入れでもするのだろうかと思っていると、「昼食の準備すんの」人理の心を読んだように言った。

「京花、まだ寝てるみたいだから起こしてきてよ。そしたらお昼分けてあげるから」

その一言で俄然《がぜん》やる気が出てきた人理だが、続く言葉には眉を顰《ひそ》めた。

「京花には行ってもらいたい場所があるんだ。ついでにそっちにも連れてってやって」

「どこそれ？」

「旧杜村邸。『幽霊館』って言った方が伝わるかしら。今朝、霊障してほしいってんで清宗君経由で警察から依頼が来たのよ。でも、あの子知ってのとおり面倒臭がりでしょ？　しかも夏休みだから、いつもみたいに学校帰りのついでに、ってわけにもいかなくてさ。どうやって行かせようか考えてたんだ」

天保院家は県下一とも言える名士で、一族内からは県知事や市長、県・市議会議員を多数輩出しており、その家督を受け継ぐ清宗は地方公共団体において強い発言権を有していた。その関係で清宗の子供たちは幼いときから種々の団体からの勧誘が激しく、別懇《べっこん》を迫られていた。子供を取り込めば天保院家の権勢を笠《かさ》に着られるという浅ましい考えからだが、天保院家にとっても有力団体と繫《つな》がれるのは心強く、そういった側面もあって天保院家の子供は多くの習い事を強制され、家元の門下生となっている。

しかし、京花は面倒臭がりですぐに習い事に行かなくなり清宗を困らせた。京花のためにも社会的繋がりを持たせたいと考えた清宗は、最終手段として唯一の特技である霊感体質が役立ちそうな現場に投入した。それが警察の現場検証であった。

提案したのは切子だったそうだ。

「あの子根暗だし、殺伐《さつばつ》とした現場の方が絶対活《い》き活《い》きすると思ったんだけどね。見誤ったかな。そもそも人間嫌いってのが大きいか」

それ以前に年頃の娘に行かせる場所としてどうかと思うのだが、言うまい。活き活きしているかどうかはともかく、本気で嫌なとき、京花は頑《がん》として譲らないから、その点だけは切子の分析に間違いはなかった。

「それ、僕が付いて行ってもいいもんなのかな？」

「あ、そうか。ヒトリは付き添いしたことないのか。まあ、いいんじゃない。減るもんじゃないし。警察も追い返したりしないでしょう。たぶん。京花が嫌がるようなら、清宗君が実家に連れ戻しにくるぞって脅せばいいから」

京花の気持ちを考えると気が引けるので、その脅しはできれば使いたくない。

「んじゃ、後はヒトリに任せるわ。よろしく」

切子は背を向けて食堂に向かった。まるで他人事《ひとごと》である。切子のこのドライな性格は人理も京花も気に入っているけれど、こうまで素っ気無いと偶に冷たく感じる。託《たく》された人理は妙なプレッシャーを背に受けながら階段を上り始めた。

二階の奥の角部屋が京花の部屋である。人理は少しの躊躇《ちゅうちょ》も無く、ノックもせずに扉を開けた。住人が京花ひとりだけなので、基本的に鍵は掛かっていなかった。

「京花、起きなよ。もうすぐお昼にな」

「……」

八畳の部屋の中央で、下着姿の京花が振り返った。寝間着から外出着に着替えていたらしく、黒のワンピースを今まさに頭から被《かぶ》ろうとしていた。

人理は目を瞬かせると、後ろ手に扉を閉めた。

スリッパを脱いで上がり込む。

「なんだ。起きてたんじゃないか」

女子の着替えなど物ともせずに、部屋の中央で幅を利かせるベッド代わりの豪奢なソファに腰を下ろした。床も出しっぱなしの小物や脱ぎっぱなしの衣服でごちゃごちゃに散らかっていたが、目の遣《や》り場に困るということはない。いつもどおりの風景だ。

平然とする人理に対して、京花も気にした素振りを見せずに着替えを再開させた。

「女の子の部屋に無断で入り込むなんてどうかしているわよ」

「ん？」

「普通はノックをするものでしょ？　それで外から声を掛けて、居るかどうか確認するだけに留めておくべきだわ。許可もなく押し入るなんて論外よ」

人理は首を傾げた。何を言われているのかわからなかったのだ。

「一般論よ。身内から犯罪者が出たら嫌だから、余所では気をつけなさい」

襟元《えりもと》からすっぽりと顔を出すと、鏡台《きょうだい》に向かった。いつも黒い服を着てトークハットを被って顔はベールで隠すくせに身嗜《みだしな》みだけはきちんとするのだ。その拘りが一番理解できなかった。

「それで、何の用？　こんな朝っぱらから催促《さいそく》？　何度も言うけどヒトリの『お願い』を聞く気はないから。いい加減諦めて」

朝っぱらからって、もう昼なんだけどな。それを指摘することに大して意味はないので、質問の内容にだけ答えた。

「うん。まあ、そのつもりでもあったけど、単純に京花に会いに来たんだよ。京花ってば放っておくとどんどん引き籠もって駄目になるでしょ。僕はそれが心配なんだ」

京花は心底うんざりした顔を向けた。

「貴方に付き纏われたくないから引き籠もってるとは思わないの？」

「引き籠もりは僕と関係ないでしょ。僕がいなくても引き籠もってたと思うけど」

「……」

鏡に向き直る。言い返さないのは図星《ずぼし》だからだろう。何を言っても下手な言い訳にしかならないし、人理相手にそれをするのは屈辱なのだ。人理はそんな京花の意地っ張りなところが好きだった。手の掛かる妹みたいで可愛らしい。

「ところで、着替えているところを見ると、もしかして出掛けるの？」

京花はアパート内に居るときはいつも特定の部屋着を着ている。化粧までしているということは人と会う約束でもしているのかもしれない。

「学校の友達？」

「嫌味のつもり？　私に友達なんて居るわけないでしょう」

「そんな、言い切らなくても……」

「野暮用《やぼよう》よ。どうしても行かなくてはいけないところがあるの」

物憂《ものう》げな表情でフウッと細かな吐息《といき》をついた。人理は思わず息を呑んだ。

偶に、京花はハッとさせられるような色香《いろか》を漂わす。唇は薄く、線は細い。言動に覇気がないせいか無気力に感じられ、『薄幸《はっこう》』という言葉がとてもよく似合った。しかし、襟首辺りで整えられた黒髪《くろかみ》は光沢を滑らせ生命力に溢《あふ》れており、小顔の中の各パーツは幼さを保ちながらも大人の女性へと変貌《へんぼう》していく過程にあって、そのちぐはぐさ、無防備な姿が言いようのない艶《つや》めきを醸《かも》し出していた。

消え入りそうなのに、強い魅惑。

この世の物とは思えない。人理は思う。これではまるで――。

「何？　私の顔どこか変？」

振り返り首を傾げるその顔には、歳相応《としそうおう》のあどけなさがあった。

「……いや。何でもないよ。そうそう、切子さんに頼まれてたんだ。また警察のお手伝いをしてほしいんだって。今日の現場は『幽霊館』だって。何が起きたかわかんないけど、たぶん殺人じゃないかな」

京花が警察に呼ばれるときは大抵が殺人事件の現場である。

「行ってくれる？　僕も付いて行くからさ」

「……貴方も来るの？」

「京花の霊障に付いていくの初めてだ。楽しみだよ」

「……」

京花は人理の隣に座り、これ見よがしに生足を上げて黒のニーソックスを履いた。京花は自分が女扱いされないことを遠回しに愚痴《ぐち》ることがあるけれど、京花も人理を男として見ていない気がする。

トークハットを被って姿見で最終確認を行い、日傘を手にして廊下に出た。

「あれ？　もう出掛けるの？　切子さんが昼食作ってくれてるけど」

慌てて付いていくと、京花は一度立ち止まり、人理を振り返る。

じっと人理を見つめると、ふう、と息を吐いて肩の力を抜いた。

「じゃあ、お食事を頂いてから出掛けることにしましょうか」

＊

食事開始から三分と経たずに京花が席を立った。

「ごちそうさまでした。切子さん、私、もう行きますね」

人理は愕然とした。やられたと思った。

「ああ、いいよ。霊障に行ってくれるんだね？」

「ええ。その後、用事があるから帰りは遅くなるかもしれません」

「構わないよ。玄関の鍵は開けておくからね」

京花は平気で食事を残す。切子は「ラップしておくから後で気が向いたら食べな」と軽いし、引き籠もらずにいてくれるなら食事を疎《おろそ》かにされても構わないという態度だ。人理の目の前には冗談みたいに山盛りにされた白飯と、焼き鮭《ざけ》に山菜の煮付けにお味噌汁が並んでいて、すべてに箸を付けているので今さら残せない。そもそも出された料理を残すなんてポリシーに反する。京花の後を追わないといけないのに、美味しいご飯が人理を釘づけにして止まない。さて、どうしよう。

「ちょっと待って、京花！　僕も行く！　一緒に行こう！」

白飯を口いっぱいに押し込みお味噌汁で流し込む。京花はそれを冷ややかな目つきで眺めた。

「お断りよ。何で貴方まで付いてくるのよ？　霊感が一切無いのだから来られても邪魔なだけだわ」

「霊感は関係ないんじゃ……」

「大アリよ。でなければ、何しに来るつもり？　霊障には私ひとりで十分なんだから」

そう言うと、京花は食堂を出て行った。……くっ、完全に置いて行く気だな。

京花とのやり取りをニヤニヤしながら眺めていた切子は、席を立って山盛り白飯をついで持ってきた。必死に料理と格闘している人理の前に置く。

「はい。おかわり。いっぱい食べな」

「あ、どうも。じゃなくて！　追いかけないと！」

「別に急ぐことないでしょ。行き先はわかってるんだし、あの子の足になら走ればすぐに追いつくって。それよりヒトリにね、ちょっと耳に入れておきたいことがあって」

切子が真顔で言った。偶に見せるその顔ににわかに緊張が走る。

人理は箸を置き、居住まいを正した。

「最近のあの子、やけに活発的なの。具体的な理由は置いておくとして、あの子が若者らしく活き活きしだしたのって霊感体質との折り合いがうまく付き始めたからだと思うんだ。昔から変なモノが見えて一時はノイローゼ気味になってたけど、この頃は幽霊との向き合い方がわかってきたみたい。いい傾向だと思う。それはヒトリのおかげだとも思っている」

切子の顔つきが優しくなった。実の娘のように想っているのだろう。口では言わないが、引き籠もっている京花がやはり心配だったのだ。

ところで、と切り出した。

「ヒトリには会いたい霊が居るんでしょ？　それを京花に視つけてもらいたい」

「……うん。でも、京花は嫌がって『お願い』を聞いてくれないけれどね」

嫌がるだけならともかく断るのにも容赦がない。それを思い出して苦笑した。

人理には会いたい人が――会いたい幽霊が居た。ずっと傍に居てくれて、いつでも優しかった女のヒト。人理が歳を重ねるごとにその姿は透けていき、小学校六年生になった辺りで完全に視えなくなってしまった。普通の人間だと思っていたのに、視えなくなって初めてソレが幽霊だったのだと理解した。なるほど。霊感が無く視えない人からすれば人理は確かに嘘吐きに思えただろう。人理も視えなくなった当初は、これまで幻覚を見ていたのではないか、と自分を疑いもした。けれど、

――あそこに居る女の人がヒトリのお母さん？　綺麗な人ね。

あの言葉があったから、あのヒトは実在していたのだと信じることができたのだ。

「京花には感謝してるんだ。それと同じくらい嫉妬《しっと》してる。京花に言ったら怒られるだろうけど、僕は京花が羨ましい。幽霊が視える京花が」

「それは言わない方がいいね。コンプレックスを褒められたって嬉しくないもの」

「うん。だから、僕は『お願い』するだけなんだ。それ以上は望まない」

「そ。でも、長い目で見てやってよ。あの子はようやく幽霊と向き合おうとしているの。自分の体質や、立場や、弱みや、そういうのとも全部」

言われるまでもない。人理にとっても京花は大事な妹であり、家族なのだから。傷つける真似だけはしたくなかった。

耳に入れておきたいことというのがそれなのかと少し首を傾げると、切子は再び顔を引き締めた。

「じきにお盆《ぼん》が来る。天保院のお家でも親族が集められる。あの子の兄姉もね、実家に帰ってくる。これはもう決定事項なの。いくら京花でも逃げ切れない」

大袈裟でも何でもなく、それは京花にとって死活《しかつ》問題だった。

「あそこから逃げてきたのに、また立ち向かわなくてはならない。きっとボロボロになって帰ってくるだろうね。そのときはお願い。あの子の傍に居てあげてほしい。私だけじゃちょっと弱いから」

そんなことはない、と言いたかったが、自嘲《じちょう》する切子を見ているとどんな慰めも無意味に感じられた。

「私じゃあ京花の霊障は視えないし、あの子の悩みを共有したり共感したりできないからね。

きっと、京花が落ち着けるのは正反対の無能力者に限るんだ。ヒトリのようなね」

切子の分析はいつも正しい。だから、人理は素直に頷いた。

「わかった。『お願い』はしばらく控えるよ。そして、京花を独りにしない」

切子は安堵《あんど》したように微笑んだ。

またもや託された人理であったが、今度はプレッシャーにはならなかった。

＊

午後一時。『幽霊館』で桐生竜弥《たつや》と四年ぶりの再会を果たした。

京花の霊障に興味があるのかそわそわしている竜弥に視てくるよう勧めた。

「行ってらっしゃい。頑張ってね。気を強く持ってね」

竜弥の背中を見送りながら、もし竜弥に京花の霊障が視えてしまったらどうなる、とそんなことが頭を過《よ》ぎった。……どうなるも何も、それで捜査が進展するなら勧めた甲斐《かい》があったというものだ。素直に喜べばいい。なのに、なぜか心はざわついた。

人理も昔、まだ霊感があった頃に、京花の霊障を視たことがある。京花の体がぐしゃぐしゃにひしゃげて首が地面を転がっていく様は、今でも偶に夢に見る。

京花の霊障は霊感があれば誰しも視えるというわけではない。霊障に限らず、心霊的なモノには波長が合う合わないで捉え方が変わることがある。

例えば、一つの心霊現象に対して、ある人では幽霊の姿が目に視え、ある人では幽霊の呻《うめ》き声だけが耳に聴こえ、さらに別の人では霊感はあるのにまったく知覚できないといったように認識具合にばらつきが出ることがある。心霊現象が放つ霊波の波長には種類があり、受信する側との相性によって認識できる感覚が異なるのだ。

人理は京花の霊障を——『死の体現』を視覚で認識したが、では、竜弥はどの感覚で捉えることになるのだろうか。

視えなければいいと今さら思った。

京花の死に顔なんて他人には見られたくない。

コツン——。鉄柵の向こう、庭の中で硬い何かが弾ける音がした。その出来事には覚えがあった。五日前、猿垣巡査と一緒に『幽霊館』に看板を設置しに来たとき、同じように何かが地面に落ちてきた。そのときは二階の窓から誰かが小石を投げたものと考えたのだが、しかし窓に人影はなく、それどころか開いてもいなかった。

すぐに館の二階に目を向けた。今も誰の姿も見えない。窓も閉まっている。当然だ。中には警察官がいるのだ、関係者以外が侵入することは難しいし、おいそれと悪戯もできないはずだ。窓から物を投げ捨てる警官だって居ないはず。

カツ、コツ、カッ！

そう思っている間にも二度三度、音が響いた。もはや気のせいじゃない。確かに音が鳴っている。しかし、何かが降って来た様子はない。地面が音を鳴らしているのだ。

「……警備の人、いないよね？」

規制テープが張られてあるだけで近くに警察官の姿はなかった。普通、こういった現場では見張り役が立つものと思っていたが。ケースバイケースなのかもしれない。

「おじゃましまーす」

五日前から気になっていた音の正体を突き止めようと規制テープを潜って敷地内に侵入した。竜弥にはここから動かないと約束してしまったけれど、気づかれる前に戻れば大丈夫だろう。ちょっと地面を調べるだけだ、すぐに済む。

音がした大体の辺りを調査する。ゴミ屋敷と言われているだけあって地面に落ちているゴミの数が尋常じゃなく、音の正体を特定するのは困難に思えた。もう一度、近くで音がしてくれればいいんだけど。

コツ。――カンッ！　――カツッ！

「タイミング良すぎ」

しかし、その音は敷地の外で聞いたときよりも遥かに奥の方から響いた。しかも、一音毎にどんどん遠ざかっていく。音が移動している？　それはつまり音を発する何か（何者か）が移動したことに他ならない。音を追って庭を渡る。音が鳴る。方向転換。また音が鳴る。建物の横を通って裏庭へ至る通路を歩いていく。音が鳴る。このとき、人理は誘導されていることに気がついた。――この先に誰かが待っている？

裏庭に出た。背の高い夏草が茂っていて見晴らしが悪く、何があるのかいまいち把握できない。奥の方に蔵《くら》のような建物が見えたのでそちらに向かおうとしたとき、不意に館の壁から音が鳴った。

ドン。

それは銅鑼《どら》を鳴らしたような音だった。そして、そこにあるのは壁ではなく扉だった。『幽霊館』の真裏にある鉄の扉。見るからに頑丈《がんじょう》そうだ。台所の勝手口か何かだろうか。洋風屋敷ってみんなこういう作りなのかな、などと違和感を覚えずに近づいてみると、
ドンドン。

再び、扉を叩く音がした。

「この中からだ。んん？　中に誰か居るのかな？　誰か入ってますかー？」

ドアノブを握る。接着剤でくっつけてあるのかと思うくらい硬かった。

力尽くでは開きそうになかったので、人理は思いつきで二回拳でノックしてみた。

すると、
ドンド

ンド
ンド
ンドンドンドンドンドンドンドンドンドンドンドンドンドンッ！

怒り狂ったようなノックが内側から扉全体に叩きつけられた。

人理は驚いた拍子に尻餅をつき、ノックが鳴り止まない鉄扉をただ呆然と見上げた。連打する音は人ひとりで起こせるものじゃない。扉の向こうで少なくとも四、五人が拳で叩かなければこんな音にはならないはずだ。——四、五人だって？　扉は人ひとりが通れるくらいの大きさだ。四、五人の人間が張り付くには窮屈《きゅうくつ》すぎるし、その絵面は想像してみてもやはり奇怪《きかい》である。——でも、じゃあこの音は一体何だ？

出して欲しいと希《こいねが》うようにも聞こえるし、どこかへ行けと威嚇《いかく》しているようにも聞こえる。どちらにせよ、開かない扉の内側でナニかが人理に懸命に訴えている。生きた人間の仕業ではない気がするものの、しかし人理には霊感が皆無だ。心霊現象だとも思えない。

奇妙なことに、人理はノックの連打に驚いただけで、恐くはなかった。

「君は誰？　僕のこと知ってるの？」

ノックが激しさを増す。そこに含まれた感情が何なのかわからないが、意思疎通はできるらしい。しかし、困った。ノックの音で会話なんてしたことないからこれ以上何と言えばいいのかわからない。いや、そういえば、ノックで質問に答えさせる方法があるにはあった。質問に対してイエスなら二回、ノーなら一回、ノックするというよくある伝達手段である。提案してから再度質問を振ってみた。

「僕に何か用があったの？」

ドンドンドンドンドンドンドンッ！

「あー、駄目か。じゃあ、どうしようかな」

どうしたらいいと思う、などと気軽に訊いてみる。ノックは静まる気配を見せず、扉を壊さんばかりに大音を打ち鳴らす。——元気だなあ。なぜか怒ったときの京花の顔が思い浮かんだ。小さい子が駄々を捏《こ》ねているみたいで微笑ましかった。

ノックの怪音と、蟬の鳴き声。

夏なのに冷気漂う裏庭の日影。

「————」

しばし意識が飛んだ。どうしてこうも居心地が良いのか。

微睡《まどろ》むように扉を眺めていると、背後から肩を叩かれた。振り返ると、そこには竜弥の呆れ顔があった。

「おまえ、何やってんだ？」

我に返ったとき、いつの間にか扉からノックの音が消えていた。

本当に夢を見ていたのかもしれない。

＊

竜弥の家で夕食をご馳走《ちそう》になった後、すぐさま『れんげ荘』に向かった。京花に今日起きた出来事を報告して、意見を聞きたくなったのだ。

竜弥の妹の茉依から『幽霊館』の怪談を聞かされて、昼間の鉄扉の怪音が、館に食べられたという少女の霊の仕業に違いないと思った。偶然かもしれないけれど、怪談と一致する部分はやはり無視できない。京花に判定してもらおう。

「京花？　そういえば、まだ帰ってないね」

管理人室の窓口から顔を出した切子が下足箱を見て言った。京花のブーツが一組無いままだった。すでに午後九時を過ぎている。いくら夏休みだからといって女の子がひとりで出歩いていい時間じゃない。基本、引き籠もりで夜遊びするような子じゃないのに。一体どこをほっつき歩いているのか。

「切子さん、昼間言ってたよね。最近の京花は活き活きしてるって。それと何か関係あるのかな？」

「どうだろう。誰かに会いに行ってる感じはするけどね」

するると、切子が意地の悪い笑みを浮かべた。

「気になる？　気になる？」

「そうだね。京花に友達はいないから、警察関係かもしれない。今日霊障を行った現場で何か進展があったのかも」

それなら竜弥も呼び出されてもおかしくないのだが、新米刑事だとそこまで重要な機密は教えてもらえなかったりするのかも、と勝手に納得した。

切子がつまらなそうに嘆息した。

「京花のこと信頼しているんだか馬鹿にしているんだか、微妙なところだね」

「何が？」

「アンタが唐変木《とうへんぼく》だってことだよ。まあ、いいさ。じきに帰ってくるよ。昨日もこれくらいの時間に帰ってきたし」

そう言ったまさにそのとき、人理の背後で玄関の扉が開いた。

「ただいま帰りました」

現れた京花の姿に人理も切子も絶句した。京花は髪の毛からブーツの爪先《つまさき》まで全身がびしょ濡《ぬ》れだったのだ。バケツで水を被ったような有様だった。

「どうしたのよ、それ!?」

「何でもありません。とにかくシャワーを浴びさせて」

「待ちなさい！　いまタオル持ってくるからそんな状態で上がらないで！　掃除も洗濯もすんのは私なんだから！」

切子は慌てて共用洗面所に向かった。京花は濡れた髪を煩わしげに掻きあげると、人理を見つけて固まった。どうしてこんな夜更けに居るのかと驚いたようだ。

「遅かったね。どこ行ってたの？　そんなずぶ濡れで、何かあった？」

「……」

「京花？　どうかした？　何とか言ってよ」

京花は不機嫌そうに目を細めた。今の質問の何が琴線《きんせん》に触れたのか謎ではあるが、京花は人理を睨み付けたまま一言も発しなかった。今すぐ帰れと言わんばかりの眼光を前にして、「仕方ないな」はたして人理はロビーの共用ソファに腰掛けた。

「じゃあ、僕から話すよ。聞いてほしいことがあるんだ。それで、京花の意見を聞かせてほしい。──あのね。今日、『幽霊館』で別れた後のことなんだけど」

空気を一切読まずに話し始めた。

京花は疲れ切ったという顔で手を上げた。「ちょっと待って」切子が持って来たタオルに水滴を吸わせて、ニーソックスを脱いで玄関に上がる。

「わかったわ。長くなりそうだから後で聞く。とにかく今はお風呂《ふろ》に行かせて」

夜も遅いので日を改めましょうと言ったところで大人しく帰る人理でないことを、京花は嫌というほど知っていた。面倒だが人理に付き合うのが得策だと諦めたようだった。

しかし、浴室まで付いてきたことにはさすがに嫌悪感を露わにした。

「……まさかとは思うけど、一緒に入る気じゃないでしょうね？」

「はあ？　子供じゃないんだからお風呂くらいひとりで入りなよ」

何言ってんの？　と、当たり前のことを指摘したら京花が変な顔になった。

「京花、何だか疲れてそうだし、後回しにするだけ夜も遅くなっちゃいそうだから、脱衣所から話すよ。京花は僕に構わずシャワーを浴びたらいい」

中途半端に持ち合わせていた良識のせいで変質者紛いの行動に出ていた。偏《ひとえ》に京花を異性として見ていないことが原因なのだが、人理にはそのどちらの自覚もなかった。京花はもう何も言わなかった。

脱衣所の壁に背中を預けて、シャワーを浴びる京花にその日の出来事を報告した。

「——ということがあったんだけど、どう思う？　やっぱりマエちゃんが話してくれた怪談の女の子だと思う？」

蛇口《じゃぐち》を捻《ひね》る音がしてシャワーが止まった。そんなに長い時間話していないが、京花はもう上がるつもりらしい。浴室に持ち込んだタオルで体を拭《ふ》く気配がした。

「違うわね」

京花ははっきりと否定した。

「私が視た限り、あそこに少女の霊なんていなかったわ。せいぜい動物霊が数体漂っていたくらいね。夢でも見ていたんでしょ？　ヒトリってば、油断してるとどこでも寝ちゃうじゃない。神経太いから」

むうと唸る。確かに図太いという自覚はある。竜弥に声を掛けられたとき夢かと疑ったのもそのせいだ。いや、やっぱり夢だったのか。

「仮に、少女の幽霊がヒトリに何かを訴えていたとして、どうだと言うの？」

「そりゃあ、何とかしてあげたい、かな」

少女の救いが成仏《じょうぶつ》ならばさせてあげたい。違う望みであっても叶えられるのなら叶えてあげたい。だって、可哀相《かわいそう》じゃないか。死んだ後も子供の姿のままあの館に閉じ込められているだなんて。

「偽善者《ぎぜんしゃ》。貴方、単に自己満足に浸りたいだけなのよ。幽霊のこと何も知らないくせに、何とかしてあげたいだなんて傲慢《ごうまん》だわ」

違う、と反論したかったが、続く京花の言葉に潰された。

「はっきり言うわ。貴方には霊感がない。無くなったの。何にもできない」

「なら、京花が」

「私が？　何で？　忘れているようだから言ってあげる。私はね、幽霊が嫌いなの。霊感なんて捨てられるのならすぐにでも捨てたいくらいよ。救ってあげるだなんてそんなこと、虫唾《むしず》が走るわ」

「……」

もちろん、忘れてなんかいない。いつの頃からか、京花は幽霊を憎むようになった。いや、ずっと昔から気味が悪いと思っていたのかもしれない。

黒い服を着ているのも幽霊を憎んでいるからだ。あれは幽霊を寄せ付けないための一種の呪いなのである。

得体の知れない感情が腹の裡《うち》で蠢《うごめ》く。

「私に期待しないでちょうだい。ヒトリも、自分に期待しないことね。旧杜村邸には二度と近づかないで」

有るモノを手放したいという願いが理解できない。人理がいくら望んでも取り戻せないモノを持っているくせに。会いたいヒトに会う術《すべ》を持っているくせに。

厭《いと》うだなんて。

上がるわ、と声が掛かったので、浴室の扉が開く前に脱衣所から出た。

*

七月二十六日——。

一夜明けてもまだ京花への反発が拭《ぬぐ》えなかった。たった一言でこうまで失望できるだなんて思ってもみなかった。

京花は口では悪態を突いていても、結局最後は幽霊の側に寄り添う人なんだと思っていた。

……違うんだ。京花の言うように、人理が勝手にそういう期待を押しつけていただけ。京花に対して多大な期待をしていただけだ。そしていつかは報われるのだと、努力もしないで他力本願に考えていたことに気づかされた。反発はそんな自分を恥ずかしく思ったから出た感情だろう。

目が覚めた。

確かに、らしくなかった。

葦原人理は「理」に拘る人間だ。霊感を失ったことに意味があるのなら、京花が非協力的なことにもまた意味がある。自分で動くしかないということは、それもまた必然の理なのかもしれない。

霊感を失い再会を渇望《かつぼう》する人理にしかできないことがきっとあるのだ。

「……無いのかもしれないけれど。まあいいや。結局、したいようにするしかない」

『幽霊館』にやって来た。怪音の正体を突き止めるためである。いつか京花に聞いたことがある。人が幽霊を思うように認識できないのと同じように、幽霊もまた取り憑く人間を選べないのだという。取り憑かれるにはそれなりの理由と関連性が要るのだ。あの怪音は人理に何かを訴えていた。それを解明することが、関わった人理の責任だと思う。

門扉には制服の警官が警備に立っていた。昨日はいなかったのに。通りすがりを装って鉄柵の隙間から館を窺ってみたが、今は現場検証を中断しているのか、捜査員の姿は見当たらなかった。

さて、どうしよう。敷地内にさえ入ってしまえば自由に動けそうだけど、この塀と鉄柵、そして警備に立つ警察官が最初にして最大の関門になっていた。よじ登るしかなさそうだが、それでは目立つし、捕まれば再挑戦できなくなる。よじ登るのはリスクが高すぎる。

とりあえず鉄柵を伝って敷地の外を回っていくと、途中から鉄柵ではなく視界を遮《さえぎ》る石塀に変わった。そして、丁度真裏の辺り、隣家の塀が迫る細い路地の先に見知った少女を見つけた。

「マエちゃん？」

屈み込んで石塀の壁に手を付いていた茉依がぎくりと身を硬くした。恐る恐る振り返り、そこに居たのが人理だとわかると心底安堵したように息を吐いた。

「なんだー、ヒトリ君かー。脅かさないでよー」

「何やってるの？　こんなところで。──あ」

人理は昨夜茉依が話してくれた怪談の内容を思い出した。そういえば、『幽霊館』のオマジナイには、塀に空いた穴から侵入するというルールがあった。茉依が屈んでいた場所を見ると、石塀に薄っすらと亀裂が走っていた。まさか、これが？

茉依は人理の視線に気がつくと、悪戯っぽく笑った。

「お兄ちゃんに内緒にしてくれるなら、抜け穴の秘密を教えてあげてもいいかなー」

なぜ茉依がここに居るのかという疑問は後回しだ。人理はぶんぶん頷いた。

「これね、パズルみたいになってんの。よいしょ」

幾十にも張り巡らされた亀裂にわずかな窪みがあり、その一箇所に茉依の小さな指先を引っ掛ける。指で引っ掻くようにしてぐいぐい手前に引くと、見る見るうちに塀の一部が亀裂の形に抜き取られていく。やがて、拳ほどの大きさの塊が茉依の掌に落っこちた。人理は思わず「おおっ」と感嘆した。

「すごい！　そうやって一つ一つ蓋《ふた》を外していくわけだね」

「ううん。抜き取るのは最初の一個だけ。あとは、押す！」

パズルのピースが一つ欠けたことで圧力の均衡《きんこう》が崩れ、他の塊は軽く押しただけであっさりと塀の向こう側へと落ちていった。そうして、亀裂部分が取り除かれた石塀に、人一人がやっと通れそうな小さい穴が現れた。茉依は恐れることなく頭から突っ込んで、お尻をふりふりしながら石塀の向こうへと抜けていく。人理も後に続く。高校生には狭すぎるその穴を、何度も支えたり腕を擦り剝《む》いたりしながら何とか潜り抜けた。

「でね、バレないようにこうするの」

先ほど落とした石塀の塊を拾って今度はパズルのように嵌め込んでいく。穴はあっという間に塞がれてしまった。

「慣れてるね」

「うん。いつ探検に来てもいいようにしょっちゅうチェックしてたんだ。この穴塞がれたらせっかくのダンジョンが台無しだもん」

すると、ハッとなって勢いよく人理を振り返った。

「お、お兄ちゃんには内緒だからね！」

お安い御用だ。そのおかげで人理も難なく敷地内に潜入できたのだから。

ふたりで裏庭を横切っていく。茉依は館の中にだけ興味津々だった。

「ヒトリ君が来てくれてよかったー。マエだけだったら抜け穴チェックするだけで終わってたよ。ココに一人で入るにはまだまだレベルが足りないから」

「あー。恐かったんだね」

「ち、違うもん！　一人で入ってもつまんないだけだから！」

段々と茉依の性格が摑めてきた。好奇心旺盛でコレと決めたら積極的なのに、ここぞというところで臆してしまうようだ。つまり、ヘタレ。

ニコニコしている人理を恨めしげに睨んだ後、観念したように言った。

「ほんとはね、今日、オマジナイしたいって子と一緒に来る予定だったんだ。でも、ココで殺人事件があったからその子恐がっちゃって。ドタキャンされちゃったの」

ようやく探検が叶うと思った矢先にお預けを食らったわけだ。そりゃ館の周りをうろちょろしたくもなるだろう。人理も似たようなものなので共感できた。

鉄扉の前に差し掛かる。怪音は起きなかった。

人理は鉄扉に近づいて調べてみたが、見たところ変化はなかった。試しにノックをしてみるも、何も起こらない。

「ヒトリ君、違うよ。そこはノック四回。でも、ひとりきりじゃないとオマジナイにならないんだよ」

苦笑した。そうか。こちらからあの怪音の心霊現象に遭うには正しい手順を踏む必要があるのだ。

「こっちこっち！」

手を引かれて館の側面に回り込む。前もって侵入経路を考えていた茉依は迷うことなくガラスが破れた出窓の窓枠に手を突いて体を引き上げた。

「そこから中に入るの？」

警備に立つ警官に聞かれないように小声で訊ねた。

「うん。玄関は警察が居て難しそうだから。ココ、第二候補なんだ」

茉依は自慢げに笑うと、館の中に体を滑り込ませた。

人理もガラスの破片に気をつけながら窓枠に乗り上がり、中に入った。そこは十畳ほどの客室で物がほとんどなかった。茉依はすでに廊下に出ており慌てて後を追う。

廊下はとても暗く、当然のことながら静まり返っていた。心なしか、足元に冷気が漂っているように感じられた。茉依も同じことを思ったのか、しきりにサンダル履きの足首を擦っている。ぶるりと体を震わせた。

「お、おかしいね。なんか、寒いね」

その顔は若干青ざめていた。

「うん。ちょっと冷房が効き過ぎだよね」

このジョークは無惨にも無視された。寒いのは何も冷気のせいだけじゃない。

「じゃーん！　ヒミツ道具ーっ！」

茉依は自らを鼓舞《こぶ》するように元気良くリュックから懐中電灯を取り出した。

「用意がいいね。さすがマエちゃん」

えへへ、と照れた茉依は、点灯して照らした足元で、黒い物体が蠢いたのを見て悲鳴を上げた。咄嗟《とっさ》にしがみついてきたので、懐中電灯は人理が持つことになった。

廊下を進む。館の内装にはシックな趣《おもむき》が随所に見られた。それだけに盛衰の落差が浮き彫りになってより虚しさを覚えてしまう。今も現役であったなら『れんげ荘』にも引けを取らない素敵な洋館だったかもしれないのに、残念だ。

茉依は恐がりながらも隣の部屋のドアを開けた。先ほどと同じくらいの広さの部屋だったが、窓が一箇所しか無い分こちらの方が閉鎖的だった。窓からは裏庭が見えた。ガラス一枚が中と外とで随分な隔たりを感じさせた。特に見るものもないので隣の部屋へ。茉依は好奇心からではなく早く帰りたいがために急いでいるように見えた。

「この家って二階のほかに屋根裏と地下室があるんだって。全部を見て回るのは大変だ」

「それは今度でいいかな！　今日はあとちょっと見たら帰ろっ！」

さらに隣の部屋は書斎だった。木製の重厚な机が窓の前に鎮座し、部屋の両壁は一面丸々本棚になっており、分厚い専門書が数十冊埃《ほこり》を被って横たわっていた。天井では大きな蜘蛛《くも》の巣が部屋全体を見下ろしている。まるで作り物のホラーハウスのようであり、茉依は恐怖と感動が入り混じったような「うわあ……」感嘆の声を漏らした。

「え？　あれ？　ヒトリ君、何か言った？」

「うん？　どうかした？」

茉依が怯えるようにして周囲を見渡した。よほど恐いらしい。この部屋を見終わったら館から出て行くのが良さそうだ。

本棚から適当に一冊を抜き出した。農薬に関する書籍であった。他の本の背表紙のタイトルも似たようなもので、杜村家は農業で成功した家なのだと断片的に把握した。農家とは関係ありそうでなさそうなタイトルも幾つか発見し、これは調査のし甲斐がありそうだぞ、と遅まきながら冒険心が躍りかけた、そのとき。

どさっ。

背後。反対の本棚を調べていた茉依が手に取った本を床に投げつけた。次から次へと手に取り、振りかぶって叩きつけていく。一心不乱に本棚を空にしていく茉依の表情は、背中を向けているのでわからなかった。

「マエちゃん……？」

床に積み上がった本も拾っては投げつける。目的の本を探しているわけじゃなく、その行為自体をひたすら繰り返していた。やがてそれにも飽きたのか、肩で息を吐きながら立ち尽くすと、俯《うつむ》いたまま人理の方に歩いてきた。

「葦原君……」

目の前で爪先立ちになり、人理の無防備な首に両手を伸ばした。指が絡みつく。

「んぐっ⁉」

「一緒に来て」

爪が皮膚に食い込んだ。

痛みを覚えるより先に、頸動脈《けいどうみゃく》を締められて喉が詰まった。

「あぐっ……、はっ、ぁ⁉」

悪ふざけでする力加減ではなかった。茉依の目は暗い洞穴《ほらあな》のように光を失くし、口元は歯を覗かせて愉快《ゆかい》そうに笑っている。――マエちゃんじゃない!? 直感的に別の意志の存在に気づいた。

「……ッ! ッッッ!?」

引き剝がそうとしたがびくともせず、次第に体から力が抜けていく。

茉依の体に宿った何かがくすくすと笑い声を立てた。さらに指先に力が加わる。

――や、まずい……。本当に、殺される……ッ。

見る見るうちに視界が狭まっていく。目の前に居る茉依の笑顔が遠ざかる。疑問に思う間も、振り解いて逃げる隙もなく、小学生の握力に意識が徐々に薄まっていく。

「おっと、これはまた大変な事態に遭遇しちゃったかな」

意識を失う直前に、耳にしたのはそんな暢気《のんき》な声だった。

＊

次に目を覚ましたとき、真っ先に感じ取ったのは黴《かび》と埃の臭いと、全身を包み込む空気の肌寒さだった。ぶるりと体を震わせて上体を起こす。そこは館の書斎だった。茉依に首を絞められて意識を失った後、そのまま倒れていたようだ。

「そうだ。マエちゃん!?」

「安心していいよ。そのマエって子ならお家に帰したから」

長身の男が内側に開いたドアに背中を預けて立っていた。見知らぬ人で、見た目から明らかに年上だとわかったので人理は会釈した。

「ふうん、見かけによらず頑丈だな。君は」

「あの、どちら様でしょうか？」

ラフな格好をしていたので警察ではないだろうと思い、訊いた。

すると男は形の良い眉を顰めた。

「あれ？　僕のこと知らない？　ほら、どこかで見たことあるでしょ？　ドラマとか、歌番組とか、バラエティとか。もしかして、テレビ観ない人？　だったらファッション誌はどう？　モデルにこんな顔の人居なかった？」

モデル、という単語から「なるほど」と呟いていた。人理はそういう方面には疎《うと》いのだが、モデル体型という形容は目の前の男にこそ相応《ふさわ》しいと思った。

そして、どうやらこの男はテレビのあちこちに顔を出し、モデル業もこなしている芸能人なのだと理解できた。それを踏まえて改めて口にする。

「どちら様でしょうか？」

男は大袈裟に肩を竦めてみせた。

「……そうか。これだけ言ってもまだわからないなんてね。君は人生の大半を損しているよ。

お家に帰ったらすぐにテレビを買いなさい。いいね？」

テレビを持っていないと決めつけられてしまった。

「僕の名前は初ノ宮行幸。本名でマルチに活躍しているアイドルだよ。本業は『霊能相談士』。よろしく、少年」

無理やり手を摑まれて握手される。その名前には聞き覚えがあった。昨夜、茉依が口にしていたような。――そうだ、確か、ユッキーという愛称で呼ばれる霊能力者。

「幽霊特番に出てる人だ」

「お？　なーんだ、知ってるんじゃないか少年！　そうだよね！　僕のこと知らない人間がこの世に居るわけないよね！　安心したよ！」

胸を押さえて安堵している。本気で世界中の人間に知られていると思っているのだろうか。だとしたら、すごい自信家で、すごく変な人である。

「で、少年は？　どうしてこんなところに居るんだい？」

「あ、僕は葦原人理と言います。地元の高校に通う学生です。今日は探検しにココに」

「探検か！　いいね！　実に少年らしくて健全だ！　それにしても変わった名前だね。ヒトリ、か。それってどんな字を書くの？」

「人間の『人』に、理由の『理』です」

「ほっほう。なるほど。仰々《ぎょうぎょう》しいね。『人理』――うん。気に入ったよ！」

今からヒトリ君と呼ばせてもらおう、と嬉しそうに言った。お互いに自己紹介も済んだところで話を戻す。

「あの、マエちゃんは家に帰ったって。無事なんですか？」

「ああ、さっきの子だね。大丈夫だよ。無事も無事。どこも怪我してない。何やらよくないモノに取り憑かれてたから体から追い出しておいたよ。少しだけ意識が朦朧としてたけど、憑き物落としをした後って大抵その間の記憶が飛んじゃってたりするから、今頃お家で『今日あったことは夢だったのかな』なんて不思議がってるんじゃないかな」

「そうですか」

なら、よかった。怪我でもさせていたら竜弥に会わせる顔がない。

「自分の心配もした方がいいと思うけど。ヒトリ君、さっきは本当に危機一髪だったんだよ。僕の登場があと一分でも遅かったら死んでたかもしれない」

少しだけ真剣な声音で語った。軽薄な印象だったが、それだけではないようだ。

「僕、どれくらい気を失っていました？」

「二時間ちょいかな。霊気に中《あ》てられてたから長いこと気絶するのはわかっていたし、さすがに君を抱えて館を出るのは難しかったんでそのまま寝かせておいたんだ。文句ある？」

「ありません。助けていただいてありがとうございました」

「どういたしまして。いいね、君。普通なら混乱してるもんだけど。図太いんだな」

京花と同じ評価を受けてうんざりしたと同時に、気づいた。初ノ宮行幸はどことなく京花と雰囲気が似ていた。性格や人柄といった表面的なところではなく、芯の部分で似た何かを共有している気がする。共通することと言えば、『霊能力者』であることか。

「あの、初ノ宮さん、ちょっと訊きたいことがあるんですけど」

「はいはい。いいよ。何でも答えてあげちゃおう。ところで、初ノ宮さんってのは堅苦しくていけないいな。僕のことはユッキーって呼んでよ」

「じゃあ、行幸さん。霊能力者ってことは除霊とかできるんですか？」

「ユッキーだってば。まあいいや。除霊に降霊、占いに詐欺、一通りできるよ」

おかしな単語が紛れていたが、行幸の冗談だと思って聞き流す。

「さっきマエちゃんによくないモノが取り憑いていたって言いましたけど、でも昔、この館で除霊したことあるんですよね？　テレビで。なのに、取り憑かれたっていうのは」

行幸はつまらなさそうに鼻を鳴らすと、白い高級そうなハンカチを床に敷いてその上にあぐらをかいた。「いいかい？」と人差し指を立てた。

「幽霊ってのはどこにでも居て、どこにも居ない。常に目まぐるしく移動しているもんなんだ。一度祓《はら》ったからってこの世からいなくなったりしないよ。思念ってのはどうしようもなく残るものなんだ。完全に消滅させるには手順が必要だ。七面倒臭い手順がね」

「じゃあ、やっぱりこの館にはまだ幽霊が居るんですね？　それって動物霊ですか？」

「動物霊？　まさか。誰に聞いたか知らないけれど、そりゃ嘘だよ。そこに居るのは人間の霊ばかりだ。ウヨウヨいやがるよ」

行幸は天井を見上げて不愉快そうに顔を顰めた。

動物霊じゃないとなると、昨夜京花が言ったことと矛盾する。京花は、では人理に嘘を吐いたということか。なぜだろう。やっぱり頼られたくないからなのかな。

首元を擦った。茉依の手の感触がまだ残っている気がした。

なぜ茉依が取り憑かれたのか。そしてなぜ人理を殺そうとしたのか。――取り憑かれるにはそれなりの理由と関係性が要る。ならば、茉依に取り憑いた幽霊は茉依と何かしら関係性があったのかもしれない。それに、人理とも。

「茉依ちゃんに憑いていた霊ってまだいますか？」

「一応追っ払ったけれど、時間が経てばまた戻ってくるかもしれないね」

「あの、できればその幽霊は祓わないであげてください」

行幸はキョトンとして人理を見つめた。珍しいものを見たという目で。

「どうして？」

「僕のことを名前で呼んだんです。昨日も、ここでラップ音がありました。もしかしたら僕に何か伝えたいことがあるのかもしれない。そう考えると放っておけなくて」

葦原君、と彼女は確かにそう言った。茉依は間違っても人理をそんな他人行儀に呼ばない。

あれは、幽霊が人理を『葦原人理』と認識して出た呼び名なのだ。

そう説明すると、行幸はさらに目を見開いた。

「殺されかけたってのに、すごいね。図太いとかお人好しとかそういうレベルを越えてるよ。普通なら恐がってさっさと祓ってくれと泣きついてくるところなのに。君って、頭のネジが一個外れているよね。それもとても重要な部分の」

嫌味でも皮肉でもなく、その声音は人理を大いに感心していた。真似できないと、どこか羨んでいる気配さえ滲ませた。

「だが残念。僕がなぜココに居るのか、まだ話していなかったね。込み入った事情もいろいろあるんだが、結論から言うとこの館に居憑く幽霊を一掃《いっそう》するために来た。僕は区別なく差別なく分別なく霊を祓いたい。すべての幽霊をこの世から消し去りたいんだよ。だから、君の頼みは聞いてあげられないな」

段々感情が乗って早口になった。幽霊を忌《い》み嫌っているのが端々《はしはし》から感じ取れた。

「……そうですか」

しかし、それは困る。何か実害があるわけじゃないけれど、むしろ実害になるモノを取り払おうとしてくれているのだけれども、それでは人理の気持ちがすっきりしない。

思えば昨日の昼、鉄扉の怪音を聞いたときに、人理はその霊障を起こした幽霊に親近感を覚えていたのだ。一方的にではあるがコンタクトを取ってきたその幽霊にはきちんと何かを返したかった。せめて、正確なメッセージを受け取りたい。

「あの、幽霊と会話することは可能ですか？」

京花が不可能だと言っていたことだ、駄目元で訊いてみた。すると、

「おぞましいね。考えたこともないよ」

行幸は不快感を露わにして人理を睨みつけた。

おもむろに立ち上がってお尻を叩くと、書斎の外を顎《あご》で示した。

「外の空気が吸いたいな。霊気に中てられすぎて少しばかり気分が悪い」

長居したくないと誤魔化したが、明らかに人理の質問に腹を立てていた。京花も行幸も、『霊能力者』は幽霊との対話に拒絶反応を示す傾向にあるようだ。理由はもちろんわからないし、不機嫌にさせた責任もあったので、素直に従うことにした。

館を出て、真裏の石塀を軽々とよじ登る行幸。人理も行幸の真似をしてみたが、身長と足の長さに差が出てしまい、行幸のようにすんなりとはいかなかった。もたつきながらもなんとか石塀を乗り越えた。警備に見つからなかったのは運が良かったにすぎない。

「今後、ヒトリ君と一緒に侵入するのはやめておこう。いくら僕がスターでも警察には通用しないだろうしね。捕まって、マネージャーに怒られたくないんだ」

ここではもう会わないと言外に伝えられ、連絡先が書かれた名刺を渡された。

「ヒトリ君の番号も教えてほしいな。せっかく友達になれたんだ。今後も仲良くしてよ」

いつでも連絡していいからね、と白い歯を覗かせてニカッと笑った。気持ちをすぐに切り替えられるなんて自分と違い大人なんだなと感心する。

「あ、そうそう。さっきのマエちゃんっていう女の子のフルネームと、知っているなら住所も教えてくれないか。気がかりだと言うなら改めて除霊しておくから」

「ああ、じゃあ、お願いします」

行幸と別れて近所をふらふらと当て所も無く歩く。今さらながら現実味のない体験をしたものだと不思議な感覚に陥った。すべて夢だったような気がするのだ。

初ノ宮行幸の名刺だけが実感を呼び起こした。

＊

手掛かりは何も『幽霊館』にしかないわけじゃない。

茉依が話してくれた怪談と、館の幽霊が放った人理の呼び名を考慮すれば、自ずと手掛かりは見えてくる。人理は母校の小学校――千千良小学校を訪れた。

夏休みで児童はいなくても、教師は仕事をしに学校に来ている。終業時刻までに滑り込み、六年生のときのクラス担任だった戸田先生を捕まえることができた。

「久しぶりだな、葦原！　見違えたぞ！　まさかおまえから訪ねてくるなんてな！」

戸田先生は人理の訪問を、涙を滲ませて喜んだ。当時、戸田先生はまだ新米で、クラスに馴染めなかった人理を救えなかったことをずっと悔やんでいた。卒業後もどうしているかとしばらく気を揉《も》んでいたという。竜弥だけでなく、ここにも心配を掛けた人がいたことを知り、人理は申し訳なく思うのと同時にくすぐったい気持ちになった。

両親がいなくても不幸じゃなかったのだと、確認できたから。

「それで、訊きたいことって何だ？　進路の相談か？　何でも来いだ！」

なおも力になろうとしてくれる戸田先生には悪いけれど、おそらく一番触れて欲しくないであろう過去の事案を口にした。

「僕の代で行方不明になった女の子がいると聞きました。その子のことについて教えてください」

当時自分のことだけで頭がいっぱいだった人理はクラスメイトの顔と名前をいちいち把握していなかった。当然、行方不明者が出たことにも気づかなかった。もしまだ見つかっていないのなら記憶の中にその子の行方を知る手掛かりがあるかもしれない——そう説得すると、最初渋っていた戸田先生も観念して口を割った。ネットや過去の新聞記事を漁ればいくらでも出てくる情報でもあるので、隠す必要もないと判断したようだ。

「むしろ、おまえがそう言ってくれて俺は嬉しいんだ。ようやく話せる」

まるで罪を懺悔《ざんげ》するかのように戸田先生は話し始めた。

それは一学期の終わり頃に起きた事件だった。箱崎若菜という女子児童が失踪《しっそう》した。

当初、その前後に降った大雨の影響で水難事故に巻き込まれたものと見做されて捜索が始まったのだが、町内にある川や池を隈無《くまな》く浚《さら》っても発見には至らなかった。

戸田先生は子供たちの間で『幽霊館』のオマジナイが噂になっているのを把握していた。旧杜村邸を捜索するよう警察に頼み込み、自身も捜索に加わったという。

「俺は箱崎が『幽霊館』に行ったと確信していたんだ。なぜかって？　あいつが俺に訊いてきたからだよ。オマジナイをしたら願いが叶いますかって。俺は言った、あそこは危ないから近づくな、オマジナイなんて迷信だってな。でも、箱崎に諦めた様子はなかった。失踪したって聞かされたとき、俺は真っ先に『幽霊館』が思い浮かんだ。絶対にあそこに居ると思って、お巡りさんとも相談して、何度も何度も捜しに行ったんだ。でも、見つからなかった」

その後、警察は誘拐を想定した公開捜査に踏み切り、町外にまで捜索の網《あみ》を広げたが、あれから五年経った今でも何の手掛かりも摑めていない。

「葦原、覚えていないか？　あのとき孤立していたおまえを箱崎だけは気に掛けていた。学級委員で責任感もあったから葦原のこと放っておけなかったんだな。オマジナイをしたらイジメは無くなるのかなって箱崎は口にしていたよ」

戸田先生は嗚咽《おえつ》する。もしあのとき自分が人理を救えていたなら箱崎若菜も失踪せずに済んだかもしれないのに、と。

「誰が彼女を誘拐したんだろう。せめて、生きていてくれればいいんだが」

*

もし茉依に憑依した幽霊が箱崎若菜なのだとしたら、つまりそれは箱崎若菜がすでに死亡していることを意味する。

責任を感じることはないと戸田先生は言った。自責の念に耐え切れず、その重圧から逃れたいがために「おまえがそもそものきっかけだ」と人理にすべてを白状しておいて。だが、戸田先生を責めるつもりはこれっぽっちもなかった。人理が責任を感じる必要がないと言うのなら、戸田先生こそ失踪に関してまったく責任がないのだから。

責任というよりも使命感なら芽生えていた。

昨日から続く一連の出来事はすべて偶然巻き込まれたもののように感じられたが、ただ単に自覚がなかっただけで人理は最初から渦中に居たのである。正直まったく思い出せないけれど、箱崎若菜とは面識があるどころか、学校に居る間はイジメから庇《かば》ってくれていたというのだ。そんな恩人のことをすっかり忘れていたなんて、我ながら薄情だと思った。

彼女の霊を鎮《しず》めることこそが人理に課せられた使命である。

――ちょっと大袈裟かな。でも、若菜さんの霊とは向き合わないと。

人理のためにオマジナイを敢行《かんこう》し、何があったか知らないが『幽霊館』で命を落とす羽目になったのだ、逆恨みであったとしても人理に対して文句の一つや二つ言いたかろう。それが未練であれば人理には聞く義務がある。

というわけで、人理は晴れて『幽霊館』を訪れる大義名分が立ったのだった。もう京花に自己満足だなんて言わせない。

行幸の話では除霊には正しい手順が必要らしいので、ひとまず幽霊の正体を明らかにする必要があった。箱崎若菜の霊かどうかはっきりさせるのだ。鎮魂《ちんこん》や除霊はその後だ。

人理が向かったのは桐生竜弥のアパートである。茉依から憑依されていた間の記憶を聞き出すために。霊感のない人理にできることと言えば、心霊体験をした人から情報を集めることくらいしかなかった。

日も暮れかかった午後六時過ぎ。桐生家の部屋の呼び鈴を何度も鳴らしてみるが、中から反応はなかった。茉依が『幽霊館』から帰って随分経っている、もしかしてまた外出してしまったのだろうか。あるいは疲れ果てて中で眠っているのか。

買い物帰りの小母さんが隣家のドアの鍵を開けながら人理を訝しげに見た。愛想《あいそ》笑いを浮かべて軽く頭を下げ、そのまま階段を下り、アパートを後にした。

「困ったな。僕にやれることがもうない」

意気込んでみたものの、この程度しかできない自分が情けなかった。

本来、幽霊に触ることは忌むべきことであり、霊能力者や神職に就いている人間以外は積極的に関わり合うものではない。義務だの理だのと関わるための言い訳を重ねてきたが、結局のところ人理は羨ましかったのだ。風邪《かぜ》で寝込んだ子供が外を駆け回るはしゃぎ声を羨むように、京花のことが羨ましかった。風邪っ引きになる前に内と外とで一度も行き来がなかったならここまで仲間に入れてほしいとは思わなかっただろう。一度は外で元気に遊び回っていたのだ、その楽しさを知っていたから失くしたモノの大きさに絶望した。本来は忌むべきものであり京花も楽しいものかと罵《ののし》るけれど、それでも人理にとって霊感体質は健康体と同意であった。

僕も遊びに連れて行ってほしい。

オマジナイをすればそれも叶えてくれるのだろうか。

ぽつりぽつりと浮かんでは消える記憶の欠片を手掛かりに霊との交流を懐かしんでいると、知らず足は『幽霊館』に向かっていた。我に返ったのはやけに興奮気味な往来の声が耳に煩《うるさ》かったからで、顔を上げてみると想像以上の人垣が前方にあった。ここを右に曲がれば『幽霊館』に至れるという丁字路《ていじろ》の、直線の先に人だかりができていた。警察車輌が数台、消防車と救急車がそれぞれ一台ずつ二車線の片側を塞いでいた。どうやら自動車が電柱に衝突したらしい。通り過ぎる野次馬が単語を次々と落としていく——フェラーリ、半焼、鎮火、ＳＮＳにアップ、すっげぇ美人。

背後に喧騒を置いて、ひっそりと静まった路地を行く。『幽霊館』の警備に立っていた警察官の姿までなかった。おそらく事故現場に最初に駆けつけたのはここの番をしていた警察官だったのだろう。今ならすんなり中に入れそうだ。用はないけど、二度とないかもしれない機会に出来心が疼《うず》き出す、まさにそのとき。

カツン。

「――」

今度こそ音の正体をはっきり見た。鉄柵に当たった小石は人理の足元まで転がってきた。顔を上げると、二階の正面の窓が開いていた。――誰か居る。

気が付けば規制テープを潜っていた。玄関まで駆け抜け、破れたドアに体を滑り込ませて中に入り、目の前の階段に足を掛けた。階段の途中で元々天井にあった柱が行く手を阻んでいた。柱を跨《また》ぐと今度は床が抜けていて、よく見れば柱や床に血痕のような染みが付いていた。……危険は承知の上だ。数時間前にも命を落としかけたことを忘れたわけじゃない。ココはそういう場所なのだ。

「……」

なのに、恐怖はない。それどころか、気持ちは昂揚している。

階段を上りきる。二階は比較的荒らされていなかった。

開け放した窓が一つ。外から見えた人影はこの場所に立っていた。そして、窓の正面にある部屋のドアがわずかに開いていて、風に揺られて人理を中に手招きしていた。

「……」

考えるまでもなかった。何が潜んでいようとも構わなかった。遊びに誘ってくれるのなら、病身を押してでも人理は付いていくつもりでいた。

部屋の中にははたしてひとりの子供が居た。

暗がりで顔が見えず、幽霊なのか生身の人間なのかもわからない。——いや、人理に霊感はないはずだから、見えているということはつまり。つまり。

「君は誰？」

子供は微動だにせず、近づいてくる人理を待ち構えている。

あと一歩、手を伸ばせば届く距離に踏み込んだその瞬間、床が消えた。不自然なほど腐り切って脆《もろ》くなった床を踏み抜いて、体ごと階下へと落ちていく。四メートルほどの高さから落下したその勢いで、さらに下の部屋の床まで突き破る。そうして、三階相当の高さから落ちた人理は図らずも館の地下へと到達した。

落下と床を突き破ったときの衝撃で全身がバラバラになる感覚に陥った。骨身が軋む。しばらく呼吸が止まったが、遅れて届いた激痛に酸素が体内に供給され、脳髄を刺激してようやく状況を理解した。

仰向けのまま見上げた天井には自分の重みで破った穴があり、二階上まで見通せた。何とか上体を起こす。元々薄暗かった館内のさらに地下ともなればそこはもう完全な闇の世界で、見渡しても何も見えない。

手触りで段ボール箱の上に落ちたのだとわかった。コンクリートの床に激突していたらあるいは死んでいたかもしれず、運が良いのか悪いのか、状況も忘れて苦笑を漏らす。

携帯電話が鳴った。

慌ててポケットから取り出すと、ディスプレイには先ほど登録したばかりの名前『初ノ宮行幸』の文字が表示されていた。

「え？」

携帯電話の明かりが地の国に光をもたらした。視線は、闇間に浮かぶショッキングピンクに吸い寄せられた。子供服だった。あまりに場違いな気がして、何気なく光を左右に振ってみると、子供服のサイズにピタリと合う大きさの物体がすぐ傍に横たわっていた。

昔、博物館で見たのと同じ、綺麗に整えられた人体の白骨。

君は誰？

人理は呆然としながらも、心の中で問いかけた。


（つづく）

五年前――。

梅雨は明けたはずなのに、夏休みを目前に控えてまたどしゃ降りの日が続いた。

今日は曇《くも》り時々雨という天候で、時折小雨がぱらつく程度で本降りにはならなかったけれど、晴れ間が覗かないと心はやっぱり萎《しお》れてしまう。今日こそは、という決意も鈍《にぶ》ってしまう。

放課後、千千良小学校の昇降口で傘を開こうとしたまま空を睨んでいる私に、戸田先生が後ろから声を掛けてきた。

「おーい。まだ残っていたのか？　とっくに下校時間過ぎてるぞ。もうそこの鍵閉めちゃうから出ろよー、って箱崎じゃないか？　こんな遅くまで何やってんだ？」

「……お腹が痛かったのでトイレに籠もってました」

嘘である。私はわざと居残って他の生徒が皆下校し終わるのを待っていたのだ。

誰にも悟《さと》られずに『幽霊館』に行くために。

「そうだったのか。辛いんなら俺が車で家まで送ってやろうか？」

「もう治りましたので大丈夫です。先生、さようなら」

傘も差さずに駆け出した。小さい雨粒でも走りながらだとかなりの早さで全身が濡れてしまう。けれど、それよりも戸田先生と一緒に居たくなかった。あの先生は生徒思いの熱血教師を上辺だけで演じていて、その実、親や子供からの評価しか気にしていなかった。『幽霊館』のことを訊ねた私に「あそこには絶対に行くなよ！」としつこいくらい釘を刺してきたのも、私の心配をしているんじゃなく、何かあったとき責任を取らされたくないからだ。観察していればよくわかる。それは私だけじゃなく、結構多くの生徒が気づいていた。戸田先生は信用ならない。

校門から随分離れたところで傘を差した。もう濡れっぱなしでもよかったけれど、傘を持っているのに差さなかったらすれ違う人に怪しまれてしまう。これから向かうは『幽霊館』だ、侵入したのがバレたとき私だと特定されないように些細なことにも気を配らなくちゃいけない。私がオマジナイをしに行ったなんて知られたらどんな噂が立つかわかったもんじゃない。

クラスで虐められている葦原君を度々庇っていたら下品な男子に「おまえ、オカマのことが好きなんじゃねえの？」とからかわれた。正直、そのときは呆れて何も言えなかったのだが、沈黙がすなわち肯定の意味に取られてしまい、今では公認のカップルみたいに囃《はや》し立てられている。――まったく冗談じゃないわ。虐められている子を庇うのは人として当然のこと。それを茶化してくる男子たちは園児から教育をやり直した方がいい。

でも、本気で腹が立つのは葦原君の方にだ。私がいつも庇ってあげて何度も恥ずかしい目に遭っているっていうのに、彼は私を一切気に掛けなかった。せめて「ありがとう」とか「ごめんなさい」とか一言言ってくれてもいいのに、気づいていないみたいに通り過ぎていく。恩知らずめ。いや、鈍感なだけか。けれど、何気ないときに偶に成立する会話の中で、他の男子と変わらない普通の男の子なのだと気づかされることがある。

最近は、男子のからかいよりも葦原君の無視の方が頭にくる。どうにかして振り向かせてやりたくて、虐められていないときでも果敢《かかん》に世話を焼いていた。

それが恋だと気づくのにさほど時間は掛からなかった。

いつも女装していて、それは変だと思うけど、親の言いつけなのだと本人に聞かされてからはあまり気にならなくなった。大変そうだなあ、って思うくらいで。

彼は他の下品な男子とは違う。ううん、女子も含めて普通の人とは何かが違った。

いつも遠くを見ていた。見えない何かに微笑んで、時折寂しそうにした。

そんなに寂しいなら、ねえ、葦原君、目線をちょっと下げてみて？

私、いつも隣に居るんだよ？

いい加減に気づきなさいよね、アンポンタン。

そうして、私は『幽霊館』の裏庭に抜け穴から侵入し、誰にも会わないように警戒しながら地下室の鉄扉を四回ノックした。

「なぜ泣いているんですか？」

一体いつ誰が作ったルールなのか知らないけれど、この作法にどんな意味があるのかまるで想像がつかない。こんなんで願い事が叶うなんて考えるまでもなく馬鹿げている。でも、オマジナイって聞くと期待しちゃうのが女子の性《さが》だ。こんなのにでも縋《すが》っちゃう自分も心は乙女《おとめ》なのだとわかって気恥《きは》ずかしくなる。

「あー、もう。何してるんだろ、私」

恐いし暗いし、早く帰ろっと。


ナゼ泣イテイルノカト問ワレレバ。


「――ンむッ!?」

突然後ろから羽交い絞めにされ、口元を大きな掌で塞がれた。

私は抱えられたまま館の中へと持っていかれ、二階の客室のような部屋に押し込まれた。精一杯抵抗してみたが、大人の男の人に組み伏せられたらもうどうにもならない。

衣服を剝ぎ取られ、口にするのもおぞましい行為を男は私にぶつけてきた。

私の悲鳴はいつの間にか降り出したどしゃ降りの雨音に遮られた。

雷光が閃《ひらめ》き、男の顔を暗闇に浮かび上がらせた。――何でアンタが？

陵辱《りようじよく》の限りを尽くした男は泣きながら私の首を絞めた。

「ごめんな？　かわいそうに。もう楽になりな？　本当にごめんな？」

耳障りな嗚咽と雨の音。

生きていたときの最後の記憶だった。

華麗なる天才霊能相談士

杜村時子奥様が作るおやつはどれも絶品だったが、佐久良翠が特に気に入っていたのが黒糖を隠し味にしたアップルパイだった。気が向いたときにしか作ってくれないそのアップルパイが食べたくなると、翠は時子奥様に何度もおねだりした。時子奥様は笑いつつも、「食べ物に卑《いや》しいと心まで卑しくなるものよ。我慢なさい」と説教した。でも、そう言った翌日《よくじつ》にはちゃっかりアップルパイを作ってくれるものだから、時子奥様もやっぱり子供には甘い人だった。翠にとって三人目の祖母のような人。大好きなお婆ちゃん。子供に優しく、時に厳しく、慈愛に溢れた尊敬すべき女性。それが杜村時子奥様だった。

それなのに、あの杜村鳶雄が時子奥様の息子だなんて。幼心にも信じられなかった。放蕩して周囲に迷惑を掛け、偶に金を無心しに実家に立ち寄ると時子奥様に暴力を振るう最低最悪の男。翠たちは鳶雄が帰ってくる度に物陰に身を潜ませた。

奥様は頬《ほお》に青痣《あおあざ》をこさえると乾いた笑みで金を渡す。そうして鳶雄が出て行くと、まるで息子なんていなかったかのように明るく毅然《きぜん》と振る舞った。その姿は見るも痛ましくて、その後出されたアップルパイは少しだけほろ苦い味がした。

「みんなとてもいい子ね。実の子供みたいに可愛いわ」

本来、鳶雄に向けられるべき母性と愛情が預かった子供たちに降り注ぐ。そうやって時子奥様は母としての幸せを満たそうとしていたのかもしれない。

天気の良い日は庭に出て皆でガーデニングを手伝った。

「時子さん、これなあに？」

「ああ、それね。農薬よ。昇汞《しょうこう》っていうのが入っていてね、消毒してくれるのよ。でも、直接触れては駄目。人体には猛毒だから」

時子奥様は、亡くなられた旦那様が農家出身だったこともあって農業や薬学の造詣《ぞうけい》が深かった。花壇を弄《いじ》っているときの奥様は特に楽しげで、翠たちもそんな奥様を見ているのが好きだった。

「悪い虫がつかないように、って気持ちを込めるのがコツよ」

後に生産・使用が禁止される農薬を嬉々《きき》として花壇に散布した。

＊　＊　＊

強すぎる自己顕示欲《じこけんじよく》を満たし、なおかつ荒稼ぎできる職業とは何かと考えたとき、真っ先に思いついたのが芸能人だった。というより、それ以外ない気がする。

初ノ宮《ういのみや》行幸《ゆきゆき》は、中学の三者面談の席で高校には行かないと宣言した後、「アイドルになるんでヨロシク♪」と担任である体育教師と、住職で厳格な父親に向かってウィンクし、顔の形が変わるまで殴られた。十五歳の春だった。

家が寺で、剃髪《ていはつ》が約束された将来なんぞ物心付いたときにはすでに投げていた。どうしてこの整ったルックスを世に出さずにおくべきか。宝の持ち腐れこそ仏罰ものであると門徒に説いて回り、母を泣かせ妹を呆れさせ、無断で芸能プロダクションに入っていたことが発覚してついに父から勘当《かんどう》を言い渡された。十六歳の夏であった。さすがに宗派の代表を装ってテレビ出演したのはやり過ぎだったようだ。

しかし、おかげで行幸は世間から注目を浴び、その後も幅広く活躍の場を広げていくことに成功する。

現在、二十六歳。家からも、芸能事務所からも、すたこら独り立ちして早十年。恩知らずと方々で罵られるが、割合満足の行く人生を送れていると思う。

だが、満点じゃない。

自己顕示欲は十分満たせているし、お金も粗方稼《あらかたかせ》いできた。しかし、子供の頃から抱いている『性癖《せいへき》』だけはどうしても直せそうになかった。三大欲求と同じように溜まれば解消せずにはいられない欲求。もはや本能だ。こればかりは死ぬまで付き合わざるを得ないだろう。甚《はなは》だ遺憾《いかん》だが、それ故《ゆえ》に、満点となる人生は望めない。

「天は二物を与えないとはよく言うけれど、僕には欠点まで付加するなんてね。まったく神様仏様はよっぽど完璧《かんぺき》な人間がお嫌いのようだ」

自信過剰も行き過ぎれば立派な才能で、行幸は決して叶わないはずの満点の人生も自分になら手が届くと信じていた。欠点を与えた神よ仏よ今に見てろ、と発奮し、『世界平和』と同質かそれ以上に無謀《むぼう》な理想を追いかける。

本業――『霊能相談士』。

視界に幽霊が一体でも視えることさえ我慢ならない性癖を持つ男。

彼の抱く理想とは、この世からすべての幽霊を消滅させることである。

*

七月二十四日――。

都内某所《ぼうしょ》に開設された霊能相談士事務所に一本の電話が掛かってきた。

行幸の芸能活動マネージャー兼、事務所職員である由良《ゆら》が電話を取った。行幸に繋いでほしいと訴える電話相手に心の中で謝罪しつつ、「初ノ宮は外出しております。日を改めてまたお掛けください」居留守の言い訳をして電話を切った。嫌な役回りだ。

由良は事務所面積の半分を占めている、現在行幸が籠もっているリラクゼーションルームのドアを恨めしげに眺めた。行幸はそこで三十分の半身浴と一時間のホットヨガを日課にしており、その間は如何《いか》な緊急連絡も一切遮断《しゃだん》していた。——こんなんでよく仕事が回るものね。由良は、自身のマネージメント能力を差し引いても余りある行幸の世間からの需要に、半ば感心し、半ば呆れていた。世の中はなぜあの男に対してばかり甘いのだろう。

しばらくして行幸が艶々《つやつや》な肌を撫で擦りながら出てきた。……正直、バスローブ姿で歩き回るのはやめてほしい。

「誰かから電話あった？」

水素水のペットボトルから口を離して、行幸が訊ねた。答える間もなく、再び机の上で電話が鳴った。「少々お待ちください」今度は保留にして行幸を振り返る。

「今朝から同じ人が何度も電話を掛けてくるの。『霊能相談士』としてのギョウコウへの仕事依頼ね。後日にしてほしいってお願いしてるんだけど、しつこくて。電話の感じ、なんだか必死なんだけど。どうする？」

受話器を軽く振ると、行幸は肩を竦めてみせた。

「可哀相に。ユラもそんな意地悪しないで話くらい聞いてあげたら？」

「アンタが逃げ回るからこっちは困ってんでしょうが！　依頼は受けないってアンタが一言言えば私だってさっさと断れンのよ！　どうすんの⁉　電話出る⁉」

「窓口はユラの仕事だろう。いいよ。話だけでも聞こう。で、後で折り返す感じで」

「……いいけど。でも、しばらくは除霊依頼受けてる時間無いからね。来週から一週間テレビの収録で埋まってるし、ＰＶの撮影、新作映画の取材も今後入ってるんだから」

見てくれと軽快なトークと個性的なキャラクターが受けて、あらゆるメディアから引っ張りだこなのである。もう本業を辞めてもよいのでは、と思うのだが。

行幸は「何を言うかと思えば」と首を横に振った。

「そんな仕事全部キャンセルしてしまえばいい。僕にとって芸能活動は副業だよ」

これである。行幸と二人三脚で仕事をしてきた立場として黙っていられない。

「そんな勝手なことしてたら早いうちに干されるわ。せっかく人気者になれたのに」

行幸は鼻で笑うとソファにどかりと座った。

「だからだよ。なんでもかんでもオファーに応えてたら僕という商品価値が下がるだろ。ほどほどに出演拒否した方が有り難みは増すってもんさ。逆に、今の僕を切れるようなメディアがあるなら教えてほしいね」

「相っ変わらずの自信家だわ！　……いいわ。ギョウコウに振り回されるのはもう慣れた。じゃあ、受けるのね？　依頼の方」

「まずは話を聞こう。つまらなそうならテレビ収録に戻すだけ。依頼主がいる場所を聞いてみて。都内なら調整も利くだろう。ね？　敏腕マネージャーさん？」

調子のいいこと言って。それで乗せられてやるのだから私もこいつにはほとほと甘い。保留を解除して、二、三受け答えを交わしてから通話口を押さえた。

「ギョウコウ、千千良町ってトコ知ってる?」

「受けよう」

「は?」

ソファに寝そべっていた体を起こして、由良が持つ受話器を指差した。

「その電話の人にすぐに会いたいな。アポ取って」

「それが、……もう外にいるって」

すると、行幸は嬉しそうに大笑いしながら着替えに走った。……呆気に取られた。二十六年間ずっと傍で見てきたが、双子の兄の性格がいまだに摑めない由良である。

「大変お待たせしました。初ノ宮が対応致しますのでどうぞ中へお入りください」

*

向かいのソファに腰掛けた男は『奥井学』と名乗った。

ベージュのポロシャツにブラウンのチノパンツという中高年が好みそうな配色の服装がとてもよく似合う、くたびれた面つきをした中年である。三日で頰が痩せこけましたと言わんばかりの悲壮感を漂わせ、呼吸は荒く、目はいつから寝ていないのか充血しきっており、落ち着きなく周囲に視線を飛ばしている。

「ご安心を。黒い害虫より嫌いなんですよ、あいつらのことはね」

「……は？」

「幽霊です。一体でも入り込まれたらもう落ち着かない。この事務所——っていうか、このビルそのものに結界張ってますから、奴らは入ってこられません」

それでも奥井はガチガチに体を震わせながら見えない何かに怯えていた。忙しなく両手の指を膝の上で遊ばせて、値踏みするように行幸を上目遣いに見た。

初ノ宮行幸もまたラフな格好をしていた。メディアに露出する際の服装はすべてプロのスタイリストに任せているので、こうして私服姿を一般人に披露するのは珍しかった。といっても、大した格好ではない。Tシャツの上からカジュアルシャツを羽織り、ボトムにはスキニーパンツを穿いて長い足を大いに見せつけている。——まあ？　モデル業もこなせるだけあって大したものにしてしまうのは我ながら罪作りだなと常々思っているのだけれども？　やれやれ、と首を振る。

言葉にしなくても顔と態度で何を考えているか悟った由良は密かに嘆息した。

そして、奥井の目つきにも行幸の私服に感激している気配はない。

「き、君はその、本当に幽霊を、は、祓うことができるのか？　有名だって言うから来たが、ちゃんと取り憑いた霊を成仏させられるんだろうな？」

むしろ、不信感を募らせていた。行幸が放つ雰囲気には霊能力者らしさがなかった。

行幸は薄く笑うと、奥井の頭上を見上げた。

「祟られている。まったく厄介だね。お宅、一体何をやらかしたんですか？　とんでもない恨みを買われてますよ。憑かれて三、いや、四日くらいかな」

「わかるのか⁉」

「そりゃね。しっかし、幽霊に憑かれていただけなら良かったんですが、こうまで根深いと祓うのも一苦労だ」

「ど、どういう意味だ⁉」

奥井が食いついてきた。具体的な数字で過去を言い当てられると人はすぐに信じてしまう。その効果を狙って期間を口にしたのだが、いくら必死だからといっても自称霊能力者に簡単に縋《すが》りつく奥井が滑稽《こっけい》に思えた。面白がるように口にする。

「幽霊ってのは未練の塊なんですよ。肉体と一緒に滅び損ねた残り滓《かす》で、執念だ。ほら、聞いたことくらいあるでしょ？　思念体ってやつ。頭の中で考えた事柄。ほらほら、いままさに頭に思い浮かんだその気持ち。たとえばそれが宙に浮いていて、生きている人間にくっついて幻視や幻聴を引き起こさせているんです。実は取るに足らない存在なんですよ、幽霊ってのはね」

行幸のような神経質な人間には在るというだけでも我慢ならない存在なのだが。幽霊自体、ただ視えるから聴こえるからというだけで恐れるようなものではない。

「ですが、深い思念は時に現世に強い影響を及ぼすことがある。わかりやすく言えば『呪い』です」

「呪い！　呪いだって⁉　そんなもの本当にあるのか⁉」

「そりゃ在りますよ。名前が付けられているからには。これがもう幽霊とはまったく別物の概念でして、お宅に取り憑いてんのはそっち系。漠然《ばくぜん》と漂う残り滓じゃなく、目的を持った祟る力なんです。祟りってわかります？　ただ人を殺すものじゃないんです。苦しませるものなんですよ。徹底的にね」

奥井の喉が鳴った。行幸は薄っすらと笑みを浮かべて続けた。

「たとえばね、事故で四肢《しし》を損壊したり病で内臓が機能しなくなったりしたとしましょう。手っ取り早い『呪い』は人体を痛めつけるところから始まります。すると、どうですか？　ひとまず絶望しませんか？　絶望した人間ってのは案外簡単に人格を歪ませちゃうものなんですよ。で、あれよと言う間に人間関係は修復不可能なまでに大崩壊。これまで築き上げてきた人生は粉微塵《こなみじん》に砕かれて、夢も希望も奪われる。不幸のどん底です。這《は》い上がる力は怪我や病気で既に失われている。どうします？　どうなると思います？　そうなるとね、人間ってのは死にたくなるんですよ。生きていても仕方ないってね。そうやって死に追い込むんです。でも簡単には死なせてくれない。自殺しようにもおかしな力が働いてうまくいかない。下手をすればさらに状態を悪化させてますます不幸になってしまう。で、じわじわ真綿《まわた》で首を絞めるようにゆっくりと寿命《じゅみょう》を削っていきます。不幸のまま生かされて、心が完全に壊れたときにようやく死ねる」

一息に話した行幸は一旦水を口に含んだ。

「──それが『呪い』です。これはね、恐いですよ。生きた人間の執念なんかよりもよっぽど恐い。だって、果てしない。やり遂げるまで、対象が死ぬまで、終わらないいんだから。お宅はもう逃れられない」

奥井の顔は青ざめ、由良は嫌悪に舌打ちした。

「ギョウコウ、あんまりお客さんを脅かすんじゃないよ」

行幸ははしゃいで膝を打ち、小馬鹿にするように笑った。

「いやだなあ、奥井さんが今どういう状況にあるのかきちんと理解させてあげなくっちゃだろ？　いちいち僕に不信感を抱かれても面倒だ。最初にわからせないと」

尤《もっと》もだ。しかし、由良は言葉を選べと指摘したかった。『呪い』と一口に言っても程度があることを由良は知っている。ただの悪口すら場合によっては『呪い』になる。奥井に掛けられた『呪い』がどういったモノか判明するまでは余計なことは言わない方がいい。依頼人になるかもしれない人を必要以上に不安がらせることに得などないのだから。

行幸の口調や態度には悪ふざけが見え隠れしていた。たとえそれがわざとであろうと見ていて気持ちのいいものじゃない。

「で？　具体的にはどんな災厄《さいやく》に遭いました？　事故にはまだ遭ってませんか？」

なおも楽しげな態度で掘り下げる。

奥井はソファから立ち上がり、形振《なりふ》り構わぬ態で行幸の足元に縋りついた。

「こ、殺される……！」

「んん？」

「次は俺が殺される！　頼む！　助けてくれ！」

「殺される、か。穏やかじゃないな。次、ということは、すでに誰かお亡くなりになったんですか？」

「……それは、言えない」

――へえ。あんだけ脅かしてまだ素直になれないなんてね。どれだけ非人道的なことをしでかしたのやら。

「では、どうやって『呪い』に気がつかれたんですか？　奥井さん、あまり霊感ないでしょう？　僕にはわかるんですよ、そういうの。なのに、なぜ貴方は気づけたのか」

事故にも病気にも遭っていないのに、と指摘する。人が死んだからと言って、すなわち自分も呪われているかもしれないと疑うのは妙である。

「い、言えない。そんなのどうでもいいだろう!」

「取り憑かれたと思うのならそのきっかけくらい話してくれないと困りますよ」

奥井は一瞬だけ逡巡《しゅんじゅん》し、言葉を選ぶように慎重に口にした。

「……毎晩、夢に出るんだ。ゆ、夢だけじゃない。鏡にも」

「鏡? 他には?」

「もういいだろう! いまここで祈禱《きとう》でも何でもすればいいじゃないか!」

真似事で良ければ加持《かじ》くらいできるだろうが、それでは根本的な解決には至らない。実家の御山から破門された身で功徳《くどく》があるとも思えない。つまり、気休めにもならないのだが、それを素人《しろうと》にわからせるのは難しい。

「僕はいわゆるアウトローでね、自己流なんです。決まった型がなくて、そのときの状況に応じてやり方を変えています。臨機応変に。だから、まずはその『呪い』の中身を解明するところから始めます」

奥井はあからさまに嫌そうな顔をした。暴かれたくない咎《とが》があるのは丸わかりなのだが、そこを隠されては『呪い』は解明できない。解明できなければ解体もできない。

静かに耳元で囁《ささや》いた。

「助かりたければ事情をつまびらかにする必要がある。いいですか? 『呪い』が成立するには、幽霊に憑かれるには、それなりの理由が要るんです。たとえばよく通る道だとか、今住んでいる場所だとか、最近知り合った人だとか、ルーチンの内と外のどちらかに必ずきっかけは存在する。『呪い』に掛かった四日前に何がありましたか？　夢や鏡に何が見えましたか？　すでに殺された方が狙われた理由は何ですか？　奥井さんとの共通点は？　一つ一つ紐解《ひもと》きましょう。そうやって解明していけば、解体はできます」

呼吸を荒げる奥井の頬を「死にたくなければ！」怒鳴り上げながら両手で挟むようにして叩いた。奥井は涙目を見開いて行幸を見つめた。

「必死におなりなさい。一つ、お約束します。たとえ貴方が犯罪に関わっていたとしてもそれを警察に届け出るつもりはありません。安心してください。僕は幽霊が嫌いです。心霊現象は容認できない。在るだけで虫唾が走る。特に人間を呪って祟るような醜悪なモノは問答無用に滅べばいい。そう思っています」

頬から手を放し、奥井を立たせる。由良が支えとなって再び奥井をソファに座らせると、行幸は一転して労わるように口にした。

「じゃあ、こうしましょう。事情は話さなくてもいいので、奥井さんが怪しいと思える場所を教えてくれませんか？　四日前に行った場所です。それくらいならいいでしょう？　ちょっとした手掛かりからでも推測はできますから」

そういう場所は大概事故や殺人事件の現場だったりするのだ。奥井の自白《じはく》がなくともこっちで勝手に事件を調べ上げれば解呪の方法も見えてくる。

「さあ、言ってください。何処に行きましたか？」

「ち、千千良の『幽霊館』だ」

やっぱりか――行幸は由良にウィンクすると「テレビの仕事は全部キャンセルで」霊能相談士としての顔を覗かせた。

＊

七月二十五日――。

とはいえ、さすがに昨日の今日で入っていた仕事を全部キャンセルできるはずもなく、一ヶ月前から予定されていたCM撮影をなんとかその日のうちに終わらせた。

自慢のフェラーリに乗り込むと、西日が眩しい高速道路を郊外に向けて走らせた。ハンドル元にあるマイクに「やあ、何かわかった？」と呼びかけると、車内スピーカーから無線接続した携帯電話の声が流れた。

『何が、やあ、よ。面倒なことはいっつも私に調べさせて』

「仕方ないだろう。僕の手が空かなかったんだから、サポートするのはマネージャーの職務だよ。そもそも、今日の撮影は由良が取ってきた仕事じゃないか」

『昨日いきなり除霊の仕事入れたのはどこのどいつよ！　ったく、何だってこんなところまで除霊しに来なきゃなんないわけ⁉』

由良には一足先に千千良町に入り、『幽霊館』の調査をしてもらっている。

『調べてて思い出したんだけど、ここってギョウコウが初めてテレビに出て除霊したっていう場所じゃない？』

「そう。十年前だ。その他にも何度か行ってるんだよ、その町には」

『ええ。そっちも思い出したわ。黒いお嬢さんが居る町よね。ギョウコウのライバルの』

「あっはっはっ！　ライバルか！　いいね！　少年漫画みたいだ！」

愉快そうに笑っているが、内心で舌打ちした。

除霊依頼で訪れた『天保院《てんぽういん》』という富豪の屋敷で出会った女の子——天保院京花《きようか》。彼女は行幸の仕事を散々邪魔した挙句行幸を詐欺師呼ばわりし、依頼主である父親の不興を煽った。依頼は打ち切られ、屋敷から追い出されてしまったのだ。

行幸としては幽霊を祓えなかったことだけが無念で、子供のやることにいちいち腹を立てはしなかった。商売柄、好意的に思われないのには慣れている。ただ、一つ気に障ったのは天保院京花の幽霊に対するスタンスだ。あれとは決して相容れない。子供とか性別とか関係なく、行幸は天保院京花を嫌悪していた。

——できれば二度と会いたくないね。

ところが、スピーカーから気になる台詞が続いた。

『お嬢さんのことで気になることがあったんだけど、まあ、それは後で話すわ』

「？」

勿体《もったい》ぶるな、と訝しく思ったが、後で話すというのなら待つことにする。

『「幽霊館」のことだけど、今日行ってみたら警察が規制区域に指定してた。中で殺人事件があったんですって。事件があったのは一昨日の夜よ』

そしてその翌日の夜、つまり昨晩に奥井学が「助けてほしい」と事務所を訪れた。

「偶然？」

『知らないわよ。でも、殺されたのはその元家主の杜村鳶雄って人で、奥井さんの元同級生でお友達』

由良は事件現場を見回った後、近場の飲み屋街で雑誌記者のフリして聞き取り取材を行った。杜村鳶雄とその交友関係を訊ねると、あっさりと奥井の名前が挙がった。

『もうひとり朝霞って人とも仲が良くて、三人組って感じで結構知られてた』

「ふうん。次は俺が殺されるっていうあの言葉は、杜村鳶雄の次って意味なのかな」

『心当たりに「幽霊館」を挙げたことからも、そうだと思う。杜村鳶雄が殺されたことで奥井さんは慌ててギョウコウを頼ったのね』

ということは、杜村鳶雄は『呪い』のせいで殺されたということになる。少なくとも奥井はそう思っている。

他にも悪評を挙げ連ねると、由良は犯罪が絡んでいる可能性を憂慮《ゆうりょ》した。

『覚せい剤にも手を出してるって話もある。警察は暴力団関係が起こした事件だと見てるみたい。正直、関わり合いになりたくないんだけど』

「暴力団が相手だとしたら僕を頼るはずないだろ。仕方ないさ。警察が幽霊の仕業だなんて言い出したら世も末だ。それに、彼は立派に祟られているよ」

立派にって言葉の遣い方おかしくない、と由良は呆れた。

『そういえばさ。奥井さん、昨日あんだけ血相変えて来たのに、その割には随分あっさり帰って行ったよね』

「当てが外れたんだろう。その場で幽霊を祓ってもらえると思ってたんだな」

『なのに、何でギョウコウの方がやる気になってんのか、意味わかんないんだけど。報酬《ほうしゅう》だって払ってもらえるかわかんないのに』

「報酬なんていらないよ。こっちが勝手にやるんだから」

『……帰っていい？』

「ま、とりあえず調べたこと報告してほしいかな」

行幸とて由良の性格は把握している。彼女は守銭奴《しゅせんど》というわけではなく、何事であれ働きに見合うだけの見返りがなければ納得しない徹底した合理主義者なのだ。それは金銭だけに限らず、達成感や遣り甲斐《やがい》も含まれている。

せっかく調べた情報を言わずにおくのは由良の気が済まないだろうし、その分の見返りはもちろん用意しておこうと思う行幸である。

由良は『しょうがないわね』と渋々切り出した。

『あとは「幽霊館」の昔話ね。『毒入りミルク事件』って言えばわかるかしら？』

「もちろん知ってる。番組で放映したときはその逸話《いつわ》を台本のメインにしてたからね。子供の霊を救ってやろうという心優しいイケメン霊能力者が大活躍したんだそうな」

自慢げに言うと、『除霊してないくせに』とぽつりと呟かれた。

行幸はにたりと笑う。十年前、旧杜村邸で行ったのはテレビ映えを狙った単なる除霊ショーで、実際は幽霊を一体すら駆除《くじょ》していなかった。とにかく売れっ子になることを優先し、除霊は後回しにしたのだ。一応、その日は館に居憑いた幽霊を逃がさないための結界を張っておいたので、幽霊は一体も減っていないはずだ。

「というか、むしろ集めてる。子供の霊が賑やかだったからかな、外からも集まりやすい土壌ができていたんだ。せっかくだから入れるけれど出て行けないっていう檻《おり》に作り変えてみた。一匹一匹祓って回るのは面倒だろ？　いつかまとめて祓ってやろうと思ったんだ。これでも働いた方だぜ？　今の僕なら余裕だろうけど、十年前に、あそこをたったひとりで、一日そこらで除霊しろって方が無茶だったんだ。十年経って幽霊も相当溜まったはずだから、一掃するには頃合いだよ、きっと」

『まあ、いいけどね。ギョウコウが苦労するだけだし。……ねえ、考えたんだけど、杜村鳶雄を殺して奥井さんにも取り憑いた霊と、館に居る幽霊——つまり、『毒入りミルク事件』で命を落とした子供たちの霊が一緒ってことはない？」

由良は、子供の霊が『呪い』を掛けたと考えたらしい。

「ふむ。それってさ、杜村鳶雄が『毒入りミルク事件』の犯人だっていう前提で話してるよね。たしか女主人の無理心中ってことで片付いてたはずだけど？」

『そう。でも、呪われた上に殺されたんだから十分可能性があるんじゃない？　奥井さんも狙われているなら「毒入りミルク事件」の共犯者だったたってことも』

「動機は？　母親と預けられた子供を毒殺する意味って何？」

『そんなの知らないけど、杜村鳶雄はその後莫大な遺産を相続したそうよ。あと、関係ないかもしれないけれど、杜村鳶雄は連れ子だったんだって。女主人は継母《ままはは》』

「……」

それ、結構重要じゃないか？　由良は事件の真相にはあまり興味がないようだ。

子供の霊が引き起こす霊障には、寂しさから仲間を増やすために『死に誘う』ものが多い。今回のような死に追い込むほどの濃い『呪い』を発現させるのは、大抵成人した大人の霊だ。世の酸《す》いも甘いも知っているからこそ怨念《おんねん》は強いものになる。

「由良の推理を整理し直すと『呪い』を掛けたのは杜村鳶雄の継母である確率が高い。ただその場合、三十年前に死んだ人間の『呪い』がなぜ今になって発動したのか、ちょっと説明がつかなくなる。このタイムラグを崩せない限り推理としては弱いかな」


『ギョウコウはどう考えてるの？』

「さて。どうやら奥井さんも杜村鳶雄もあちこちから恨みを買ってるみたいじゃないか。『呪い』の発生源を絞るのは難しそうだな。ただ一つ言えることは、『幽霊館』に棲《す》まう霊の仕業じゃないってことだけは確かだ」

『子供たちでも継母でもないってこと？　何で言い切れるのよ？』

「言ったろ、結界を張ったって。アレは『呪い』の類すら閉じ込めておけるんだ。実を言うとね、今回やる気を出した理由は奥井さんの言葉を否定したいがためなんだ。『幽霊館』で『呪い』を貰うはずがない。僕の結界は絶対だ、ってことを証明したい」

しばし沈黙が流れ、糾弾するかの如く力強い溜め息が聞こえてきた。

『――で!?　どこからどう手を付けるつもり!?』

「そう怒るなよ。そうだな、まずは『幽霊館』に行ってみる。結界を調べてみるよ。由良は杜村家のことと『毒入りミルク事件』のことをもうちょっとだけ踏み込んで調査してみて。あ、あと奥井さんのこともね」

『いいけど、「幽霊館」には警察が居るから中に入るのは無理よ？』

「頼めば何とかならないかなあ？　ほら僕、スーパーアイドルだし」

『頼んでみれば？　男だらけの現場にアイドル面で現れても反感買うだけだから。あ、そうそう。現場のアイドルって言えば、黒いお嬢さん、「幽霊館」に居たわよ』

意味はわからなかったが、知らずしかめっ面になっていた。

『さっき言いかけたのはこのこと。殺人事件があって警察が来ていて、そんな中にあの子が入っていったのよ。遠目から見てただけだから推測になっちゃうけど、どうも警察から霊視の依頼をされたっぽい。館から出てきた後も丁重に見送られてたわ』

「……」

『ギョウコウ？』

千千良町は天保院家のお膝元《ひざもと》でテリトリーだ。京花が幅を利かせていても何ら不思議はない。しかし、行幸が結界を張った心霊スポットに、考え方の違う霊能力者が土足で上がり込むのは生理的に受け入れ難いものがある。

彼女は本物の霊能力者だ。行幸が張った結界にも当然気づいているはず。だというのに、上がり込むのか。彼女の意図がどうだったか知らないが、こちらは侮辱された思いだ。

『ちょっと、ギョウコウってば!?』

「不愉快だね。天保院京花は天敵だ。見掛けることがあったら注意しなくちゃね」

由良は『そうそう。京花ちゃんだ』と名前を思い出して声を弾ませた。苦笑する。由良には商売敵《がたき》という意識がないらしい。拘っているのは行幸だけ。

——まあいいさ。同じモノに関わってるならいつかどこかで鉢合《はちあ》わせるだろう。

アクセルを踏み込む。高速道路は間もなく目的地の県境に差し掛かる。

＊

「やはりというか、忍び込むのは難しそうだなあ」

『幽霊館』の前の道を徐行しつつ様子を窺う。宵《よい》っぱりに外灯が遠慮がちに灯り始めている中で、数は少ないが警察官が引っ切り無しに出入りしていた。館の敷地内は予想以上に荒れ果て廃棄物が山を成していたので、検証の妨げになっていることは容易に想像できた。現場保存は数日続くことだろう。

つい先ほど、警察発表が為された。会見の場で副署長は、被害者の杜村鳶雄がナイフで刺されて殺害されたことを受け、本日捜査本部を立ち上げた旨《むね》を報告した。おそらく、公表された以外にも遺体には特徴や外傷があったと思われる。所謂《いわゆる》「犯人しか知り得ない情報」を警察は切り札として幾つか隠し持つからだ。逆に言えば、発表されたものは疑いようのない事実で、隠す必要がないものなのだろう。

「ナイフで心臓を一突き？　そんな繊細な作業幽霊には無理だ」

たとえば鈍器で殴られて殺害されたのならば、重量ある物体を闇雲に落としたり飛ばすことができるポルターガイスト現象で説明できるのだが。

「じゃないとすれば人間の仕業ってことになる。『呪い』と『殺人』か。僕ならどうするかな。たとえば『呪い』で動きを封じたり思考力を低下させたりして、無防備になったところをナイフでぶすっと………、ふむ、なくはないか？」

しかし、生者が飛ばす『呪い』と死者が残す『呪い』では質量の濃度が圧倒的に違う。奥井の背後に見えた『呪い』の影は生者が生み出したソレでは絶対にありえない。死者の『呪い』であるのは間違いなかった。

だとすれば、――死者と生者がタッグを組んだ、とか。一方は死して呪い、もう一方は直接的な報復に打って出て、それぞれ協力し合って復讐を行っているのだ。……いやまあ、これは現実的ではないかな。示し合わせての復讐ならば、そもそも『呪い』を掛けるために死ぬなんていう確実性のない賭けをする前に、生きてふたりで報復した方が手っ取り早いからだ。生者と死者は無関係か、一番あり得るのは生者が顔見知りの死者の復讐に動いているが、『呪い』の存在には気づいていないという場合である。

「ということはこの事件、杜村鳶雄殺害に関して言えば二つの意志が働いていることになる。奥井にも同じ呪いを掛けた死者の意志と、ナイフで刺した生者の意志。……面倒臭いなあ。この殺人事件は手掛かりだけど、その手掛かりからして複雑なのは頂けないな。奥井に掛けられた『呪い』さえ解ければそれでいいのにさ」

いや、行きがかり上、『幽霊館』に張った結界の確認もしなければ。事件後に、放置したままの『幽霊館』を天保院京花に荒らされるのは癪《しゃく》である。

「とりあえず鳶雄を殺した犯人の目星《めぼし》でも付けますか。犯人の身近で最近死んだ人が『呪い』の発生源だ。犯人がわかれば自ずとそれも判明する。警察が規制解除するまでにやれることはやっておかなくっちゃね。僕って頭いい上に働き者だなあ！」

由良が褒めてくれないので、なるべく自分で自分を全力で褒めることにしている。でないと、モチベーションが上がらないのだ。自信家の弊害《へいがい》かもしれない。

奥井の携帯電話に掛ける。しばらくコールが続き、十回目を数えたときに出た。

「昨晩はどうも。初ノ宮です。その後どうですか？　調子のほどは」

『何の、用だ？　いま、忙しいんだ。後に、してくれ』

走っていたのか、息が荒い。会話も途切れ途切れだ。

「確認したいことがありましてね。貴方が昨夜言ってた殺された人って杜村鳶雄さんのことですよね？」

『し、知らない。知らないぞ、そんな奴！』

「知らないってことはないでしょう。奥井さん。貴方、杜村さんのご友人でしょ？　貴方自身が『幽霊館』で憑かれたと言ったんですす。関係性なんて調べればすぐにわかることですよ。隠し事はなしでいきましょう。死にたくないでしょう？」

『あ、……ああ。わかってる。わかってるさ』

　若干、声に落ち着きを取り戻した。

「もう一度確認します。奥井さんは杜村さんが『呪い』で殺されたと信じています。そうですよね？　だから貴方も同じように憑かれていると不安になった。ならば、殺されるだけの理由にも心当たりがあるはずだ。犯人にも心当たりがある――違いますか？　犯人というのは個人の名前じゃなくてもいい。原因と置き換えましょうか。どうして貴方がたが恨みを買う今の状況が整ったのか、その原因が知りたい。僕はあくまで奥井さんに掛かった『呪い』を解きたいだけであって、貴方方を糾弾《きゅうだん》するつもりは一切ありません。どんな悪行を働いてどんな恨みを買ったのかが重要なんです。『呪い』を解くには『呪い』を仕掛けた側を暴くのが一番早い。教えてください。普段からどんな悪事を働いてるんですか、お宅らは？」

　電話越しに息を呑む気配が伝わる。行幸はすでにしてある憶測を立てていた。奥井の反応からその誤差を見極めていた。手応えは上々。ゆっくり追い込むとしますか。

「ちょっと質問の内容を変えましょうか」

『……手短にしてくれ。こっちは忙しいんだ』

「質問に答えてくれればすぐに済みますよ。では、改めまして。奥井さん、貴方の周りでどなたか死にませんでしたか？　杜村鳶雄でなく、それ以前のお話です」

戸惑い、さらに呼吸が荒々しくなった。

「もっと踏み込んでみましょうか。貴方、杜村さんに殺意を抱いていませんでしたか？　どうしてこんなことを訊くのかと言いますと、奥井さんが一番疑わしいんですよ。一昨日の晩に杜村さんは殺害され、昨晩遺体が発見された。そして同時刻、貴方は私のところにやって来た。次は俺が――、と具体的な恐怖を携えてね。鳶雄さんが亡くなったことを貴方は報道される前から知っていた。なら、貴方が殺したんじゃないかって思いましてね」

馬鹿馬鹿しい、と一笑に付されるならそれでもいい。実際は殺害現場に出くわしてしまいそのまま逃走しただけということも考えられる。どちらにせよ、奥井の反応が真相を浮き彫りにしてくれる。

奥井は呼吸を繰り返すだけで何も語らない。――おいおい、まさかビンゴか？

「貴方がたを呪ったのは杜村鳶雄の継母である可能性が高いんですよ。これについてはどう思われます？　このことで貴方と杜村さんは仲間割れし、貴方は杜村さんを――。どうですか？」

由良の推理をブラフで仕込む。否定されるのは想定済みだ。行幸には自分の結界が杜村鳶雄の継母の霊を完全に閉じ込めている自信があった。案の定、奥井は高笑いした。

『時子さんが？　俺を呪う？　あはははははは。傑作だ！　それだけはありえない！』

時子？　それが継母の名前か。奥井の口調からは親しみが感じられた。

『……ッ』

「ありえない？　その理由を教えてください」

『時子さんを殺したのは鳶雄だからだよ！』

「なるほど。では貴方はその手助けをした。幇助《ほうじょ》した。一緒になって預かった子供たちもろとも毒殺せしめた。すべては遺産欲しさにだ。そうなんでしょう？　奥井さん」

『そうかもしれない！　いや、そうに違いない！　奴らならやりかねない！　呪われて当然なんだ！　殺されて当然だ！』

「奥井さん!?　気をしっかり持って！　今どこに居るんですか!?　一度会って話しましょう！　奥井さん!?」

錯乱状態だ。ブラフでこんなにも取り乱すなんて。かなり精神が追い詰められている。電話で話すことじゃなかったと今さらながら後悔した。――早まったな。僕以外の人間のメンタルのなんと脆《もろ》いものよ！　だが、嘆いたところで後の祭りだ。

通話が切られた。掛け直してみても電源を切ったのか繋がらない。

「チィ！　死なれちゃ困るんだよ、こっちは！」

『呪い』に先を越されるのは行幸のプライドが許さない。――祓うと決めた以上祓われる運命にあるんだよ、おまえたちは！

停めていたフェラーリを急発進させる。電話の向こうから聞こえていたのは何も奥井の息遣いだけではない。人の喧騒と商店に流れるＢＧＭ。決定的だったのは田舎町特有のやけにアップテンポなテーマソング。そんなものが流れている場所なんてこの平凡な町に一つしかない。

千千良町商店街だ。

＊

駐車場を探している間に時刻は午後八時を回った。空は完全に夜の黒に塗り潰された。商店街にある店舗《てんぽ》も次々と営業を終わらせていた。人混みに紛れるようにして隠れていたのだとしたら、人の数が疎《まば》らになった今では別の場所に移動した可能性が高い。電話を切ってから二十分ほど経ってしまったが、奥井はまだこの辺りに居るだろうか。

「この近所で人が来なさそうな場所？　この時間帯だったら、あそこだ。ちょっと行くと神社があるけどな。あと、その隣の溜池《ためいけ》公園だな。今の時間は暗くて恐いよ？」

店仕舞いをしているふくよかな婆《ばあ》さんから聞き出した。「兄ちゃん、どっかで見たことあんな」と芸能人だと気づかれそうになったので、誤魔化すようにハグをして別れた。お礼も兼ねている。良い思い出になってくれれば幸いだ。

点々と続く外灯を追うようにして歩く。商店街を抜けると緩やかに坂を上り始めた。ここは段丘崖《だんきゅうがい》の境目であるらしく、歩道の真横に茂る林が段差を覆い隠している。しばらく行くと林の中に突然巨大な鳥居《とりい》が現れた。いやに立派で威厳ある石鳥居だ。中を覗けば、長い石段が丘の上まで続いている。境内《けいだい》はこの上のようだ。

「お寺の次は神職《しんしょく》を頼るか。節操《せっそう》なしこの上ないね。まあ、僕が寺の息子だってこと知らなかったのかもしれないけど」

そして、道路を挟んだ反対側には緑豊かな公園があった。婆さんの話では溜池があるのだっけ。行幸は迷わず公園に入っていく。むさい中年を探しにわざわざ石段を上るのは気が進まなかったのだ。あちらは後回しだ。

結果、奥井はいなかっただが、面白い出来事には遭遇できた。

黒尽くめの衣装を纏った少女が暴漢に襲われていたのだ。老け顔の暴漢は両手を広げて少女に飛び掛かる。少女は踊るようにひらりひらりとかわしていた。

——黒揚羽《くろあげは》みたいだな。

感想はそれだけ。昆虫は嫌いである。

砂利を踏み鳴らして近づくと、気づいた暴漢が慌てて走り去った。後に残った少女は何事もなかったように地面に落ちたトークハットを被り直し、黙って立ち去ろうとする。

「おい。助けてあげたんだから無視することないだろう。知らない仲じゃないんだし」

声を掛けると、少女——天保院京花は仕方なしに振り返った。

「何？　お礼でも言ってほしいの？　初ノ宮行幸さん」

「お？　憶えていてくれたんだ。嬉しいね。改めまして、お久しぶり。相変わらず陰気臭い格好だな。元気そうで何よりだ！　で？　さっきの男は何？　彼氏？」

「そう見えたのならお医者様に診てもらった方がよろしいわね。頭の中を」

「おかしなモンが視えるのはお互いさまだろ。ふん。冗談はこれくらいにしよう。さっきのは何なんだ？　警察に通報した方がいいんじゃないか？」

「……まさか、心配してくれているの？」

「まさかだろ。僕は市民の安全を第一に考えているんだ。君に限定しちゃいない。ってことは、さっきの男は君だけを狙ったわけだな。もしかして『幽霊館』絡《がら》み？」

京花は再び踵を返した。行幸も後について行く。

「聞いたよ。警察に杜村鳶雄の霊視を頼まれたんだろ？　僕はあそこに入れないからまだ彼の亡霊を視れていないんだ。詳しく教えてくれないか？」

「どうして？」

「助けてあげただろ？」

「そうじゃないわ。どうして知りたがるの？　――貴方、この町に何しに来たの？」

京花はぴたりと立ち止まると、行幸を睨みつけてきた。その態度は予想通りとはいえ、いざ向けられると苛立たしい。いけ好かないのはお互い様だが目上には敬意を払うべきだと行幸は自分を棚に上げて思う。

……いや、睨み合っていても仕方がない。女子供にムキになるほど幼稚じゃないんだ。

利用すると思えば下手《したで》に出ることに抵抗はなかった。

「除霊の依頼があってね。杜村鳶雄の関係者だ。どうやら同じモノに憑かれていたらしい。知ってるだろ？　僕は人気者でとっても忙しい。あまり時間は掛けたくないんだ。杜村のことで気づいたことがあるならぜひ教えてほしいな」

京花は疑わしそうに目を細めるだけ。

「除霊が終わればすぐにでも帰ってやるから。追い出したいなら協力しなよ」

ついぶっきら棒に吐き捨ててしまったが、京花はとりあえず納得したように頷いた。

「でも、駄目。私、貴方のことが嫌いなの」

すたすたと歩き始めた。あしらわれた行幸はあまりの屈辱に顔を真っ赤にした。

このアマ……っ！

ならば意地でも吐かせてやる。奥井のことはひとまず頭の片隅に追いやって、今はとにかく京花に同等か、それ以上の恥辱《ちじょく》を与えねば気が済まない。

京花が池に架《か》かる橋上で立ち止まった。追いついた行幸は京花の背中越しに一体の浮遊霊を見つけた。池の真上、眼鏡を掛けた男が浮かんでいる。スーツ姿で身形は良い。だが、澄ましたような面つきの中に狡猾《こうかつ》な性格が見え隠れしている。男は水面を見下ろしながら物を探すようにして彷徨っていた。

「あれがどうかしたのかい？」

未練たらたらこの世にしがみ憑く何処にでも居るような浮遊霊だ。目障りだが、池から上がってこないところは爪先ほどには好感が持てる。今は無視してやってもいい。

だが、京花は難しい顔をして言った。

「私、よくこの公園を散歩するのよ。アパートが近くだし、緑も多いから気に入ってるわ。彼ね、一昨日のお昼にはもうあそこに浮かんでいた」

それがどうした。害虫が何処から忍び込んで何日家の中を彷徨っているかなんて気にしたことなど一度もない。見つけたなら叩き潰すだけだ。

何を気に掛けることがある？　なかなか先を言わない京花に焦《じ》れ始めたとき、不意打ち気味にその名前を口にした。

「あのヒトの名前はオクイマナブ。ここに沈んでいる自分の死体を探しているの」

一瞬、それが誰の名前だったか思い出せなかった。

「……奥井、だと？　奥井学と言ったのか⁉　あいつが⁉　本当か⁉」

京花に猛然と摑みかかる。京花は煩わしげに眉を顰めた。

「何を焦《あせ》っているのよ？」

「答えろッ！　なんで君があいつの名前を知っている⁉」

「彼が自分からそう名乗ったのよ。知ってるでしょ？　幽霊は一方的にしか喋ってこない。こっちの質問なんて受け付けやしないわ。目が合った私に嬉々《きき》として近づいてきてね。俺の死体をここから引き上げろって上から命令してくるのよ。何様かしらね」

「あれが奥井の霊だという証拠は!?」

「自分で聴いたら？」

「僕は視えるだけで奴らの声は聴こえないんだよ！」

霊視の中身には霊の声を聴く力も含まれるが、より明確化するならばソレは霊聴と呼ばれる霊障の一種である。受け取った思念を脳内で言語化し、あたかも話し掛けられたような錯覚に陥る。それは何も特別な力ではなく、誰であれ、幽霊は視えずとも人のものとは思えない声や発生源の無い音を聴くことがある。大抵空耳《そらみみ》だと解釈するものだが、行幸にはその力がなかった。

視えるだけでも度《ど》し難《がた》い。声まで聴こえたら狂いそうだ。

行幸が纏う緊迫感に圧され、観念したのか、京花は溜め息混じりに言った。

「杜村鳶雄の霊視をしたからというわけじゃないけれど。町内で数日のうちに二度も殺人が発生すれば関連性を疑うのは当然でしょう？　警察はまだ気づいてないようだから身元をはっきりさせようと思ったのよ」

「殺されたと言ったのか!?」

「殺されたとは言っていない。でも、同じ傷がある。視て。喉元よ」

池を漂う奥井の姿は霞掛《きりが》かったようにぼやけているが、首の辺りには確かに傷らしきものが視えた。引っ掻き傷のようだが致命傷になるほどの凄惨さはない。杜村鳶雄の首にも同じような傷があったということか。

「死因はたぶん溺死《できし》だと思うけど。ひとりで勝手に溺《おぼ》れたのか、そうでないか、確かめる必要がある」

京花は躊躇《ためら》いがちに行幸を見遣り、瞬き一つでその目に決意を漲《みなぎ》らせた。

次の瞬間、思い切りその身を翻《ひるがえ》し、橋の欄干《らんかん》に両手を付いて、体を宙に投げ出した。

「――な、」

池に飛び込んだ。欄干越しに池の中を見下ろすと、胸まで浸かった京花が浮遊霊を目指して水を掻き分けていた。

「何やってんだ⁉」

「黙って視ていて！　元々コレをしにここに来たんだから！」

やや捨《す》て鉢《ばち》気味に叫ぶ。京花は浮遊霊の足元まで辿り着くと、両手を上げて浮遊霊を捕まえた。すると、京花の体は不自然に仰け反り、声にならない声を発した。

「――っ！」

脳髄を刺激する。視えることにのみ特化した霊能力は殊更《ことさら》に行幸の視覚野を焼き尽くす。水に濡れた黒揚羽は翅《はね》をはためかせて生き死にの間際を描き出した。比喩《ひゆ》ではない。水に溺れるモノの命の足掻《あが》きに行幸は思わず見入ってしまった。

京花が浮遊霊に被さるようにして宙に浮いていた。京花はしきりに喉元を強く掻き毟り、目の前に居る誰かに向かって怒鳴りつけている。何を言っているのか行幸の耳には聴こえない。突然、京花は揉《も》み合うように暴れ、足を滑らせたのか逆さまになり頭から水面に突っ込んで手足を必死にばたつかせた。何者かに首を摑まれて水中に押し込まれているといった様子だ。やがて京花はぱたりと動かなくなり、しばらく水の上をたゆたった。

「――ハッ」

行幸の体が痙攣し、我に返った。一体何を見ていたのか。いや、視させられたのか。いま池の中には先ほどと同じ位置で宙に浮く幽霊と、微動だにせず水の中に立ち尽くす京花の姿があるだけだ。もしや、今のはあの幽霊の死に際のイメージか。

そして、天保院京花は静かに泣いていた。全身ずぶ濡れでその姿をこそ憐《あわ》れに感じられるのに、京花は別の何かを悼《いた》むようにして涙を流した。ゆっくりと体が傾《かし》いでいき、水の中に倒れ込む。――意識を失っている⁉　行幸は慌てて池に飛び込むと京花を水上に引っ張り上げた。

「何なんだこの子は……」

恥辱を味わわせたいと思っていたが、それすら吹き飛ぶ映像を見てしまい、複雑な思いに駆られた。人を憐れに感じたことはあっても、ここまで惨《むご》いと思ったことはない。

「……さすがに一日に二度も死を体現するのはきついわね」

すぐに意識を取り戻した京花だったが、ぐったりとして歩くのも覚束《おぼつか》なかった。ふたりしてベンチに座る。行幸も立っていられる気力がなかった。

「奥井学は殺されたわ。ココで、窒息死《ちっそくし》させられた。間違いなく」

アレを視たからには信じないわけにいかない。強い霊感を有した者同士、こと心霊現象に関してその目を欺《あざむ》くことは難しい。また、京花が偶々遭遇しただけの行幸を謀《たばか》る理由もなかった。

一昨日のお昼にはもうあそこに浮かんでいた——京花はそう言っていた。

「一昨日ってことは二十三日か。なら、二十二日の夜にはもう死んでいたかもね」

二十二日夜に奥井学が殺され、翌二十三日の夜に杜村鳶雄が殺され、さらに翌二十四日、つまり昨日の夜に『奥井学』を名乗る男が初ノ宮行幸を頼りに来た。

「すぐに除霊してもらうつもりでいたからその場凌《しの》ぎに偽名を使ったんだろうね。いや、よく確認しなかった僕にも非はあるか。反省。反省」

名前が嘘なら住所もデタラメだろう。今頃、由良は無駄足《むだあし》を踏んで途方に暮れているに違いない。

偽《にせ》奥井の正体とは果たして誰か。奥井の交友関係をまったく知らないので憶測の立てようもないが、あとひとり名前が挙がった朝霞という男にならわかるのかもしれない。

「私、『幽霊館』には全然興味ないから」

「うん？」

「貴方、縄張《なわば》り意識高そうなのだもの。変に疑われて纏わり付かれても迷惑だから、誤解のないように言っておくわ。私、杜村鳶雄にも奥井学にも興味はないわ」

「じゃあ彼らを殺した犯人には興味があるのかな？」

京花は立ち上がると、若干足元をふらつかせながら公園を出て行く。送ろうと申し出たところで拒否されるのは目に見えている。行幸は黙って距離を離して付いて行った。やがて美術館のような外観をしたアパートが見えると、京花は振り返った。ここまででいいと言うように行幸を見据えた。

「一応、お札は言っておきます。それと、貴方が『幽霊館』に敷いた結界だけれども、穴が空いていたわよ。修繕した方がいいのではなくて？」

京花と別れ、由良が押さえていたホテルへと向かった。日課の半身浴とホットヨガをしている最中、隣室を取っていた由良が怒鳴り込んで来た。忘れていたわけではなかったが、そういえば定時連絡をしていなかったなと今さら気づいてやけに笑えた。

偽奥井は電話で、杜村鳶雄と奥井学が『毒入りミルク事件』の真犯人であることを示唆した。もしそれが事実ならふたりを呪った人物はやはり杜村時子になるのだろうか。

結界に穴が空いていた。

三十年というタイムラグの正体はそれかもしれない。

*

七月二十六日——。

ばっかじゃないの、と由良が言った。訪問先が一般人の住居であるにも関わらずド派手にフエラーリで乗り付けようとしたことを叱《しか》ったのだ。由良の言いつけで徒歩で移動する羽目になり、仕方がないので自慢の愛車は由良に押しつけた。池に飛び込んだせいで水浸しになったシートを掃除する手間が省けたので、かえってよかったと思い直す。

顔バレ防止用にサングラスを掛けて、なるべく人目につかないよう心掛ける。しかし、途中で警察マニアの青年に捕まりサインをねだられてしまい、往生《おうじょう》した。どうにも昨日からうまくいかない。溢れ出すスター性をサングラスを用いてさえ隠し切れない不甲斐《ふがい》なさにはもう嘆息するばかりだ。せめて訪問先には（由良の言い付けどおり）誰にも見られずに駆け込むことにし、無事にリビングへと通されアポイントを取った女性と対面した。

「初めましてかな。それとも、十年前に僕たち会ってます？」

『私はロケを見学しに行った野次馬の一人です。直接お会いしたわけじゃありません』

高速タイピングで文字を打ち込んだのは、三十年前の『毒入りミルク事件』唯一の生存者

――佐久良翠である。普段は合成音声をスピーカーから流すらしいのだが、長文で会話しそうなときはこうして文字パッドを使うという。

行幸に見えるようにテーブルの上でディスプレイの向きを変えた。

『大ファンです』

にこりと笑う。なかなかの美人だが、苦労を滲ませた顔は実年齢よりも老けており、作り笑顔は皺を深めるだけ見ていて痛々しい。人相に生き様は表れる。この人は恨みと妬みで出来ていた。取って付けたようなおべっかは皮肉以外の何物でもない。

由良が「もうちょっとだけ踏み込んで調べた」結果、佐久良翠の存在に辿り着いた。喉を潰し声を失い、マスコミに連日連夜追い立てられ、家族で逃げるように引っ越した。詳細は知らないが、その後の人生が悲惨なものになったことは想像に難くない。

行幸がテレビで除霊ショーを行ったときは、彼女の情報は放送時間帯の内容に相応しくないということでカットされており、当然行幸の耳にも入っていない。初対面で間違いなかった。

『何しにいらしたのか大体見当は付いています。私に「毒入りミルク事件」のことを訊きに来たのでしょう？　杜村鳶雄が死んだので再度除霊しようと言うのですね。また特番が組まれるんですか？　いいですね。楽しみです』

楽しげに打ち込んだその文面を、しかし行幸は目もくれずにリビングを見渡した。リビングに限らず家中に張り憑いた負の思念が目に余った。佐久良翠は声を失った代わりに生霊を言霊に乗せて飛ばす方法を身に着けているのだと気づく。それら一つ一つは他愛無い罵詈雑言《ばりぞうごん》で、視る者聴く者の神経を侵す呪いにすぎないが、三十年もの月日を重ね、本来薄れるはずがさらに重く濃度を高め、あるいは熟練の僧侶が発する法力にも匹敵した。

ここで暮らす家族は堪ったものじゃないだろう。術者である佐久良翠でさえ自らの呪いに飲まれているのだ、彼女の両親は性格だけじゃなく身体にも影響が現れているかもしれない。

「十年前、何かしました？」

たった今、確信した。『呪い』の正体と三十年のタイムラグ。この女が鍵だった。

突然、核心に触れられた佐久良翠は目を見開いて固まった。

『貴方って本物なんですね！　びっくりしました！』

「僕が本物だとか天才だとか美形だとか、当たり前のことでいちいち騒ぐんじゃない。質問に答えてください。貴女、ロケを見学しに来た際に館で何をしたんです？」

翠はにやりとあくどい笑みを浮かべた。

『杜村鳶雄、奥井学、朝霞惣次。私が呪った相手はこの三人よ』

ロケ当日、佐久良翠は冷めた目つきで行幸やテレビ局スタッフ、野次馬たちを眺めていた。『毒入りミルク事件』を面白がって有ること無いこと口にする輩たちを端から睨みつけて心の中で恨み言を唱えていた。その中に見つけたのだ、杜村鳶雄の姿を。左右には奥井学と朝霞惣次も居た。

『杜村鳶雄は事件当日、県外に居てアリバイがあった。けれど、ミルクに農薬を混入させる計画を描いたのは杜村鳶雄。黒幕は絶対にあいつ。私はあの頃まだ小さくて、おトイレに行くにもいつも迷ってしまったわ。偶々よ。私、見たの。キッチンでおやつを作っていた奥様がその手を一旦止めて、玄関で訪問客の対応をしていた。奥井だった。あれは奥様を玄関先に引き留めておくための時間稼ぎ』

佐久良翠にじっと見られる。続きは書かなくても想像がつく。

「ふん。その間に朝霞って男がキッチンに潜入してミルクに薬物を混入したと？　見たんですか？　見てないですよね？　見ていたなら警察はまったく違った対応をしたはずだ」

佐久良翠は頷きもせずに再び文字パッドに長文を打ち込む。行幸は席を立ち、彼女の傍らからディスプレイを覗き込んだ。

『事件後、何年か経った後に、私は独自に調べたの。杜村鳶雄の交友関係を。奥井のことはすぐにわかった。よく一緒に居るのを見るから。杜村鳶雄と同じ小学校で同級生。あと一人居るはずなの。あと一人協力者が居なければおかしい。杜村鳶雄は事件当時県外に居た。奥井は引き留め役だった。あと一人、おやつに出されたミルクに昇汞水《しょうこうすい》を混入させた人物が居たはずなの』

もはや会話が成立しそうにない。佐久良翠は憑かれたように一心不乱にタイピングしていく。まずい。この文字すらも言霊《ことだま》だ。行幸には視えていた。佐久良翠の怨念が籠もった数百数千の言の葉がリビングに、家中に、舞い散っていく。

『十年前、貴方がテレビの企画で除霊をやってくれたから、私は最後の一人を見つけ出すことができた。貴方のおかげなの、初ノ宮行幸さん。貴方のおかげで朝霞惣次を見つけ出せた。彼らを見つけて、彼らの前で声が出ないことを見せつけてやった。驚いてた。私だって気づいて恐れた。彼らが犯人だ』

「――へえ。見せつけたのか。それなら掛かるな」

『私は朝霞を調べ、彼が定職に就いていないのに困窮しているふうに見えないことに違和感を覚えた。そして、確信した。こいつが最後の一人だって』

　指先が震えている。肩で息をする。過度な興奮によりトランス状態に陥っていた。ソレは文字通り、全身全霊を賭けた告発だった。一文字一文字に魂を乗せて、合成音声など使わずとも耳朶《じだ》に響く声無き声を生み出して、さらに命を削っていく。

『奥様に伝えなくちゃ。奥様に伝えなくちゃ。犯人はここに居ますよって伝えなくちゃ。みんなに館にこっそり忍び込んで毎晩毎晩伝えてみんなも応えてくれるなのにどうしてあいつは死なないようやく死んだ死んだ死んだざまあみろくずくそごみ死ねしねしね、

ヘエ、ヘエ、ヘエ、ヘエ、ヘエ、ヘエ、ヘエ、ヘエ、――。

テーブルに頭を何度も打ちつけて笑い転げる。行幸は黙ってその無様を観察した。

なるほど。そういうことか。

杜村と奥井に『呪い』を掛けたのは佐久良翠だ。十年前、彼らに喉の不調を見せつけた。それが引き金になったのだ。そして、彼女の言霊に呼応したのが杜村時子の霊だった。しかし、行幸が結界で封じてしまったことで『呪い』まで館の中に閉じ込められた。

偽奥井が『呪い』に掛かったのは何日前だったろうか。

結界に穴が空いたのは、つまり、その日だ。

佐久良翠の様子が落ち着いたのを見計らって、冷めた口調で言った。

「しかし、それらはすべて貴女の想像です。いや、聞こえ悪く言えば妄想《もうそう》ですかね」

今度は静かに、冷静に、タイピングした。

『真相はどうでもいいの。人違いなら何も起こらないはず。時子奥様はきちっとしていたもの。遊び道具を取り出したら仕舞っていた箱にちゃんと戻さないと怒られたわ。悪いことをしたら、その子が名乗り出るまでみんなを帰さなかった。罰せられるのは悪い人だけなのよ』

杜村鳶雄が犯人だったから死んだ——、子供のように無邪気な瞳《ひとみ》でそう語る。

純粋な人だと思った。怨恨《えんこん》や妄執《もうしゅう》や殺意はすべて根幹にある純朴《じゅんぼく》さから生じている。人としての彼女は八歳の頃に死んでしまったのかもしれない。ならば、彼女の魂はあの頃から成長しておらず、亡霊として三十年間活きてきたのだろう。生者の『呪い』など恐るるに足りないなどと考えていた自分を反省する。人であることを捨てられるほどの怨念がこの世には在ったのだ。

「僕は貴女を救えない。救いようがない。残念だけど、僕が祓えるのは実体の無い幽霊だけなんだ」

限界をとうに迎えている。近い将来、佐久良翠は自ら命を絶つだろう。

人を呪わば穴二つ。

せめて迷わず逝《ゆ》けることを願う。

＊

丸一日経ってようやく事件現場から警察の姿が見えなくなった。現場保存のために『幽霊館』に残された警備は二名だけ。元々不吉な上に殺人があった場所にわざわざ忍び込む物好きはもういないという判断か、監視の目は極端に減っていた。とはいえ、一人は正面を、もう一人は敷地の周りをうろうろしていて忍び込む隙がない。鉄柵も、高さだけなら乗り越えるのに支障はないが、体を乗せただけでがたがたと音が鳴りそうだ。

館の裏側の石塀には鉄柵がなかった。その代わり隣家の目隠しになるように高い壁が築いてある。行幸は躊躇することなく石塀に向かって跳躍し、天辺を摑むと懸垂《けんすい》の要領で体を引き上げ、さらに片足を引っ掛けて石塀を乗り越えた。十秒と掛からなかった早業に気づいた者は誰も居ない。あっさりと侵入に成功した。

「うわ。雑草だらけじゃないか。ゴミも。汚いなあ。これ以上進みたくないなあ」

意外でも何でもなく、行幸は潔癖症《けっぺきしょう》である。十代の頃の恐いもの知らずだったときと、金に飽かして高価な物、綺麗な物に囲まれてしまった今とでは廃墟への抵抗感がまるで違った。――本当に昔、僕はこんなところに結界を張ったのか？　嘘だろう？

仏教の葬式具の四華花《しかばな》とは、紙を巻いた竹串（蓮華《れんげ》に見立てた造花）で、それを四方隅に四本立てることで死者が寂滅《じゃくめつ》に及ぶ手助けをする結界を生み出す。すなわち迷える魂を成仏させる働きをした。本来は葬列に際して棺《ひつぎ》を四方から囲むときに用いられるのだが、ここまで巨大な箱に対して使われることはない。『幽霊館』を棺に見立てた供養法である。

そこに穴が空いていた。京花の言うとおり、入ってみて初めてわかる、密閉されたはずの霊気に流れが生じている。穴はおそらくまだ小さいので魂の出入りが少なくて済んでいるが、放っておけば穴はすぐに拡大し、『幽霊館』に誘き寄せて閉じ込めておいた数百という数の幽霊がすべて解き放たれてしまう。想像しただけでも鳥肌《とりはだ》が立った。

潔癖症よりも幽霊に対する生理的嫌悪感の方が勝った。行幸はどんな汚物が転がっているとも知れない藪《やぶ》を掻き分けて敷地の隅――かつての自分の思考を思い出しながら四華花を立てた地点を探し出す。あった。まず一つ目。そのまま反対側の隅まで移動し二つ目も発見。どちらも真っ直ぐに地面に突き立っていた。十年の歳月を思わせない断然たる様は、深奥なる仏教の為せる業か、それとも施した術者が良かったのか。もちろん後者だ。

「前庭の方は後回しだな。見つかって追い出される前に館の中を見ておくか」

ガラスが破られた窓から館内に入る。日が差し込まない廊下はまったくの暗闇だったが、実家の暗がりに慣れていた行幸の目には物の輪郭《りんかく》くらいなら識別できた。そして、庭には視られなかった無数に漂う幽霊の形もはっきりと認識できる。ほとんどが児童と呼べる子供の霊だ。

行幸は部屋を一つ一つ調べていく。途中、書斎らしき部屋で一瞬何かを感じ取ったが、

「……。気のせいか?」

霊視にのみ特化した霊能体質がこのときばかりは悔やまれる。視界に映らない限り心霊現象を察知できないからだ。まあいい。視えていないなら特段気に掛けることでもないのだろう。

子供の霊に纏わり憑かれる。どいつもこいつも笑みを浮かべて死に招こうとする。やはり、霊視だけでよかった。声なんて聴こえたらあまりの気持ち悪さに嘔吐しそうだ。

「どうでもいいけれど。そうやってすすり泣く真似されるとね、聴こえてなくても気が滅入るんだよ」

独り言のつもりだったが、常に目の前を浮遊していた幽霊が振り返り、両手で覆っていた泣き顔を晒した。上品そうな老婆は行幸を見るや悪鬼の如く表情を歪ませた。

「杜村時子。子供の霊だけを館に招き寄せている。血の繋がりがないクソ息子への当てつけっ

てわけだ。それがおまえの妄執だ」

不意に、首元が締め付けられる感覚に襲われた。足元が次第に床から浮き上がる。まずい。佐久良翠の状態を意識したことがスイッチだったと思い出す。『呪い』とは無意識下に命令を植えつける催眠である。条件が満たされたとき定められた行動を知らずに取らされてしまうのだ。これもその一つ。首が絞まっているんじゃない、体は呼吸ができないと勘違いしてしまっている。

杜村鳶雄も奥井学も喉に異物が引っ掛かったような違和感を覚えたのだろう。それを取り除くために首を強く引っ掻いた。行幸も引っ掻きたい衝動に駆られたが、――慌てるな。こんなもの自己暗示で塗り潰せ！

「……」

目を閉じた。

由良や父親といった霊能者たちの顔を思い浮かべて侵食を押し返す。

天保院京花の顔もあった。く、と笑い声が漏れて、途端に戒めから解かれたように浮き上がった体が床に落ちた。

「はあ、はあ、はあ」

杜村時子の霊は消えていなくなっていた。まだ館のどこかに潜んでいるはず。

「……参ったな。除霊したくてもすぐには無理か。まずは弱らせないと」

そのためにも妄執を強めている子供たちの霊を一掃しなければならない。……この数百にも上る霊を？　一人で？　結界を張って閉じ込めたのは自分だが、勘弁してほしい。

ロビーに辿り着くと、杜村鳶雄の霊を視つけた。呆《ほ》けた面をしてじっと佇んでいる。さほど強い執念もなく時間の経過と共に自然と霧散《むさん》してしまうごく普通の思念体《しねんたい》だ。わざわざ祓う必要はないだろう。

それよりも二階からさらに異様な気配を感じ取った。杜村時子よりも数段濃い瘴気が立ち込めている。行幸は首を傾げた。

「ミルクとは別件の幽霊か？　十年前には居なかったはずだけど」

二階に上がる。異様な気配の正体どころか、一階にあれほど漂っていた子供の霊すら居なかった。正常な建物と入れ替わったかのようだ。二階にある部屋を片っ端から調べたが特に変わった様子はない。だが、不穏な空気は依然としてあった。

不気味だった。こんな現場は初めてだ。

そのとき、階下で物が崩れる音がした。立て続けに鳴り響くそれを確かめにいく。警察がわらわらと入り込んでいたら厄介だ。手摺《てす》りからロビーを見下ろして無人であることを確認し、慎重に階段を下りる。

廊下の奥。書斎の扉が開いていた。あの部屋か。

「おっと、これはまた大変な事態に遭遇しちゃったかな」

十代半ばほどの少年が小学生の少女に首を絞められていた。異様な光景を前にして行幸は鼻で笑う。――ああ、ようやく怪異らしい状況に出会《でくわ》せた。

溜まっていた鬱憤《うっぷん》を容赦なく祓える！

邪気祓いの護符《ごふ》を取り出し少女の視界に入るように投げつける。般若心経《はんにゃしんぎょう》を暗誦《あんしょう》して聴覚を支配する。意識を少年から切り離すことで少女をトランス状態から解放した。

少女は少年から手を放すと、ふたりとも意識を失い床に倒れ込んだ。行幸は少女の体だけを受け止めて、体の中身を視た。まだ憑いている。それも二階に居たモノの気配だ。

「さっき何か感じたと思ったのはこいつが潜んでいたからか。……これは使えるな」

ひとまず少女の中から追い出すことはせず、隣室に少女の体を運び込む。

「それにしても、重いな。このリュックのせいか。何が入ってるんだ？　――おおっ。こ、これはすごい！　魚、肉の缶詰がこんなに！　十徳ナイフも！　ははっ、ザイルまである！　これが一番重たいな！　一体どこに行くつもりでいたんだこの子は⁉」

童心を大いに刺激してくれた。このリュックさえあればどこにでも行ける気がする。

他にも画用紙、色鉛筆《いろえんぴつ》、ハサミ、割り箸が入っていたので拝借する。図画工作は学生時代以来だったが、手先は器用な方なので割と楽しく時間を潰せた。小腹が空けば缶詰を頂いた。この子とここで巡り会えたのは運命だったに違いない。

書斎で音がした。少年が目を覚ましたらしい。

行幸は四華花製作の手を止めると、少年に挨拶しに行った。

＊

少年――葦原人理《あしわらひとり》を敷地の外で見送った後、また館の中に戻った。人理の内面には興味があったし好感も持てたが、生憎《あいにく》暢気に世間話をしている時間はない。刻限は偽奥井が死ぬまで。それは明日かもしれず、はたまた五分後かもしれない。

「……」

いつのまにか外は夕焼けに染まっていた。

携帯電話で偽奥井に電話を掛ける。そういえば彼のことはなんて呼ぼうか、などと他愛ないことを考えていると、相手が出た。相変わらず荒い呼吸が耳に入った。

「奥井さん？　聞こえます？　まだ生きてます？　もしもーし」

『し、し、死んだ！　さっき、め、目の前で、ひ、人が⁉　し、し、しいい！』

「どなたが死んだんですか？」

『あ、朝霞だ！　あ、ああ、あいつが！　あいつがお、落ちた！』

朝霞が死んだ。

朝霞が死んだ？　じゃあ、この電話の主は一体……。

「殺したんですか？」

『違う！　俺は、ただ、見てただけで……っ。か、体が勝手にっ！』

「体が勝手に？　動いて？　殺したんですか？」

『つ、次は俺の番だ！　ああぁっ』

「落ち着いてください。いいですか？　よく聞いてください。『呪い』というのは誰にでも掛かるわけじゃないんです。しかも、体を乗っ取って操るだなんてそんなこと、ただ人を不幸にするよりも難しい。それはなんとなくでもわかるでしょう？」

　佐久良翠の『呪い』は視覚から刷り込むことで始まった。『毒入りミルク事件』の唯一の生き残りが喉を潰された様を見せつけて、動機と患部を意識させる。記憶は薄れても無意識にはしっかりと張りつき、『幽霊館』や『毒入りミルク事件』の名を見聞きするだけで喉に違和感を覚えたはずだ。そして言霊で力を得た杜村時子の怨霊が結界の穴から外に抜け出し、行幸にしてみせたように杜村鳶雄と奥井学の喉をより圧迫したのである。

　すべては思い込みから始まる。そのように心を誘導するのが『呪い』である。だが、何も無いところから脈絡《みゃくらく》のない思い込みは生まれない。必ずきっかけがあるのだ。

「『呪い』を掛けやすい人間とは？　幽霊が憑依しやすい相手とは？　それは似た体験をしていたり似た境遇に身を置いていたりする人です。たとえば毎日同じ道を通勤通学しているとか、同じアパートに住んでいるとか、同じ人に同じ感情を抱いているとか。たとえばそう、同じ人物に同等の殺意を抱いていた、とかね。『毒入りミルク事件』の場合、被害者と加害者の関係でしたけど、事件に対して同じ負の感情を抱えていたから暗示は効きやすかった。『呪う』のに最も適した感情は罪悪感です。付け込みやすいですからね。その次に有効なのは憎悪です。はっきり言いましょう。貴方はその朝霞さんに殺意を抱いていたんですよ。勝手に体が動いた？　違います。貴方はただ『呪い』を口実にしただけだ」

『……っ。ふ、ふっ、ふ、ふふふ』

　動揺しているのか、それともついに気が触れたか。

「正直、僕はもう貴方に対して興味がないんだ。僕は貴方が朝霞さんだと考えた。であれば、『呪い』に掛けられた理由も、殺害動機も、次は自分だと怯える根拠にも納得がいく。けど、貴方はその朝霞さんを殺したと言う」

　杜村鳶雄。奥井学。朝霞惣次。

　佐久良翠が呪ったと言った三人が全員死んだ。

「なら、もう僕には関係ない。貴方に掛けられた『呪い』の原因が『幽霊館』じゃないとわかったんで満足だ。正式に依頼を受けたわけじゃないしね、後は勝手にやってくれ」

『待て！　待ってくれ！　悪かった！　言う！　全部話す！　頼む！　助けてくれ！』

「初めからそうやって素直になってればよかったんですよ。まったく」

『喉が、喉が苦しいんだ……。さっきから呼吸が……、いや、何日も前から、ずっと』

思えば、偽奥井は事務所に来た当初から呼吸を乱していた。

「わかりました。僕は誰がどうして鳶雄さんたちを殺したのかなんてどうでもいいんです。貴方に掛けられた『呪い』さえ解ければそれで。今晩『幽霊館』に来てください。解呪《かいじゅ》を行います。そのときにはすべてを話してもらいますよ。いいですね？」

『わかった。行く。必ず』

「あ、そうそう。最後に一つ質問が。――お宅、誰？」

切れた。

肩を竦める。まあ、素性はこの際どうでもいい。やることは変わらないんだから。

傍らを見ると、少女――桐生茉依《きりゅうまえ》はまだ眠っていた。彼女に取り憑いている幽霊は他の霊とは違い、根が深い。こっちも祓うには万全の体勢を整える必要がある。

「まだ起きるんじゃないぞ。――よし。完成」

四華花を四本持って立ち上がる。

廊下を進みながら、今度は由良に電話を掛けた。

『ギョウコウ！　アンタね、どうして携帯の電源切ってんのよ!?　何度も掛けたんだからね！』

「仕方ないだろ。こっちも立て込んでいたんだ。で？　何かあった？」

『奥井学さんについて調べたわよ。いま現在行方不明。二十三日の昼には会社にいたけれど、その日の夜から姿を暗ませている。それで、ご家族の方から写真を見せてもらったのだけど、驚かないでね？　一昨日事務所に見えた人は奥井さんじゃなかったの！　偽物だったのよ！』

「あー、その情報昨日の時点でもう古い。あの人、二十三日にとっくに死んでた」

電話の向こうで、ひぅ、と喉を潰したような音がした。

『そういうことは昨日のうちに言え、バカァアアア！』

鼓膜《こまく》が破れるかと思った。

『何よ！　だったら働き損じゃないの！　アンタの愛車の水浸しのくっさいシートも洗浄して、ついでに車体もピッカピカにしてあげたってのにさ！　何で古いとか言われなきゃなんないのよ!?　百遍《ひゃっぺん》死ね！』

「ごめんごめん。ユラの頑張りはちゃんとわかってるってば。あ、ところで今どこ？」

『千千良町のどっかよ！　アンタの愛車転がしてやってるわよ！』

「そりゃ好都合！　すぐに『幽霊館』においで！　結界張り直すために人払いをしたいんだ。車をピッカピカに磨いてくれて悪いんだけど」

前置きに不穏を感じたのか、『何させる気？』由良は怯えるように訊いた。

大丈夫。

顔が売り物だからね、普段からエアバッグの整備だけはきちんとしているのだ。

そのブレーキ音と衝突音は館内に居てもよく聞こえた。

窓から外をそっと覗くと、案の定、警備に立っていた警官二名が慌てて事故が遭った通りに駆けていった。距離にして五十メートルほどの近場なのであちらの対応を優先するのは当然だ。応援が駆けつけるまで十分から十五分というところだろう、その間によもや誰かが『幽霊館』に出入りするとは思うまい。

由良から無事を伝えるメールを受け取りひとまず安堵した。大切な妹が無事ならウン千万の愛車がどうなろうと気にもならない。――『無茶な注文をよくぞ聞いてくれた、妹よ。お兄ちゃんは由良が大好きだよ』とメールにして送ったら『くたばれ』と返信がきた。

急いで前庭の隅に向かう。古い四華花を引き抜いて新しい物と交換する。反対側も同様に交換しようとしたのだが、在るべき場所に四華花がなかった。目の前の粗大ゴミの山に埋もれてしまったのか。何にせよ、結界の穴はここにあった四華花が抜き取られたことで生じたようだ。新しい四華花を刺してひとまず前庭の処置は完了した。

＊

そのとき、門扉から誰かが敷地内に入ってきた。慌ててゴミ山に身を隠す。

「――って、ヒトリ君じゃないか？　何でまた館に入って行くんだ？」

そして、気づいた。二階の窓に少女の姿が見えた。桐生茉依。目が覚めたのか。

「まずい！　ヒトリ君、待つんだ！」

ずっと屈んでいたせいで咄嗟のことに出遅れた。もたつく足で懸命に追うが人理の姿は玄関を潜ったところですでに見失っている。おそらくは二階、桐生茉依が佇んでいた窓辺を目指したに違いない。行幸がロビーを渡り階段に足を掛けたところで、突然の轟音《ごうおん》が館内に鳴り響いた。隕石《いんせき》が落ちてきたのかと思った。

人理が二階の床と、一階書斎の床を突き破り、さらに地下室へと落ちていた。

携帯電話で無事を確認し、茉依が持っていたザイルを使って救助しに行く。

「早速ザイルが役立つなんて、備えあれば何とやらってのも馬鹿にできないね」

地下室に降り立つ。暗がりに携帯電話のライトを照らすと、人理が人骨を抱えて蹲《うずくま》っていた。

「行幸さん……」

人理は力なく笑い、行幸は手を叩いて喜んだ。

「でかした！　やっぱり大した奴だね、君は！」

除霊に必要な条件が整いつつあった。

儀式の夜が刻一刻と迫っていた。

（つづく）

五十年前、時子が杜村家に後妻として嫁入りした最初の日、継子《ままこ》の鳶雄の視線が気になった。六歳児は新しい母を観察するように背後にぴたりとくっ付いた。突然現れた他人に戸惑っているのだと理解し、初めこそ我慢していたが、日々を過ごすうちに次第に苛立ちが募った。背後から見つめる鳶雄の目つきはただ観察しているのではない。——ああ、アレは、私を見張っているのだわ。気づいたとき、時子の心に昏《くら》い感情が芽生えた。

なんて邪魔な糞餓鬼《くそがき》。

間もなく、杜村家の当主が逝去《せいきょ》した。莫大な財産を手に入れた時子は悠々自適な時を過ごす。この上なく幸せだったが、一つ誤算があった。継子の鳶雄のことだ。時子に懐くでも反発するでもなく黙って彼女を監視し続けた。薄ら寒いものを覚え、すぐにその目つきをやめろと手を上げた。平手で頬を叩き、木の棒で体を打つ。鳶雄の全身には一生消えない青痣《あおあざ》が残されることになるが、時子の虐待は益々エスカレートしていく。

鳶雄はしかし、監視することをやめない。

手を上げている時子の方が段々余裕を失くしていく。

そんな目で私を見るな。見るな。見るな。見るな————っ！

「アンタの父親は病死したのよ！　病死なの！　診断書だってある！　どこも不自然なことなんてない！　ないのにぃ、――何を知っている⁉　答えなさい！　言えぇッ！」

鳶雄は薄気味悪く笑うだけだった。


これは復讐だ。

奪われた財産を取り戻す。彼女が築いたすべてを滅ぼす。ただそれだけの正義だ。

時間を掛けて計画を練った。素行不良を演じ、家を飛び出し絶縁したように周囲に見せた。時子を天涯孤独のように仕立て上げて自殺も已《や》む無しと納得を得られる状況を作り出したのだ。預かった子供に罪はないが、憐《あわ》れんでやれるほど人の心は残っていない。

朝霞と奥井はうまくやってくれた。報酬にはたっぷりと色を付け、その後も惰性《だせい》のように様々な犯罪で共犯を重ねていく。三人は一蓮托生《いちれんたくしょう》となり、仲間から抜ければ裏切り者と看做され殺されることを暗黙の了解とした。三人は等しく不信感と殺意とわずかな友情を互いに感じながら、共に人生を歩んでいく。

とてつもなく大きい代償を支払ったが、そもそも鳶雄の人生は幼少の頃にすでに終わっていたのだ。惜しむものなど何もない。好き勝手悪逆の限りを尽くしてやらあ。

どうせ、父母と同じく、ろくな死に方なんてできやしないのだ。

喪服の魔女

奥井学が役員として勤務する運送会社は、実際は無修正ポルノの複製・販売が主な業務のフロント企業であった。奥井の家族はまっとうな職に就いていると信じて疑っていないが、彼は歴とした暴力団組員だった。

杜村鳶雄が捌《さば》いている大麻や覚せい剤を流しているのも奥井である。見た目こそ清潔感溢れる紳士然としていても、目の奥には常に攻撃性がぎらついており、残忍さも作り笑顔の隙間からわずかにこぼれ見えている。勘の良い者なら杜村鳶雄、朝霞惣次のふたりよりもよっぽど性質の悪い悪党であると気づけるはずだ。

奥井は暴力団の活動の他に趣味で詐欺を働いている。小銭稼ぎが目的ではない、弱者をいたぶって嗜《し》虐心《ぎゃくしん》を満たすためである。架空《かくう》の社債や未公開株を売りつける典型的な詐欺が主流で、十人に一人は世間知らずのお人好しが引っかかり、そういった手合いにはさらに会社を潰さないようより多くの投機が必要だと言葉巧みに持ち掛け、最終的には即日《そくじつ》借入できる消費者金融を紹介する。金融会社とはもちろんグルであり、ありえない金利を取り立てるヤミ金融であった。金を騙し取った奥井は鴨《かも》の前から姿を隠し、後に取り立てられる鴨の悲哀を遠目から眺めて楽しむのだった。

平松智也《ひらまつともや》もそんなお人好しのひとりであった。飲み屋で知り合った奥井と何度か顔を会わせるうちに親しくなり、飲むたびに奥井が気前良く奢《おご》ってくれるので、何かお返しをと思うようになる。それが転落の始まりであった。

例に漏れずヤミ金からの取り立てに追い込まれた平松は借金返済のために寝る間も惜しんで働いた。取り立てを代行したのは杜村鳶雄である。でかい図体《ずうたい》と鬼のような形相は奥井が持ち得ない問答無用の迫力があり、気弱な鴨を強請《ゆす》るのに最も効果的であった。鳶雄に迫られた平松はついに安アパートでの貧乏暮らしを余儀なくされた。

平松には美しい妻と娘がおり、奥井は密かに目を付けていた。娘はまだ小さいがその手の愛好家からは需要があり、暴力団の息が掛かった芸能事務所からイメージビデオに出演させる計画を立てた。妻の方もすぐにでも客を取らせれば大金を生み出せると踏み、鳶雄を介して売春を斡旋《あっせん》した。

そうして、平松は絶望した。妻子を汚されるくらいならばと、一家心中を図った。

安アパートの一室で天井から吊るされた川の字。

絶望と怨念を凝縮したその光景は発見した者に一生拭えない『呪い』を植えつけた。

＊　＊　＊

『霊能力者』と呼ばれる人たちには、俗に言う第六感が備わっていると言われている。だが実際は、人よりもほんのちょっとだけ。

目がおかしくて。
耳が変で。
鼻が異常で。
舌が特殊で。
肌が異様なだけである。

わざわざ霊感などという大層な能力に落とし込むことはない、一種の病気と思った方がよろしい。そう、心の病気だ。治せるものなら治したい、生まれ付いての精神疾患。トラブルばかりを呼び込む悪癖《あくへき》。ありえない事物を知覚するなんて、妄想の世界に生きているのと同じことである。

それ故に、彼ら『霊能力者』はまるで同じモノが視えているわけではない。

常人でも、自分と他人とでは世界の捉え方が異なる。五感が正常に働いていても、人によって部位の構造や性能に必ず差が出てしまうので、同じモノを把握しながらまったく別の形で知覚していることもある。たとえば、音であれば認知したものを言語化したとき、他人と受け取り方が異なっている場合がある。霊感とてそれは同じこと。同一のモノを視ているようで異なる認識の仕方をするのである。

捉え方が異なれば受け取る印象もまた変わる。

好悪、美醜、愛憎、喜怒哀楽《きどあいらく》。

実体の無い存在に向けられる感情はそれぞれ違い、決して共有できるものではない。

第六感がもたらすものは絶対的な他者との隔たりだ。『霊能力者』は孤独である。誰にも理解されず、誰とも分かち合おうとしない。互いがその在り方を嫌悪する。

たとえ同じ時同じ場所に居合わせて、まったく同じモノを知覚したとしても。

彼らが分かり合うことはない。

＊　＊　＊

七月十九日――。

三日前に一家心中があった安アパートの一室に、霊視の依頼を受けた天保院《てんぽういん》京花《きようか》が大家に連れられてやって来た。部屋のドアを開けると、六畳一間の壁や天井には奇妙な崩し文字や文様《もんよう》が描かれた呪符《じゆふ》が所狭しと貼られていた。霊能力者であってもその光景には圧倒された。京花は内心の動揺を押し隠し、憮然《ぶぜん》と部屋の中を見渡した。

「呆れた。こんな『呪い』の真似事をするくらいなら生きているうちに復讐でも何でもすればよかったのに」

「お、お嬢さん!? 滅多なこと言うもんじゃないよ！　そりゃ部屋ン中で自殺されるこっちの身としちゃ堪ったもんじゃないけれどね、借金苦ってのは誰かを恨めば気が晴れるってもんでもないんだよ。人生そのものから逃れたいのさ。この御札《おふだ》も特定の誰かじゃなく、世の中そのものを呪っているんだ」

年老いた大家がしみじみと言う。幼い子供を道連れにした若夫婦の心中はこの善良な大家には些《いささ》か堪《こた》えたようだった。ショックもあろうが、所有する物件から自殺者が出たばかりかその部屋を御札まみれにされたのである、新しい入居者はしばらく望めないだろうし、他の部屋の住人が大挙して出て行かないかと不安になっていた。

「平松さんの奥さんには警察に行った方がいいって言ったんだ。そしたら、主人はもう何度も警察に相談してるって言うんだよ。なのに、こんなことになっちまってよ。日本の警察ってのはいつからこんな薄情になっちまったんかな」

「ふうん」

つまらなげに相槌《あいづち》を打つ。大家の憤《いきどお》りもわかるが、警察に文句を言うのは完全に筋違いである。責めるべきは借金取りであり、彼らの激しい取り立てに対して大家の立場から一度でも苦情を言ったことがあるのかと逆に問いたいところだ。

京花の淡白さが不満だったのか、大家が訝しげに訊いた。

「華表《とりい》さんの紹介で来てもらったけど、お嬢さんは、その、本当にわかるんかい？　この部屋に幽霊が居るかどうか。平松さん一家の霊はまだここに居るんかいな」

「居ます。三人とも。御札を恐がって外に出られないみたい」

「本当に？　だって御札を貼ったのは平松さんだろう？」

「そのようだけど、素人が手を出すからかえって自分たちを苦しめる形になっている」

「酷い話じゃ。奥さん子供を無理心中させておいて。……いや、死んだ後まで悪く言っちゃあ可哀相だな。さっさと供養してあげよう」

「そうですね。供養してあげてください。それじゃ」

「ちょちょ、ちょっと⁉　お嬢さんがやってくれるんじゃないの⁉」

出て行こうとする京花を慌てて引き止めた。京花は煩わしそうな顔をした。

「私はただ居るか居ないか視に来ただけです。後のことは本職にでもお願いするのね」

「そんな⁉　そりゃあんまりだろう！　こっちは華表さんに払うもん払ってんだからさあ！　何のためにお嬢さんをココに連れて来たかわかんないじゃないか⁉」

今日一番の癇癪《かんしゃく》である。払うもんったって、たかだか二、三千円だろうに。

京花の従兄弟伯母《いとこおば》である華表切子《きりこ》は『れんげ荘』の管理人を務める傍ら、怪しげな心霊商法をしていた。身に着ければ恋人ができるブレスレットや、家に飾れば金運が上がる壺《つぼ》や、飲み続ければ無病《むびょう》長寿《ちょうじゅ》が約束される香草茶葉などを低価格で販売しており、商才があるらしくそこそこ稼いでいた。京花の霊視も商品の一つとして売り出していた。他商品の信憑性を高める効果も狙っており、町内に人死にが出た場合、知人を通じて京花を派遣させることが多々あった。今回は隣町だったが、新規開拓を視野に入れてきたのだとすれば、京花の仕事は今後ますます増えることだろう。嫌になる。

しかし、京花に拒否権はない。霊視の見返りがすなわち『れんげ荘』での暮らしの確保であるからだ。切子の言いつけを破れば、執行猶予《しっこうゆうよ》付《つ》きではあるが、実家に強制送還させられる。それは何としても避けたく、切子が持ってきた霊視案件は確実にこなさなければならなかった。

　一応、供養も霊視の内訳に組み込まれている。

　京花は覚悟を決めて、渋々とトークハットのベールを上げた。

「これより霊障を行います。霊障の最中は大変見苦しい姿をお見せすることになるかもしれませんが、ご容赦ください」

　大家が首を傾げたが、いちいち説明しない。室内に居る家族の幽霊すら視えていないのだ、霊障もどうせ視えやしないだろう。京花は右手を突き出して平松一家の霊に触れた。

「……？　お嬢さん？　一体、何してんだい？　ボーっと突っ立って。——って、お、おい、どうしたんだい⁉　何泣いてるんだ⁉　ええ⁉」

　ぼろぼろと涙があふれて止まらなかった。

　死を体現したことで幽霊の無念が痛いほど伝わってきた。

「こんなにも人間をおぞましいと思ったことはないわ」

「よくわからんが、そうだな。確かに惨い話だよ。娘さんはまだ小学生だったっていうのに無理やり首を括《くく》らされちゃったんだからな。気の毒にな」

「違うわ……！　違うのよ、順番が……！　私じゃ祓えない。他の人を雇って」

「ええ⁉　困るよそんな！」

　京花は急いでアパートを出た。

仕事だからと我慢していたが偶にこういう現場があるから嫌なのだ。どこにでもあるような不幸ならば迷える魂の送り方も単純で似通ってくる。しかし、一歩道を外した死者に対して一般的な供養は通用しない。平松一家の無理心中は人間社会の中ではまっとうな部類に入る結末だけれども、ただ、順番が異なっていた。その決定的な違いが思念をドス黒いものに変色させている。

御札は視覚的な効果は望めても、遠く離れた人間を呪うには不完全すぎた。仕掛けた平松智也が素人だったのだから仕方がないが、あと一つ通り道さえ確保していれば『呪い』はきちんと発動していたはず。少し惜しい気もするが、これでよかったとも思う。呪いが成就していたら悪霊に落ち切ってしまう。死んだ後でまでそんな苦しみを背負うことはない。

——ごめんなさい。貴方を祓うには私では耐えられそうにない。

安らかにはもう無理だろうから、せめて速やかに逝ってほしい。

＊

しかし、翌日の七月二十日。事態は一変する。

平松一家の部屋に貼られていた御札がすべて剝がれて、部屋の中央で渦を巻いて浮かび上がったのである。霊魂や呪いに半信半疑だった大家はその光景を目撃するとすぐに逃げ出し、祈《き》禱師《とうし》を雇うことを即決したという。

　それでなぜか京花が呼ばれた。除霊も供養も祈禱もしないと言っているのに「アフターケアも代金に含まれてんのよ。忘れてた」と舌を出した切子に送り出された。七月二十一日、再び訪れた平松家の部屋は二日前と打って変わって床が御札で埋め尽くされていた。

「――驚きね。『呪い』が放たれている」

「『呪い』って何⁉　一体、この部屋はどうなっちまうんだ⁉」

　部屋には決して入ろうとせず、大家が外から叫んだ。そちらを見ずに答えた。

「別にここには大した影響は出ませんわ。今の大家さんのように『恐れ』『惑い』『不安』にさせる暗示を植えつける程度の効果しかない。『呪い』はね、大きく二つに分類されます。一つは、人の五感に取り憑いて、心を操り、思い込ませるモノ。もう一つは、超自然的な現象を働かせるモノ。でも、後者は生きている人間が行うのは難しい。超自然的現象は超自然的存在になったものにしか扱えない。すなわち幽霊よ」

　平松智也は御札を貼って『呪い』の下準備を整えた。拳銃で喩《たと》えるなら弾を込めた状態だ。そして死ぬことで怨霊と化し、超自然的現象を起動させる。撃鉄を起こした。しかし、彼は呪いを対象に飛ばすことができなかった。室内に張り巡らせた御札が結界の役割も担ってしまい『呪い』ごと閉じ込めてしまったのである。平松一家三人が自縛霊《じばくれい》として留まっていたのもそれが理由だ。引き金に指を掛けたまま、標的を見失っていた。

けれど、それが放たれた。御札が剝がされたことで通り道が出来ている。

散らばった御札に手を伸ばすと、電流が走ったように指先が焼けた。

「……そういうこと。剝がれたから道が出来たんじゃない。結界すら打ち破って外に飛び出したんだわ。そうまでして殺したいのね」

観念して目を閉じた。

なら、好きにさせてしまおう。

京花に平松智也の怨念を止める義理はない。

「ど、どうなったんだ⁉」

「ご安心ください。もうここに幽霊は居ませんから。でも、祈禱師やお坊さんには一度来てもらった方がよろしいですわね。意味はなくとも一般人にはポーズを見せておくべきです。御祓いとか供養って形式的なものだけど、大事だから」

そうすることで解ける『呪い』もある。今の大家や両隣の住人が抱えた『不安』を解消させられる。それに、新しい入居者を探したいなら除霊・供養済みだと謳《うた》った方が遥かにマシだろう。

アパートを後にし、『れんげ荘』に帰ってきた。

日中、切子は裏庭で菜園を弄《いじ》っている。ひとまず建物の中に入って涼んだ後に、廊下を突っ切って裏庭が見える窓から切子を探した。

「……」

京花は眉間に皺を寄せた。ホースから水を撒《ま》いている切子の傍らに、遠縁に当たる同い年の少年・葦原人理《あしわらひとり》が居たからだ。

暇さえあれば京花の許に現れる、人畜無害《じんちくむがい》そうな顔して実はトラブルメーカーの人理には、できれば会いたくなかった。それは強力すぎる霊感のおかげか、長い付き合いによって育まれた勘であろうか、いま会うのは嫌な予感しかしなかった。

「あ、京花っ。おーい！　起きてたんだね！　おはよう！」

見つかってしまった。……別にいいのだけど、外行きの服を着ているのに寝起きだと決めつけられるのは、なんというか。すごく……。

——別にいいわよ。どうせ。

「なぜ貴方が居るの？　毎日毎日飽きもしないで」

「毎日は来てないってば。昨日は学校で終業式があったし、午後は『幽霊館』でお掃除してたからね。寄る暇なかったんだ」

「『幽霊館』？　どうしてそんなところの掃除なんか。貴方、本当におかしいわ」

暑さにやられるほど虚弱じゃないはずだから、やっぱり頭の方が残念なことに。

「変なこと考えてるだろ。言っとくけど、自発的にじゃないからね。手伝いを頼まれたんだ。猿垣巡査に」

「サルガキ？　誰よ、それ？」

「あれ？　知らない？　囲坂の交差点にある交番のお巡りさんだよ」

人理が言うには、『町のお巡りさん』たる猿垣巡査のことを知らない人はいないらしい。京花は小中学校共に私立の名門女学校に通わされていたので、同じ町内であっても、学外の世相や出来事には疎《うと》かった。アレこそ児童の人格を歪ませる『呪い』にまみれた結界だと思う。天保院家の関係者が理事長を務めているからなおさら京花には息苦しい環境であった。そして、高校に上がった今でもそれは継続中である。

「町のお巡りさん、ね。ああ、そういえば……」

呟きながら、余計なことだと自分でも気づいた。平松智也が何度も相談していたと大家は言っていたけれど、それがどうした。もう私には関係ないことだ。

感情に任せて動いたって何一つ良いことなんてないのだから。

弁えろ。

「京花、聞いてる？　夏休みに入ったんだし、どうかな？　今年こそは僕が昔お世話になった幽霊探しに協力してくれないか？　もちろん、お礼はするし。お金はそんなに無いけど、僕にできることなら何でも言うこと聞くからさ」

またその話か。話に付き合うだけでも長いので、会話を切りたいがために咄嗟に切子に声を掛けた。「切子さん、ちょっといい？」

「はーい。京花、おかえり。さっき大家さんから電話があったんだ。金返せって」

「返す必要ないわよ。アドバイスしてあげたんだから感謝してもらいたいくらいだわ」

「ははっ、まあそう言いなさんな。ケチ付ける人には金は返す。それが信条だからね。で？何かあった？　京花から挨拶以外で私に声掛けてくるなんて珍しいよね」

「えっと……。――そう、切子さんにお願いがあるの。蛇山警部に頼めないかしら」

「蛇山君に？　何て？」

「調べてほしいことがあるの。住民の被害届けって県警本部に集まるのよね？」

「さあ、知らないけれど。でも、そういうのは蛇山君じゃない方がいいかもね。彼、使い走りにされるのものすごく嫌うし。いいよ。別に心当たりあるから訊いてあげる」

　詳細は後ほど話すとして、とりあえず目の前で不貞腐《ふてくさ》れている男の子をあしらうことにした。

「ほら、もう帰っていいわよ。ハウス」

「僕は犬じゃない。何さ、人を厄介者みたいに」

　何言っているんだか。京花は人理の鈍感さに呆れつつ、密かに自己嫌悪に陥った。

　やっぱり嫌な予感は的中した。

　人理がいなかったら切子にこんな頼みごとなんてしなかったはずだから。

切子はすぐに心当たりの警官に掛け合って調べてくれた。気は進まないが、頼んだ手前報告を聞かないわけにいかなかった。

＊

報告によれば、金融業者からの過剰な取り立てに対する相談がこの数ヶ月の間に十数件あったそうだが、その中に平松智也という名前はなかった。あえて偽名で陳情《ちんじょう》することに意味はないはずだから、それとは別の可能性として、交番や所轄の窓口でまともに取り合ってもらえず追い返されたことが考えられる。切子も掛け合ったときに察してくれたようで、その可能性を問い詰めると、情報提供してくれた警官は窓口対応をした者から聴取すると約束してくれた。

「平松智也さんって住まいは隣町だけど、出身は千千良町なんだって」

切子が何気なく言ったその一言がやけに心に引っ掛かった。

まずい。どんどん深みに嵌《はま》っていっている気がする。

感情に流されるな。しかし、気になったからには確かめなければ気が済まない。

＊

七月二十二日——。

『れんげ荘』のすぐそばにある溜池公園は京花のお気に入りの一つだ。気が向いたときによく散歩に出掛け、新鮮で清浄な空気を吸い込むことで体内から邪気を追い出した。ただでさえ良くないモノに憑かれやすい体質をしているのだ、定期的に浄化しなければ京花の存在自体がそちら側に寄ってしまう。死気を纏っていても死者には成り代われず、勘違いを起こす幽霊にこれ以上憑き纏われるのは御免《ごめん》であった。

デトックスを完了させ、千千良町内をゆっくりと歩く。生まれ育った町に京花の知らない場所はない。自衛のために所謂《いわゆる》パワースポットを突き止めて、幽霊との接触をできるだけ避けてきた。いま歩いている道順も徹底して霊道を排除しており、途中差し掛かる橋上が唯一避けられない溜まり場だが、水場に居る霊はそこから動かないことが多いので走り抜ければどうということはない。

人理が看板の設置を手伝ったという『幽霊館』は千千良町一番の心霊スポットだった。有名になった経緯はもちろん知っているし、溜まり場としても本物であるため京花が近づくことは決してなかった。初ノ宮《ういのみや》行幸《ゆきゆき》が敷いた結界のせいで掃除機のように霊を吸い込み続ける土地に誰が好きこのんで行くものか。しかし、場合によっては調べざるを得ないのかもしれない。

町全体の空気がどことなくおかしかった。昨日と今日とで浮遊する幽霊の数が若干増えたようにも視える。通い慣れたルートにも、普段なら避けて通る道と同じくらいに霊気が満ちていた。『幽霊館』にももしかしたら異常が見られるかもしれないのだ。

「ヒトリが関わったんなら疑って掛かるべきだわ。あのバカのことだからただで済むはずないもの」

平松智也の『呪い』が発動したこともやはり不自然に感じられた。すべてが一つの因子《いんし》から生まれている気もする。早々に手を打たないとこの町で暮らせなくなってしまう。

だが、ひとまずは、平松智也の霊魂の行方を突き止めなければ。『呪い』が放たれた先がすなわち平松智也の復讐相手であり、そこに彼の霊魂は縛られているはずだった。

緩やかな坂道を下った先、四つ角の一角にある交番の軒先《のきさき》で京花は平松智也の霊魂を視つけた。

取り憑かれた人物の前で立ち止まる。

「――貴方が猿垣巡査ね。平松さんを死に追いやった張本人。呪われて当然だわ」

猿垣巡査は青ざめた表情で京花を見た。

挨拶は済ませた。何か物言いたげな猿垣を残して、京花はその場を立ち去った。

死を賭してまで呪いたかった平松の魂は、猿垣の死をもってしても救われないだろう。彼の怨嗟は猿垣だけに留まらず、大家の言うとおり、世の中すべてに向けられていた。復讐が終わった後もこの世に縛られ続け、彼の魂は悠久に苦境を漂うことになる。

その覚悟たるやよし、と褒めるべきであり、止める権利は京花にはない。

いいではないか。そもそも悲劇から始まった復讐に悲哀も憐憫《れんびん》も今さら不要な感情だ。『呪い』の成就が平松の宿願であるのなら、その後の不幸が確約されていても彼の決意に水を差すのは間違いである。それで満たされるのは京花の感傷だけであり、復讐が為されなければそれこそ平松は犬死《いぬじに》だ。

葛藤《かっとう》は必要ない。気にすることはない。私は幽霊が嫌いだ。身勝手に厚かましく人に纏わり憑く奴らがどうなろうと知ったことではない。

遠い昔、そう決めた。

「どうしたの？　思い詰めた顔して」

「切子さん」

黙って帰宅した京花を部屋まで訪ねてきた。

母の従妹で物心付いたときから何かと目を掛けてくれた人。性格は実にサバサバしていて、気前が良いのか守銭奴なのかいまいちわからない金銭感覚のおかげで京花ひとりのためにアパート管理を行い、そのくせあちこちに京花をタダ働きさせに行かせる、謎の行動原理を持つ女性だった。京花が迷うときは必ずこうして現れる。

切子は調べ物を手伝ってくれただけで具体的なことは何も知らないはずなのに、その目は何もかもお見通しという柔らかな自信にあふれていた。

「偶には気分転換してみたら？　黒いの以外の洋服着てさ」

「着ないわよ。喪服《もふく》以外の服を着ていたらあいつらは問答無用で寄って来るわ」

京花が黒い服を着始めたのは昨日今日の話じゃない。八年前からだ。

八年間、京花はいついかなる場合でも黒い服だけを着続けた。

それだけのこと。しかし、徹底した自己管理は行った人間にしかその労力のほどはわからない。趣味や趣向ではなく、強制されたものでもなく、こうと決めたことだけをやり続ける苦行。

それはもはや自分に仕掛けた『呪い』である。

黒は不吉を象徴する。カラスも黒猫《くろねこ》も凶兆《きょうちょう》を徴《しる》し、本能的にも忌避《しる》したい色味である。それは人間だけでなく幽霊であっても感ずる意識らしく、喪服は死をイメージする最たるものであった。

「喪服は葬送の象徴よ。あいつらは——妄執に囚《とら》われてこの世を徘徊する怨念たちは、自分が死んでいることに気づかされ無理やり送り出されることに恐怖する。特に面倒なそいつらを寄せ付けなくさせるには喪服を着るしかない。でないと、私に無念を晴らす手伝いをさせようと付き纏ってくるんだから」

　付き纏う幽霊の数を、喪服を着ることで五割ほど削減できていた。五割。つまり死者の魂の半分は怨霊化しているということで、その事実がなおのこと京花を鬱屈《うっくつ》とさせた。この世の中、誰かを恨むことなく逝ける人間のなんと少ないことか。人の生きる活力は恨みが大半なのだと知ったのだ。やりきれない。

　切子は委細承知とばかりに頷いてみせた。自分から振っておいて、それで？　と京花に考えを促す。——それでって？　決まっている。だから、私は、怨霊を遠ざけて、それで……。

　心を安らかにしようと努めてきたのだ。なのに、今日の京花の行動はそれとは矛盾《むじゅん》していた。避けたいのに、自分から近づいていくなんて。

　自分でも気づかなかった矛盾に少なからずショックを受けた。微動だにせず固まる京花を、切子は呆れるように笑った。

「別にそれが信念ってわけじゃないんなら、義理堅く守ることもないんじゃない？　喪服を着ている限り幽霊は嫌うものなんだって思い込もうとしているようにも見える。着るも着ないも京花の自由でしょうに」

「何が言いたいの？」

「事情は知らないけどさ、京花は変なところで意地張るからね。自分に厳しいってのと頑《かたく》なになることは違うんだよ。アンタの足枷《あしかせ》はいつも自分にあるっていい加減気づけ」

「……」

「見当違いのことを言ったなら謝るよ。もし学校の勉強に付いていけないとか、もっと可愛くなりたいとかって悩んでんなら、諦めろ。頭と外見は生まれついてのもんだからね。ほんじゃ」

言いたいことを言って満足したのか京花の返事も聞かずに出て行った。

何もかもわかっているという態度が癪に障る。人理のデリカシーの無さにも辟易《へきえき》させられるが、こちらの方が苦手であった。自分のことを他人から教えられるなんて、と屈辱を覚える。認めたくはないが、平松の怨霊を救いたいと思っている自分が居る。

足枷はいつも自分。やるもやらないも自分次第。——むかつく。誘導しておいて自分で決めろだなんて押し付けがましいにも程がある。そんな見え透いた挑発が有効だと思われていることもなお屈辱だった。子が親に向ける反発心にも似た衝動から、京花は決めた。

「いいわよ。やってやるわよ」

救ってやろうじゃない。

＊　＊　＊

ある日、魔女が現れた。

「貴方が猿垣巡査ね。平松さんを死に追いやった張本人。呪われて当然だわ」

なぜそんなことを言われねばならないのか。まったく意味がわからなかったが、半信半疑でいた物事にようやく一貫した理由を見つけた気がした。

魔女はすぐに踵を返し、炎天の揺らめきの下、遠ざかる。その背中を呆然と見詰めたまま、ここ数日に亘って我が身に起きた出来事がフラッシュバックする。

七月十六日に平松智也が一家心中したと知ったのは、その翌日のことである。隣町の住人の自殺をいち早く察知できたのは、平松から何度も相談を受けていて個人的に気に掛けていたからだ。何とか救ってやりたいという正義感や警察官としての義務感からではない、猿垣にあったのは平松を見殺しにせざるを得なかった罪悪感であった。

平松を追い詰めていた輩を猿垣は知っていた。奥井学と杜村鳶雄。計画と実行の役割分担をしていたふたりは事件が表沙汰《おもてざた》になるのを嫌って抜け目無く立ち回った。それはいつものことで片付けられる口裏合わせだったが、今回ばかりは猿垣も深く加担していた。何処《どこ》の誰某《だれそれ》を虐めているという噂を無視するのとは訳が違う、実際に相談に来た平松をしかつめらしい態度で労い励ましてきた自分もまた虐めの主犯のひとりであったと思う。

悲観に暮れる平松を見ながら、猿垣こそ泣きたくなった。奥井と杜村から追われているのは平松だけではない。猿垣もまた、朝霞惣次を加えた三人から脅迫を受けていた。一度でも弱みを見せれば骨の髄《ずい》までしゃぶり尽くそうとする卑劣漢《ひれつかん》ども。数年にも亘って金を無心され続けている猿垣に他人を助ける余裕などあるわけもなし、まして奥井と杜村が関わっていてどうして救うことができようか。

平松が死んだと聞き、実際に凄惨な自殺現場を目撃したときは、正直ほっとした。親子三人の首吊りを目の前にして乾いた笑みを浮かべられる自分はもうどうしようもなく終わっていると思う。

悪夢にうなされた。首を吊ったはずの親子が恨めしげに猿垣の全身に纏わりついてくるのだ。勘弁してくれ。俺は悪くない。俺はただ、見殺しにしただけだ。恨むのは筋違いだろう。そこまで追い詰めた奥井と杜村を恨めよ、ちくしょう。

朝起きて鏡の前に立つと、そこに平松の顔が写っていた。

「うわあああああっ⁉」

驚きすぎて眩暈《めまい》がした。喘《あえ》いで酸素を吸い込むと首元が異様に熱くなった。

喉が痛い。

喪服姿の魔女のあの言葉が心臓に絡みついたみたいで息苦しい。

悪夢と、鏡の中の顔が、すべて平松の呪いなのだと悟った。

納得が行かない。恨まれるべきは、呪われるべきは、奥井たちのはずなのに。

そうだ。あいつらはどうなのだろう。猿垣同様悪夢を見るのだろうか。

初めて猿垣から呼び出した。

夜、待ち合わせ場所の溜池公園に、奥井は不機嫌そうにやって来た。

「風邪引いたんだ。手短にしろよ。で？　何の用なんだ？」

喉が痒いのかしきりに引っ掻いている。猿垣が感じている締め付けられるような苦しみとは異なっているようだ。猿垣も喉を押さえつつ、奥井に切り出した。

「平松智也が死んだ。アンタが追い込んだんだろ？」

「ああ？　平松ぅ？　死んだだと？　いつだ？　本当か？」

知らないのか。

「十六日に、奥さんと子供と一緒に首を吊っていた。部屋中御札だらけでな、誰かさんを呪いながら逝ったんだろうさ」

「俺を恨んだと言いたいのか？　俺は別にあいつに何もしちゃいねえぞ。追い込んだのは鳶雄のバカだ。だからやりすぎんなっていつも言ってんのによ。使えない野郎だ。昔から頭が悪かったからな、あいつ。平松もだ、まったく使えねえ。女房と子供まで殺しやがって。AV会社をとっくに手配してたんだぜ？　アレで結構稼げたはずなのによ。くそっ、無駄骨《むだぼね》折らせやがって」

すべて舎弟にやらせておいてこの言い草だ。猿垣は同意するように愛想笑いを浮かべつつ、内心では呆れていた。

「おまえもだ、サル。みすみす自殺なんぞさせやがって。警官ならやることやらせるまで引き延ばせよ。何のために面倒見てやってると思ってんだ？　恩《おん》を仇《あだ》で返すんじゃねえ」

表情筋《きん》が固まった。

面倒だと？　恩だと？　この男は何を言っている？

「おまえの支払いも滞ってんぞ、最近。こっちが甘くしてりゃあ調子に乗りやがって。誰のおかげで娑婆《しゃば》ぁ渡っていけると思っていやがる。わかってんのか猿垣ィ！　平松で稼げた分をテメエが肩代わりしてくれんのか、ああ⁉」

すうっと血の気が引くように、意識が後ろの方へ下がっていく。まるで他人の目線を覗き見ているような不思議な感覚に陥った。奥井の声は聞こえないし喉の調子も気にならない。罵声《ばせい》を上げ続ける奥井を冷めた目で見つめる。こいつは生きていても社会の癌《がん》でしかない。平松ならば当然取るべき行動とは何か。それが一種の暗示となり、すでに意識から離れた体内にはぽっかりと空洞《くうどう》が開いていて、そこに何かが降りてくる。ずっと背後に居た気配に取って代わられた感覚。猿垣の体は別の誰かの意識下に置かれた。

「聞いてンのか、おい⁉　――んぐ、」

他人の体なら遠慮をする必要もない。普段抑制された腕力は限界値を超えて振り絞られ、憎き相手の喉元を締め上げる。脱臼《だっきゅう》も厭《いと》わぬという無茶な巻き込みで奥井の体を宙に投げた。もつれるように池に飛び込み、奥井の顔を下にして睨み合う。

奥井が水中で泡を吹く。

「何言ってるかわかりませんよ」

自分の声じゃないみたい。

やがて力を失った奥井が水面にぷかりと浮かんだ。一旦池から上がり、百キロを遥かに超える置石を拾って戻る。慎重にゆっくり丁寧に、二度と浮かんでこないように置石を重しにして池の底に沈めた。

笑いが込み上げる。絶対に不可能なことをしてのけた。両腕の靭帯《じんたい》は切れたはずで、肩もやはり脱臼している。だが、痛みはない。超人になれたようで愉快だった。

こういうことが死ぬ前にできていたらよかったのに。

猿垣は——猿垣ではない何かは——池から這い上がると、狂ったように泣き笑った。

二十三日、夜。今度は杜村鳶雄を呼び出した。杜村もまた平松が死んでいることを知らず、金を用意したと言うと疑うことなくやって来た。まったく馬鹿な奴だ。

復讐を果たそう——。猿垣は自分に言い聞かせ、平松の意志に従って、懐にナイフを忍ばせた。

『幽霊館』は瘴気にあふれていた。強すぎる霊気は磁界を乱し、長時間居れば平衡感覚が狂わされる。杜村時子や大勢の子供が亡くなったこの館は杜村にとって最も神経に来る場所であろう。

事はあっさりと為された。

「あとふたり……」

呟いて、首を傾げる。あとふたりとは誰のことだ。

猿垣には殺すべき相手にあとひとり心当たりがある。では、もうひとりは？

なぜ忘れていたのだろう。

俺は、俺の体を蝕む平松の呪いを恐れていたのではなかったか……。

高名な霊能力者――初ノ宮行幸を頼ったのは翌二十四日の晩のことである。


七月二十五日――。

一昨日、昨日と猿垣は交番を欠勤していた。

囲坂交番の所長は定年間近なせいか覇気がなく、体調不良を言い訳にした猿垣を説教するでもなく二日間の出来事を所感も入れずに訥弁《とつべん》した。

「あと、君にね、お客さんが来た。真っ黒い服着た女の子ね。昨日も一昨日も来たよ。猿垣巡査は居ないのかってね。休んでるって答えたら帰っていった。用向きまでは知らん」

顔まで隠した正体不明の魔女。あれは自分にしか見えない幻ではなかったらしい。平松の回し者か何かではないかと疑いもしたが、どちらにせよ猿垣が恨まれる筋合いにない。完全な逆恨みだ。

欠勤の罰ではよもやあるまいが、『幽霊館』への派遣はさすがに緊張した。自分が、いや、平松が犯した殺人現場の保護だなんて悪い冗談だ。炎天下、背後の館から漂う冷気に背筋を寒くしながらも見張りの番をじっと務めた。

道の向こうから陽炎《かげろう》の如く現れた黒い影を目にした瞬間、戦慄《せんりつ》した。魔女である。俺に会いにきたのか？　またしても不吉を運んできたというのか？　蛇山警部の目がそちらに注視されていたのでそそくさとその場から逃げ出した。

自分の身に何が起こっているのかわからない。

ぐるぐると考えが巡っては消えていく。

昨夜、初ノ宮行幸は『呪い』に憑かれた日を七月二十日だと指摘した。その日に行ったことといえば『幽霊館』の片づけくらいだ。でも、それは毎年していることだし、なのにその夜を境に悪夢を見、喉が痛み始めた。症状と日付は一致する——しかし、原因はいくら考えても思いつかなかった。

平松智也の霊に取り憑かれなければならない理由とは何だ。

初ノ宮行幸が解説したとおり、『呪い』にじわじわとなぶり殺しにされていく感覚を確かに味わっているけれど、やはり釈然としないのだ。俺は平松を見殺しにしただけで——それは悪かったと思うが――俺自身も奥井たちに脅迫されていたし、強く恨まれる覚えはないはずだ。

理不尽である。

今もどういうわけか衝動に襲われる。人を殺したくはないかと、背後から平松に囁かれる。

猿垣は顔を真っ青にしながらも、込み上げる笑みを抑えることができなかった。

殺したい。

仕方ない。

だってコレは、俺の意志でなく――。


平松のアパートにやって来た。

平松に恨まれる原因が何なのか探るために。しかし、平松一家が暮らしていた一室はすでに清掃が為されており、畳《たた》みも壁紙も貼り変えられて新築同然の様相であった。一家が暮らしていた痕跡は見事になくなっていた。手掛かりは望めそうにない。

猿垣は彼らが生前に何度かこの部屋を訪れている。平松に相談を請われ、気休めでしかないが妻子を安心させるために平松不在のときにはよく用心棒を買って出た。奥方と娘は猿垣に頭を下げた。そのとき自分は何と話しただろうか。「安心してください。違法な取立は必ず検挙してみせますから」そんなことを言ったような気がする。

結局何もしてやらなかった。次にあの一家を見たのは仲良く並んでぶら下がっている光景だった。――ああ、そうか。きっと俺が最後の砦《とりで》だったのだ。俺が動いていれば無理心中を図ることもなかったんだ。俺はなんて酷いことをしてしまったんだ。

「――だからっ、それだけで俺を恨むのは間違ってるだろうにッ！」

それとも、奥井と杜村を殺すのに手頃な駒《こま》として選ばれただけなのか。

そうとも。俺が殺されるわけがないんだ。俺はただ平松の魂に利用されているのだ。

玄関のドアが勝手に開いていき、外廊下に立つ黒服の魔女と目が合った。魔女は驚いたように目を見開き、猿垣は悲鳴を上げて距離を取った。

「く、来るな！　死神め！」

「……随分な言われようね。不本意ながら、貴方を救いにきたというのに」

ここで会ったのは偶然だけれども、と魔女は付け加えた。

「俺を救いに？　だ、騙されるものか！　おまえ、俺が平松に呪われて当然だって言っていたじゃないか⁉　俺は何もしていないのに！　それなのに！」

「何もしていない？」

その瞬間、魔女の目に険《けん》が宿った気がした。

「貴方が杜村鳶雄を殺したのではないの？」

「俺は誰も殺しちゃいない！　俺じゃない！　俺の意志じゃない！」

「――そう。やっぱり貴方が殺したのね。カマは掛けとくものね」

「違う！　勝手に体が動くんだ！　動かされるんだ！　ひひ、平松に……！」

奥井を溺れさせたときも、杜村を刺したときだって、猿垣の意識はなぜか朦朧としていた。自分の口から別の誰かの声が出て、思ってもいないことを呟いた。自分の意志であるはずがない。

猿垣の血走った目つきを受け流し、魔女は嘆息した。

「さっき『幽霊館』で結界に穴が空いているのを見つけた。アレのせいで千千良町周辺に広範囲に亘って渦が発生している。霊気の渦よ。それまで館の結界に閉じ込められていた幽霊たちが逆風に煽《あお》られるように町中に飛び散っている。そのせいで町中のパワースポットにおかしな引力と斥力《せきりょく》が生じているの。平松さんの魂がアパートの結界を破って外に飛び出したのもその影響。心当たりあるんじゃないかしら？　貴方がヒトリと一緒に『幽霊館』に行ったのは七月二十日。平松さんの『呪い』が放たれたのもその日よ」

悪夢と鏡と喉の痛みもその日を境に生じている。

「『幽霊館』で何かしなかった？　結界を破るような何かを」

「し、知らない！　俺は何も知らん！　何でだ⁉　何で俺がこんな目に……⁉」

「まあ、きっかけはこの際どうでもいいとして。平松さんに恨みを買われる覚えならあるでしょ？　何、もう忘れたの？　それとも、貴方にとってはあんなこと罪の意識を覚えるほどのことでもなかったということかしら？」

怒気を孕《はら》む。一歩猿垣に近づき、どこから吹き込んだかわからない風にベールが煽られ、想像だにしていなかった美しい素顔を晒した。

「貴方がどうなろうと知ったことではないけれど、平松さんの魂が汚されるのは我慢ならないわ。——これ以上死者を貶めるのはやめなさい！」

悲鳴にも似た叱責《しっせき》だった。なぜこの魔女が苦しそうな顔をするのか。

「うう……、うわあああ！」

途端に恐ろしくなる。自分でも気づけぬ罪業の重さに。恐慌を来した猿垣は突進し、魔女の脇を駆け抜けて部屋から飛び出した。もつれそうになる足をなんとか前に出し、とにかく魔女から距離を離すべく走り続けた。

「俺は悪くない、俺は悪くない、俺は悪くない……」

悪いのは奥井と杜村、それと朝霞だ。俺を脅迫した三人だ。平松を庇い立てすれば俺が三人から責められていたのだ。悪いのはあいつらだ。死ぬべきはあの三人だ。

俺は悪くない。

奥井を殺したのも、杜村を殺したのも、みんな平松のせいだ！

闇雲《やみくも》に逃げ惑う。

千千良町のどこに行っても魔女が追い立ててくるような気がした。立ち止まっては居られない。体力が続く限り足を動かした。

商店街で身を隠していると、初ノ宮行幸から電話があった。

『呪い』を解くには、恨みを買った原因を暴くのが一番手っ取り早いのだと語る。

それがわかれば苦労はない。

奥井や杜村のような悪党だったならまだ諦めも付いたかもしれないのに。

人気のない場所を探して彷徨ううちに溜池公園に来ていた。手に奥井を殺した感触が蘇《よみがえ》る。水の生温さもだ。ぞくりと身を震わせて外灯の下を歩いていくと、茂みの向こう側に魔女が居た。まさか先回りされたのかと身構えたのも束の間、視界の隅から見覚えのある男が覚束ない足取りで魔女に近づいていく。

朝霞!?　朝霞惣次だ！　あいつ、何で魔女なんかと一緒に居るんだ!?

「どこまで付いてくる気？　これ以上貴方と話すことなんてないわ」

「頼む。お願いだ。生きていれば君と同じくらいの子だった。俺と一緒にあいつを懲《こ》らしめてほしい……！　か、仇を……っ！」

「嫌よ。何でそんな面倒臭いこと。どうしてもというなら私を捕まえてごらんなさい。ちょっとでも触れられたらお願いを聞いてあげなくもないわ」

しばらく逡巡していた朝霞は、譲れないものがあるのか、やがて決意を示そうと魔女に飛び掛かった。しかし、朝霞のアルコールの抜け切らない体では魔女に触れることはおろか近づくことも叶わない。それはまるで出来の悪い三文芝居《さんもんしばい》じみており、優雅に踊る魔女を際立たせる道化のようでいて、つまり本気で捕まえる気があるのかと疑わしくなるようなたどたどしい体当たりが続いた。

魔女は可憐《かれん》に笑った。

「ほらご覧なさい。まったく無様だわ。そんなヨレヨレじゃ何もできやしない。身の程を知りなさいな。酔っ払いさん」

「ううう」

「アルコール中毒なのだから病院に入ることをお勧めするわ。役立たずの貴方にできることなんて何もない。どこの誰だか知らないけれど、あんな男のために貴方が手を汚す必要だってないの」

嘲《あざけ》りは、最後に慈愛を投げかけた。朝霞は——猿垣も——一瞬呼吸を止めていた。

「お嬢ちゃん……」

「心配しなくてもあの男なら近いうちに——」

そのとき、砂利を踏み鳴らす音がして、朝霞は慌てて逃げ出した。猿垣も我に返り、朝霞とは別方向に駆けて行く。——何を見入っているんだ、俺は。

魔女が意外にも歳若い女であったこと。それも、人形のように美しい目鼻立ちをしていたことが瞼《まぶた》の裏に鮮明に焼きついていた。胸の裡《うち》がぐつぐつと煮え滾《たぎ》る音がする。

悪いことは言わない。魔女に魅入られたら食われるぞ。

自分に言い聞かせ、猿垣は自宅のマンションに転がり込んだ。


喉の痛みで目が覚める。

悪夢と現実が交叉《こうさ》して、起きているかもわからない。

洗面所で洗顔し、顔を上げるとそこには平松の顔があった。

「あれ？　僕は誰でしたっけ？　——ああ、そうだ。僕は平松智也だ」


七月二十六日——。

朝霞から呼び出され、そのままビルの屋上に連れ出して突き落とした。

猿垣の殺意に引っ張られてしまったが、まあいい。

あとひとりだ。

「全員殺すまであと少しなんだ！　あと少し！　あと少し！　邪魔はさせないからな！」

復讐すべき相手はこの器《うつわ》——猿垣を、時間を掛けて殺すのだ。

＊　＊　＊

ビルから落下して脳天を割った遺体は、無念のみをその瞳に映していた。

「これで満足？」

今際に間に合わないのは生まれ付いてのものらしいが、こうして幽霊となった後に無念だけを聴き出せるのは我ながら皮肉めいている。こういうときこそ京花は自分自身を嫌忌《けんき》する。これではまるで死の見届け人——死神と揶揄《やゆ》されるのも仕方ない。

朝霞惣次の魂がビルの屋上に手を伸ばし呻き声を発している。

京花の霊障では知り得ない朝霞の生き甲斐が、伸ばした手の先に遠ざかっていく——。


朝霞は『毒入りミルク事件』の日からずっと生きた心地がしなかった。惰性《だせい》で生き、酒に溺れ、愉《たの》しみさえも見出せない。これでは生きた屍だ。

奥井は悪徳が生き甲斐のような奴だった。意地汚くもがき生きる輩を見て笑うのが好きという最低の人格破綻者《はたんしゃ》だったが、それなりに楽しそうに暮らしていた。

杜村は自分に似て退屈そうにしていたが、楽しみを見出したいと積極的に他人に絡んでいく辺りまだまともであった。特に若い連中に良い格好を見せるのが好きなようで、その短絡ぶりは滑稽ではあるが微笑ましくもあった。

俺には何もない。

一度だけ、寒い冬の日に、泥酔《でいすい》して路上で寝たことがある。死ぬかもしれないとわかっていたし、死んでもいいやと捨て鉢にもなっていた。何の因果《いんが》か親兄弟は呆気なく死に、一人残されて天涯孤独。所帯も持たず、使い切れない金だけを持て余し、ただただ飲んで食うだけの日々を送る。なんて空っぽな人生なんだ。

未練はない。

とにかく死にたくなったのだ。

「大変……！　オジサン、こんなトコで寝てたら風邪引くよ⁉」

目を覚ましたそこは川縁《かわぶち》の土手だった。すぐ傍に架かっている橋の下で寝ていたはずが、寝惚《ぼ》けてついつい移動していたようだ。こうして見つかったのは運が良いのか悪いのか。また死に損ねたと朝霞は自嘲《じちょう》した。

「ほら立って！　シャンとして！　私の家すぐそこだから！」

夜目が利かずにすぐにはわからなかったが、その子はまだ子供だった。塾《じゅく》帰りだったと後《のち》に聞かされた。通学に使っていた自転車を橋の傍に置きっぱなしにしてわざわざ朝霞に手を貸したのである。この少女でなければ警戒心が働いて傍に近づくことさえしなかったはずだ。まして子供である、ホームレス然とした男をどうして助けようと思ったのか奇妙でならなかった。だから朝霞はつまらない質問を思わずしていた。

「何で俺なんかを助けるんだ？」

「道端に倒れている人が居たら助けるに決まってるでしょ！」

何言っているの、と叱った。子供に叱られた。それが堪らなく可笑《おか》しくて、ついつい大声で笑ってしまった。

「もう！　これだから酔っ払いは！　うちのパパとおんなじ！　重いんだから笑ってないでちゃんと歩いてよう！」

その子の家まで連れられて行き、当たり前だが警察を呼ばれて自宅に送り返された。けれど、警察を待つ間、家族の人たちは朝霞を毛布で包み、温かいスープを飲ませてくれた。彼女たち一家にとっては当たり前の人助けらしかったが、朝霞には久方ぶりに触れられた人情であった。気が緩んだと同時に涙が出た。嬉しい。情けない。こんなことで死に急いだことを後悔するなんて。

少女は箱崎若菜という名前だった。

あれ以来、彼女には会っていない。謝礼するにも彼女が塾に行っている時間帯を狙って訪問した。こんな男と縁を持つのは不幸なことだと、朝霞から避けたのだ。

一期《いちご》一会《いちえ》でいい。この先、彼女がつましくも幸せに暮らしてくれるなら――。

そんな、らしくもない人情を覚えただけで朝霞は満足だった。

その日も奥井と杜村と三人で行きつけの居酒屋で飲む約束をしていた。

初ノ宮行幸の除霊が行われたあの日からは特に頻繁に会っている。皆、佐久良翠の存在が恐いのだ。『毒入りミルク事件』の証拠はどこにもないし、今更時効である。しかし、彼女には何もできないとわかっていても不安は解消されなかった。かといって、彼女に近づくことも恐ろしく、三人は互いが無事かどうかを頻繁に確かめたがった。

「うお、雨だ！　ひどい降りだ！」

「雨宿りしてりゃあすぐ止むさ！　どっか入ろう！」

偶々通り掛かったのが『幽霊館』の前。三人にとって因縁深い場所であったが、それぞれ弱気を見せれば舐《な》められると意地を張り、旧杜村邸へと踏み込んだ。

そこで見た。悲鳴がした二階に赴くと、見覚えのある少女の首元に、無骨《ぶこつ》で毛深い穢《けが》れた手が重く重く圧し掛かり――。

「違うんだ……。これには訳が……」

「おいおい、猿垣巡査じゃねえか。下半身丸出しでどんな訳があんだよ？」

「このロリコン野郎め。あーあ、もう致した後かい。可哀相《かわいそう》に。こりゃ死んでるぜ」

薄ら笑いを浮かべる猿垣に、杜村と奥井がバラされたくなければと脅迫《きょうはく》している。朝霞はひとり立ち尽くし、少女の遺体から目が離せない。

性器を拉《ひし》いで毀《こわ》したい。

腸《はらわた》を裂いてミンチにしたい。

首を門柱に括って晒したい。

とにかくとにかくとにかく、――猿垣を殺して殺して殺したい。

「金なら払うから！　頼むよ！　頼ンます！　誰にも言わないでくださいよ！　へへ、朝霞の旦那も！　お願いしますよお！」

殺すだけでは生温い。

こいつは生きて不幸にする。

死にたいと懇願したくなるほどの最悪の不幸に叩き落とす。

若菜の遺体を地下室に隠した。『幽霊館』に捜索の手が入ったときは猿垣が先行して発覚を食い止めた。杜村と奥井もそんな猿垣を面白がっていたので、朝霞の独断で若菜を遺族に返してやることができなかった。自己嫌悪にのたうち回る。その後悔も猿垣に対する憎悪に変換させた。

五年の間、機を窺った。

その間にもいろいろと考えを巡らせて実行に移そうともしたが、自分が考え得る方法では不幸にはできても最悪と言えるほどにはいきそうになかった。来る日も来る日も猿垣を呪い続け、気がつけば囲坂交番の常連になっていた。猿垣にとって朝霞は金を無心する極悪人に見えたことだろう。だが、反転すれば猿垣こそ朝霞から生き甲斐を奪った極悪人であった。

猿垣をずっと監視した。交番の給湯室を定位置にしてその日も奴を見張り続けた。

そうしてついに、

「――貴方が猿垣巡査ね。平松さんを死に追いやった張本人。呪われて当然だわ」

黒衣を纏った少女が現れた。きっとアレは若菜が遣《つか》わせた死神に違いない。

猿垣を恐怖させる死神に朝霞は縋《すが》った。

「君は死神なんだな？　猿垣を殺しにきてくれたんだね？」

「？　小父《おじ》さん、いえ、お爺《じい》さんかしら？　酔っ払っているの？　死神って何のこと？」

すぐに少女が生身の人間なのだとわかったが、本物の死神でなくても構わない、猿垣を苦しめることができるのなら俺はアンタの味方だ。

そして、

「――あんな男のために貴方が手を汚す必要だってないの」

その慈愛に目が覚めた。……間違っていた。この可憐な少女にこそ汚れ仕事をやらせてはならなかった。この手はとっくに汚れている。猿垣の血で上塗りされたとて何ら問題にはならない。

「心配しなくてもあの男なら近いうちに自殺か衰弱死するはずよ」

冗談ではない。どうせ死ぬというのなら俺の手で。

俺が奴を――。


京花は朝霞の霊体に触れて死に際の記憶を読んだ。

〝憶えてるか？　おまえが殺した箱崎若菜という子供のことを！　俺はあの子の仇を、……誰それって、憶えてないのか？　自分が何をしたのか、誰を殺したのか、あの雨の日のことを！　憶えてないというのか!?　貴様ァ！〟

朝霞の無念と、猿垣に取り憑いた平松の魂がもはや取り返しの付かないところにまで至ったことを知り、悔し涙がこぼれた。

『奴を殺してくれ』

「ごめんなさい。私、貴方たちのために犯罪者になる気はないの」

『若菜の仇を』

「安心して。猿垣ならもう限界よ。遠くない未来、どこぞで野垂れ死ぬでしょうね。結局、平松さんを救ってあげられなかった。私の負けね」

『若菜のぉ仇をぉ』

「……もう会話にならないわね。さようなら。早いうちに成仏できることを祈ってるわ」

囲坂を後にする。朝霞惣次の行動を読み誤ったことで、朝霞と猿垣との決闘に遅れてしまった後悔はそもそもすべきでない。京花を関わらせまいとした朝霞の優しさには感じ入るが、京花が猿垣を追う目的もその入れ込み具合も朝霞は知らないのだ、平松の魂を捕まえる絶好の機会をふいにされた憤りの方が強かった。挙げ句死なれたものだから朝霞には文句の一つも言えず、胸には形容しがたい痼《しこ》りだけが残された。

だというのに、朝霞の魂は京花に遺言を託すのだ。生前の記憶はすでに曖昧《あいまい》で、京花を死神と呼んで頼ってきたことさえ忘れている。京花が何者であろうと関係なく、霊体でありながらその声を拾ってくれる存在にただ縋りついてくる。

死んで幽霊になった途端にこれである。

なんという身勝手さ。

「だから嫌いなのよ、アナタたちが」

想いはいつだって一方通行で、こちら側の気持ちなど一切酌《く》み取ってくれない。いくら泣き叫んでも、どんなに身を尽くしても、別れの言葉も感謝の台詞も向けられることはない。結局最後は京花をひとり取り残す。すぐさま気ままに消えていく。いつだって貧乏クジを引いてきた。もういい、と何度口にし、心に思ったか知らない。その度に、京花はいっそ自分が霊体になれたならと空想し、自嘲するのだ。

『幽霊館』が見えてきた。車両事故の騒ぎを横目に夕日の朱《あか》に紛れて、漆黒が影を道の先に延ばす。揺らめく足取りに通行人はその存在に気づけない。門扉を潜り、敷地の境界を踏み越えた途端に子供の霊が館からわらわらと出てきた。喪服の意味さえ知らない子供に黒い服は霊避けとしての効果がなく、体中に纏わり付かれた。だが、遊びに誘うそれらを無視して歩き、視線は二階の窓際に送られた。箱崎若菜の不遇の死も、昨夜視つけた人理に取り憑く不穏な気配も、その因果関係には何ら気持ちは動かなかった。朝霞惣次の遺言に従ったわけじゃないし、箱崎若菜を不憫《ふびん》に思ったわけでもない。もちろん子供たちの霊には微塵《みじん》も興味が湧かない。

ここへは自分のために来た。


どうしてまだ生きているのか、と兄や姉に会うたびに問われる。


八年前のことだ。気にも掛けていなかった居候と偶々屋敷の中で鉢合わせしたときに京花は自分に居場所が無くなったことを知った。兄姉が京花の存在を糾弾するのと同じように、居候もまたおまえはここに居てはいけないと告げてきた。

居候が着ていたクリーム色のワンピースは京花のお気に入りだった。

それ以来、黒い服を着るようにしている。家族に疎まれる反面、幽霊には頼られるのだからどちらに傾倒していくかは火を見るより明らかだった。しかし、それで京花の気が晴れるはずもなく、幽霊からも望むものを何一つとして返してもらえず、心は荒み、人間にも幽霊にも成り切れない半端な存在が出来上がる。

必要とされたいだなんて子供でもあるまいし。けれど、毎日のように現れる唐変木《とうへんぼく》の『お願い』には、認めたくないが、頭に来るくらい救われている。

私の居場所を奪ったくせに。

前庭を埋め尽くすほどの子供の霊がいい加減煩わしく、目を怒らせて静かに告げた。

「おどきなさい」

一瞬にして道が開かれる。怯える子供らの霊を素通りし、靴音を響かせて館の玄関に到達する。破れた扉の隙間から、怨霊が放つ霊気の触手が出てきて京花の頬をじっとりと舐めた。臆せず。眼光一閃《がんこういっせん》で退かせ、堂々と館内に押し入った。

許せない――『幽霊館』に巣くう怨霊を祓う理由はそれだけで十分だ。

（つづく）

フューネラル・マーチ

桐生竜弥《きりゅうたつや》の途切れた意識は、襟首《えりくび》を持たれて前後に揺すられたことで覚醒《かくせい》した。

「気を失うんじゃないよ。ほら、起きなよ。警察マニアのお兄さん」

一瞬、記憶が飛んだが、茉依《まえ》を追ってやって来た『幽霊館』裏の路地で何者かに襲われたことを思い出す。そして、その襲撃者が目の前の男であることに気がついた。

「おまえ⁉」

「ああ、よかった。気がついたね。死なれでもしたら困るよ、僕が」

至近距離から覗き込んできたのは初ノ宮行幸《ういのみやゆきゆき》だった。竜弥が殴りつけられた後頭部を押さえて呻いていると、行幸はまたもや抜き取った警察手帳を投げて寄越した。

「まさか本物じゃないよね？」

明日にでもタレント事務所に押し掛けて傷害罪で逮捕してやろうと思う。

「睨まないでくれ。手荒な真似をしたことは悪かったよ。でも、君も悪いんだよ？　だって、不審者っぽいんだもん。それに、悪霊がようやくあの子の体を使って行動し始めたってときにそれを邪魔しようとしたんだから。殴られて当然でしょう？」

「はあ？　何言ってやがる！　てめえ！　マエに、俺の妹に、何しやがった⁉」

殴りかかる。しかし、竜弥の拳はあっさりとかわされた。

「怒るなよ。僕はただ視ていただけさ。おかげであの扉の向こう側に、彼女をこの世に結びつける因縁があることが確定した。あの白骨はやはり彼女のものだった。これで除霊ができる。あの子には感謝してもしきれないよ」

「そうだ！　マエ⁉」

慌てて石塀の穴から裏庭を覗き込む。視界を遮る夏草の茂みの合間から、鉄扉の前で跪く茉依の姿が見えた。——あれ？　さっきは扉の中に入ったように見えたんだが……。

「だよな。あの扉が開くわけないもんな。……？」

「君も霊視したんだね。あれはあの子に取り憑いている幽霊が視せたイメージさ。怨念が強いとね、たったひとりの兵隊の幽霊でも戦場の景色を視せることだってある。まあ、夢みたいなものさ。ところで君、本当にあの子のお兄さん？　似てないね」

「てめえにはいろいろ訊きたいことがあるが、それは後だ。マエを連れて帰る」

正面門に向かおうとする竜弥の手首を行幸が握った。行かせまいと力を込める。

「……放せ。ぶっ殺すぞ」

「邪魔するなって言っただろう？　いま連れ帰られると困るんだ。君だって妹が幽霊に取り憑かれたままでいいのかい？　ああそれから、どうでもいいんだが、ぶっ殺すなんて言葉は三下《さんした》が使うもので、スマートじゃない。これからは控えた方がいいぞ」

笑顔でぎちぎちと手首を締め上げる。竜弥は顔色ひとつ変えずに行幸を睨みつけた。

胡散臭《うさんくさ》い霊能力者タレントめ。この二日間で嫌というほど幽霊だの呪いだのに付き合わされてきたのだ、ここに来て霊能力者のご登場とあってはさすがに腹に据えかねる。好きにすればいい。こちとら刑事だ、追っているのは殺人犯であって幽霊などではない。

「除霊でも何でも勝手にやってろ。だが、マエは返してもらう」

「わからない人だね。――もういいや。君もおいで。考えてみれば、保護者が居てくれた方が後々面倒も少ないだろうし。うん。それがいい。あの子のお兄さんってことはヒトリ君とも知り合いなのかな？　だったらヒトリ君に相手をしてもらおう」

「な⁉　ヒトリも居るのか⁉　どこだ⁉」

行幸はひょいと石塀に乗り上がると、くいと顎を振った。――付いてこいってか。正面の門に回るよりも行幸に倣《なら》って塀を乗り越える方が断然早いのはもちろんのこと、何より行幸ひとりを茉依の近くで自由にさせておきたくなかった。こいつは見張っておかなければ。

竜弥も石塀に張り付いた。しかし、足の長さが足りないのか、行幸のように颯爽《さっそう》とはいかなかった。もたつく姿を行幸に鼻で笑われる。――よし。後で殴る。

茉依をおんぶして行幸に付いていく。

開け放たれていた窓から館内に入るとそこは書斎だった。行幸が懐中電灯を照らし、「そこ、気をつけて」一床に開いた大穴を迂回《うかい》する。不自然に肌寒い廊下を渡り、一度も上がったことのない二階へと階段を上っていく。

「ここだよ」

　その部屋の入り口を見ただけで背筋が凍った。その部屋はヤバイと直感が警鐘を鳴らす。臆病になり躊躇っている竜弥を見て、しかし行幸は今度は笑わなかった。

「普通は近づくことさえできない。今はその背中の子とヒトリ君のおかげで怨霊が大人しくなっているから入ることができるんだ。除霊するにはまずこの部屋に入る必要がある。さあ、行くよ」

扉を開け放つ。鼻をつく異臭は気のせいじゃない。禍々《まがまが》しい瘴気に満ちていた。

「お待たせ、ふたりとも。思ったとおり、その骨は箱崎若菜のものだったよ」

中には、不機嫌そうに壁際に立つ天保院京花《てんぽういんきょうか》と、そしてもうひとり。

「あれ？　たっちゃん？　あはっ、どんどん人が増えてくね！」

頭に包帯を巻いた葦原人理《あしわらひとり》が、白骨を腕に抱いて無邪気に顔を綻ばせた。

何もかもが異様だった。場所も時間もこの取り合わせも。

「ヒ、ヒトリ？　その骨は一体……。ほ、本物なのか？」

なぜここに居るのか。何をしていたのか。訊きたいことは山ほどあるが、何を置いても問わずにはいられない。人理は竜弥に髑髏《どくろ》を見せつけた。

「うん。本物。箱崎さんのものだよ。ここの地下室にずっとひとりきりで居たのをさっき見つけたんだ。この子、寂しかったんだと思う」

「そ、そうか……」

白骨を愛しげに撫でる人理のことを正直不気味に感じてしまった。何が異様かと言えば、人理の様子がいつもと変わらないことである。茉依のように明らかに様子が変だとわかれば安心もできたのに、人理には平常時と非常時の態度に落差がなかった。会わなかった四年間が彼を変えたとも思えない。竜弥のよく知る弟分のままだった。ということは竜弥が知らなかっただけでこれもまた人理の素顔の一つなのであろう。そのように考えればすんなりと合点《がてん》がいった。

——ああ、こいつはずっとおかしな奴だったんだ。

「ヒトリ、その骨を抱えるのはやめろ」

「どうして？」

「どうしてって……、見ていて気持ちのいいもんじゃねえし、その遺骨もそういうふうに扱われるのは不本意だろう。丁重に扱え。それが礼儀だ」

おかしいなら正せばいい。それだけのこと。人理は首を傾げて竜弥と白骨を交互に見て、そのまま視線を京花に向けた。京花は「私を見ないでよ」と顔を背けた。

「桐生さんの言うとおりだわ。ヒトリ、貴方は人の死を軽く扱いすぎている」

「そんなつもりないよ。これは箱崎さんなんだ。以前とは形が違ってもこうして見つかったのならおかえりなさいと言ってあげるべきだよ。でないと、可哀相だ」

「それはもう箱崎若菜じゃないわ。だった物、よ。どこまでを人と定義するかは異論があるんでしょうけれど、すでに生きてないモノに無遠慮に触れるのは死者に対する冒瀆《ぼうとく》だわ」

人理は納得いかない顔をする。竜弥に背負われた茉依を見つめて、

「でも、箱崎さんは今はマエちゃんの中で生きているんだから、完全に死者とは言えないと思うんだけど」

「……」

「……」

竜弥は絶句し、京花はその顔に嫌悪の色を浮かべた。一般的な感覚と根本的なところでズレている。人理は死してもなお魂さえ在れば——幽霊が居れば生者だと主張した。生死の境が見事に曖昧。では、人理にとってこの館に漂う幽霊は皆生きているモノと解釈できるのか。

「前に聞いたことがあるわ。ヒトリにとって死者とは、影も形もなくなって誰の意識の中からも忘れ去られた存在だけを指すのだそうよ。こいつにはね、人間と幽霊の区別がないのよ。だから、いないモノに会わせてほしいだなんて軽々しく頼んでくる」

京花が忌々《いまいま》しいとばかりに口にした。肉体の有無を物ともしない人理の博愛は、霊感のある三人には到底及びもしない境地であった。視えたり感じたりできるから境界を意識し、あちらとこちらを分け隔てられるのだ。そうでもしなければ正気でいられない。いや、そもそも考え

たこともない。考えるまでもないことだったのに——。

「はいはい。そこまでだ。そろそろ作戦会議に入りたいんで吐き気を催すようなお喋りは以降慎むように」

それまで三人のやり取りを黙って聞いていた行幸がパンパンと手を叩いた。

「でもまあ、僕の意見も一応言っておこうかな。ヒトリ君は白骨をそのまま抱いていて良いと思うよ。ようやく死体を見つけてもらったもんだから箱崎若菜の霊がさっきから大人しい。しばらくこのままでいてもらいたいね」

生死の捉え方には一切言及せずに話を戻した。その気取った態度は癇に障ったが、どことなく場の空気は弛緩《しかん》した。竜弥は緊張を解すように息を吐いた。

「妹ちゃんに取り憑いてくれて本当によかったよ。おかげで仕事がやりやすい」

が、聞き捨てならない台詞にあっさり頭に血が上る。

「よかっただと⁉　マエを何だと思ってる⁉　まさかこのままにしておく気か⁉」

「言葉の綾《あや》だよ。君はいちいちうるさいんだな。いずれは彼女から追い出すが、除霊するにも順序ってもんがあるんだよ。素人は黙っていなよ。邪魔臭いんだから」

「なにぃ⁉」

茉依を背負っていて殴り掛かれないのを見越したように、行幸は竜弥を無視して無防備な背中を向けた。正面にいる京花に対してだけ口を開く。

「君だろ？　人理君にこの館には動物霊しかいないって吹き込んだのは。彼、いいよね。純粋で今にも壊れそうだ。見守ってあげたくなる気持ち、よくわかるよ」

「一緒にしないでよ。変態」

「結構。馴れ合う気は無いから本題に移ろう。視てのとおり、箱崎若菜の霊はかなり強力だ。だから、まずはこの館から他の幽霊を駆逐する。磁場の乱れが最小限に抑えられれば箱崎若菜の除霊もやりやすくなるだろう」

「それでいいと思うけど……、彼女、一筋縄《ひとすじなわ》ではいかないわ。供養や加持では祓えない」

「僕の実力を侮ってもらっちゃ困るね」

「そういう意味じゃないの。昨夜、ヒトリに聞いたのよ。この館にまつわるオマジナイ。そのルールが彼女を縛っている」

「オマジナイ？　何だい、そりゃ？」

京花が説明した。昨夜茉依から聞かされた怪談話だった。

行幸は呆れたように嘆息した。

「願い事が叶うマジナイか。学校の七不思議と同じように、子供に代々語り継がれるものって『呪い』として成立しちゃうんだよね。参ったね。なおのこと面倒だ」

「それだけじゃないわ。彼女の妄執はこの館で一番強い。それを理解していないと貴方たちまで祟られるわ」

「祟られるだって？　僕を誰だと、」

「見くびらないで！　彼女がどんなふうに殺されたかも知らないで……っ！」

行幸が何か反論しようとしたが、その前に京花が竜弥に音も無く近づいた。ぎょっとしたのも束の間、京花は緊張した面持ちで茉依に手を伸ばした。

「箱崎若菜の死に際を再現します。彼女の怨念の深さをその目に焼き付けるがいいわ」

止める間もなく霊障が始まった。京花は悲鳴を上げて仰け反り、やがて箱崎若菜が死ぬ直前にその身に起きた出来事を体現する。竜弥はすぐに目を逸らした。しかし、彼女の慟哭《どうこく》だけは否応《いやおうな》無く耳に聴こえてくる。イタイ苦シイと泣き叫び、モウ許シテと懇願する。箱崎若菜の生前の記憶だとわかっていても、いま目の前で繰り広げられる京花への陵辱は立ち会うことが耐え難いほどに凄惨であった。胸が苦しい。

目を逸らした先では行幸がじっと霊障を見届けている。その目は侮蔑に光っていたが、必死に逸らすまいと血が出るほど強く唇を噛んでいた。

霊障が視えない人理は、竜弥と行幸の反応を哀しげに眺めていた。

はあ——……。大口を開けて息を吐き出す京花の頬に一筋の涙が伝った。霊障が終わるまでの間、誰も何も言えなかった。

「どう？　箱崎若菜が館に留まり、人理に初ノ宮さんの結界を壊させるように誘導したのが、どれほどの怨讐《おんしゅう》に因るものかわかってもらえたかしら」

竜弥は舌打ちすると、吐き捨てた。

「今すぐ犯人を見つけてぶっ殺してやりてえ……！」

「野蛮だね。品がないな、その台詞は。だけど」

同感だ、と行幸も誰に聞かせるでもなく同意した。

「犯人は別件で祟られていたからどうせ近いうちに死ぬわ。私はなんとしても箱崎若菜の霊を成仏させたい。ただの意地だけど、邪魔をするなら貴方たちから呪ってやる」

京花がまず目的を開示した。

行幸は一つ頷くと、小馬鹿にするように鼻で笑った。

「呪うだって？　君のようなただ感じやすいだけの小娘にどんな『呪い』を掛けられるって言うんだい。軽々しく言うもんじゃないな。僕は箱崎若菜だけじゃなく、この館に巣食う霊を一掃し、依頼人に掛かった『呪い』を解いてやることが目標だ。お嬢さまと一部利害が合致するんで協力してあげてもいいってだけだ。というか、僕の邪魔をするな。言いたいことはそれだけさ」

「杜村時子の霊ね。あれは子供たちの霊と相互に縛られているから一緒に祓わないと駄目よ。もちろん、子供の中には箱崎若菜も含まれている」

「わかっている。だから面倒だって言ったんだよ」

「俺は、」

「素人は黙ってろって言ったろ？　除霊ができないんだからすっこんでなよ」

竜弥が口を開き掛けると、すかさず行幸に遮られた。ぐっ、やっぱりこいつむかつく。

「いいや、言わせてもらう。俺は警察官だ。よくわかんねえけど、若菜って子を殺した犯人を捕まえてやりてえ。除霊はできねえけどそれで供養になるんなら。天保院さん、アンタ、犯人を知ってる口振りだったな。教えてくれ。誰がその子を殺したんだ？」

「本当に変な人ね。はっきり言うわ。そんなことをしても箱崎若菜は浮かばれない。初ノ宮さんではないけれど、貴方にできることはここにはないわ」

「僕たちに任せておくんだね。君は妹のお守りをしてればいいから」

「くっ……」

悔しいが、行幸の言うとおりだった。生きている犯罪者が相手なら身を挺《てい》してでも捕まえる覚悟はあるが、幽霊相手では何もできない。ふたりを全面的に頼るしかなかった。

「僕は――」

人理が顔を上げる。頭蓋骨《ずがいこつ》を掲げ、三人に向かって毅然と告げた。

「箱崎さんに会いに行くよ。それが彼女の『お願い』だから」

――――。

息を呑んだのは誰であったか。会いに行くと言うが何をもってして『会えた』と言えるのか。幽霊が視えず声も聴こえないようでは意志の疎通も難しい。人理自身もよくわかっていないようであり、それに、聞こえようによってはそれは――。

「おっと。失礼。電話だ」

バイブレーションの振動音が大きく響いた。行幸は通話ボタンを押すことなく、架電《かでん》してきた相手の名前を見て三人を小さく手招きする。廊下に出て、窓から顔を覗かせるようにそっと外の様子を窺った。「バレないようにこっそり見るんだ」と三人を促す。

「ようやくおいでなすった。ほら、門扉のところに居るだろう。あれが依頼人の偽奥井だ。僕以外に人が居ると知ったら雲隠れされちゃうかもしれないから気をつけて」

「あれ？　猿垣巡査だ」

「猿垣……」

「警備のおっさんじゃねえか。って、偽奥井って何だ⁉　まさか奥井学のことか⁉」


四人は顔を見合わせた。

改めて、それぞれが持っている情報を共有し合う。

そうして、竜弥にもやるべきことができた。

杜村鳶雄を殺した犯人を今ここで捕まえる――！

新たな四華花なら敷地の四隅に設置済みである。結界が正常に張られたことを知らせるように、霊感がある者にしか視えない淡い光沢が館全体を包み込む。

準備はすべて整った。行幸は館の中心である二階の真ん中のリビングに簡易の護摩堂《ごまどう》を設え、灰皿に護摩木を焚《た》き真言《しんごん》を唱え始めた。読経は霊魂と語らい「何故」と問う。なぜこの世に留まる必要があるのか、と。六道は常に開かれている。人間道から解放されたのなら輪廻転生《りんねてんしょう》すべしである。そも、死して迷う暇はなし。

＊

行幸の周りに子供の霊が纏わりついている。存在が希薄な低級霊から順に掻き消えていった。腹の底に熱が灯ったかのように満面に脂汗《あぶらあせ》が浮き、滝のように顔中の曲線を滑っていく。こうした除霊はまず幽霊を呼び込まなければ始まらない。消すには手の届く位置に誘い込む必要があるのだ。だからこの状況は行幸自身が招いたものであり、結果だけを見れば申し分ない釣果と言えたが、しかしこれほどとは計算外だった。霊魂に実体はないので密度というものがない。極端に言えば如何《いか》に狭い箱にでも無数に閉じ込めることができる。リビングは数百どころか、どこに居たのか数千もの霊体が集まっていた。目を開けていられない。瞼を覆い尽くす顔、顔、顔。窒息しそうだ。しかし、まだ始まったばかり。柄ではないが今回ばかりは引き立て役に徹しよう。行幸は粛々《しゆくしゆく》と己の役割を全うする。

――癪に障るが、見せ場は君にくれてやるよ。お嬢さま。


約三十分前。段取りを話し合ったとき、役割分担はあっさりと決まった。

「私が霊触をして杜村時子の霊を成仏させます」

「どうやって？　『死の体現』が幽霊にどう影響するんだい？」

「意思疎通とまではいかないけれど、死んでいることを突きつけることならできるわ。わからせるの。いえ、思い出させてあげるのよ。本当の未練が何だったのかを。これまでにもそうやって幽霊を成仏させたことがあるから憶測で物を言っているわけじゃないわよ」

だが、京花の霊触は気力と体力を大きく消耗《しようもう》する。日に三回が限度だと行幸は見ており、それが空振れば京花はそれ以降使い物にならなくなる。

「死に際を完全に読み取るから疲れるのであって、ただ触れるだけならそうでもないわ。一応、低級霊相手なら言霊だけで退けることもできるし」

それは正直羨ましい。修行をすることなく天然で幽霊を祓えるということは、おそらく体内にではなく魂そのものに神通力《じんつうりき》が宿っているのだろう。天保院家が富豪であることは知っているが、その血脈にはもしかしたら神職の一族がいるのかもしれない。

「ま、できるというならやってもらおうか。ついでに可能なら、偽奥井――サルガキと言ったっけ？　あのオジサンの『呪い』も祓ってくれると助かるな」

素直に頼み込むと、京花は不審げに目を細めた。

「貴方、自分の領分を侵されるのが嫌ではなかったの？」

「嫌だが我慢できないほどじゃない。このウヨウヨ居る幽霊どもを祓えるのは僕しかいないんだ、強姦魔《ごうかんま》で殺人鬼である彼に掛かった『呪い』の解呪を、是が非でもこの手でやり切りたいというモチベーションが最後まで続くとは思えない。我慢ならないのは解呪できないことの方だ。雑魚《ざこ》は引き付けておくよ。そっちは僕にしかできないことだからね」

行幸は自信ありげにウィンクしてみせた。


作戦決行の刻が来た。行幸の居る二階のリビングに低級霊の子供たちが続々と集まっていく。京花はその波に逆行するように廊下を渡る。階段の踊り場では静かに嗚咽する老婆の幽霊が待ち構えていた。杜村時子の霊はリビングに吸い込まれていく子供たちを眺めて、しくしくとすすり泣いた。

『悲シイ悲シイ！　私ノ可愛イ子供タチガ逝ッテシマウ！』

接近すると鬼の形相で睨みつけてきた。京花は「醜いわね」呆れたように呟くと、ベールを持ち上げて時子の顔を覗き込む。幽霊の手を取り微笑みかけた。

「貴女を縛っているのは本当に子供たちなのかしらね。思い出して。貴女が本当に拘っているモノは何？」

時子は目を見開いた。

子供に固執《こしつ》したわけを問われて、死して抱いた未練が目の前に現れた――。


柔らかな日差しが差し込んでいた。

涼しげな風にカーテンが揺らめき、温暖な外気温と室内温度が溶けて交じり合う。

ふと気づけばそこは一階の食堂。私は今し方出来たアップルパイを切り分けて、並べたお皿に一つずつ盛りつけていた。傍らには小さな女の子が目を輝かせて眺めている。

「時子さん、あたしもお手伝いするね！」

確か、私のアップルパイが大のお気に入りだと言っていた子だ。ふたりしておやつの用意をしていると、一人また一人とどこからともなく子供たちが姿を現した。子供たちは皆進んで私に手伝いを申し出た。テーブルクロスを掛けたり、ナイフとフォークを配ったり、お花を活けたりナプキンを折って並べたり――。

そんな中、見覚えのあるふたりの子供がコップにミルクを注いでいた。

心臓が跳ね上がる。――けれど、私と目が合うと、悪戯が見つかったみたいに照れて笑い、自分たちでそのミルクを飲み干した。

「こら！　摘《つま》み食いはお行儀が悪いわよ！」

「摘み食いじゃなくて摘み飲みだもん！　なあ、マナブ？」

「そうだよ！　だから悪くないよ！　行こう、ソウちゃん！」

はしゃいで逃げていく悪童たち。呆れながらも私の口元は笑っていた。

何を恐れることがある。

昇汞が混入されたわけでもあるまいし。

アップルパイを配膳《はいぜん》し終わり、ミルクも全員分注がれた。

しかし、私の背後。ただひとり、席からあぶれて佇んでいる子供がいた。恨めしげに私を見つめ、物言いたげに唇を尖《とが》らせている。

〝そんな目で私を見るな〟

「……」

思い出した。私はただただ恐かったのだ。

その他大勢の子供たちは彼を突き放すための道具にすぎなかった。

私は彼に微笑みかけ、ぽんぽんと膝を叩いた。なかなか近くに寄ってこないので最後には無理やり摑んで抱き上げた。膝に座らせて彼にナイフとフォークを握らせる。

「さあ、トビオ。一緒に頂きましょう」

皆は口々に美味しい美味しいと喜んでくれているけれど、鳶雄は難しい顔をしたままフォークでパイを細切れに刻んでいる。気に入らないのは味か、私の膝の上か。

どちらでも構わない。もしも来世があるのなら、次は赤の他人のままでいよう。
親子で居るのはもう疲れた。
「――……ふう。もう先に行くわね」
鳶雄を膝から下ろすと、誰も居なくなった廃墟の食堂からひとり出て行く。
寂しくはない。早く解放されたいという気持ちが勝り、知らず口元に笑みが浮かぶ。
ああ、清々した。

『幽霊館』からすすり泣く声が止まった。

＊

準備が要るから待てと行幸が言っておいたのに、猿垣巡査は時間を守らずに館の中に入ってきた。いま入られるのは予定外であり京花たちからすればきっと都合の悪い展開なのであろう。竜弥には京花たちが相手にしている幽霊の十分の一ほども視えちゃいないが、完全除霊（行幸は『完全駆除』と言っていたが）にはまだしばらく時間が掛かりそうだった。猿垣巡査に掛けられた『呪い』は平松智也という男の仕業らしいが、猿垣巡査を恨んでいる怨霊は他にもおり、それはよりにもよって茉依に取り憑いていて、いま猿垣巡査を中に入れてしまうと怨霊を暴走させてしまう恐れがあるという。

止めなくては。

茉依が危ない――！

「止まれーっ！　猿垣巡査っ、それ以上来るな！」

ロビーまで駆け下りると、丁度玄関を潜ってきた猿垣と鉢合わせした。

「何だ貴様は⁉」

猿垣は目を見開き、咄嗟にリボルバーを構えた。――何で拳銃なんか持ってんだよ⁉

猿垣は制服を着ていた。門前の警備を素通りできたのは警察手帳を常備していたからだし、護身用に拳銃を携帯していても何らおかしいことはない。だが、竜弥は先入観から猿垣を一般人の中に紛れた殺人犯というふうに捉えていた節《ふし》があり、銃口が照準を合わせるのに目線が誘導され、それ以外は目に入らず、頭は死の予感に塗り潰された。

銃口がわずかに上を向いたのに気づけたのは偶然だった。

意識が切り替わり、防衛本能ではなく警察官としての性のようなものが働き、自然と犯人の目線を確認していた。猿垣は竜弥の後方を見上げており、唇を震わせた。

「魔女め……！」

発砲する直前、無我夢中で跳んでいた。伸ばした右腕が運良く弾丸を受け止め、宙に浮いたまま駒のように回転したと錯覚する。着地でバランスを崩したが、勢いを止めることなく猿垣に頭から突っ込んだ。

「おらぁ！」

頭突きが猿垣の顎を正確に捉えた。もつれるようにして倒れ込み、被弾の激痛を押して膝で猿垣の体を縫い付けて、拳銃を取り上げ投げ捨てる。駄目押しに無事だったもう片方の腕を振り上げ体重を乗せて猿垣の顔面を殴りつけた。

「どいて！」

背後から京花が駆けて来た。猿垣の傍らに座り込むと、コンパクトミラーを向けた。

「見なさい！　平松さんに憑かれている貴方になら視えるはずよ！　貴方が犯した罪の重さを思い知るがいいわ！」

猿垣に憑いていた『呪い』に触れて、霊障が始まる。

竜弥にも平松という男の死に際のイメージが鏡面から流れ込んできた――。


この世には善人と悪人の二種類の人間しかいないと思っていた。

平松智也は掛値《かけね》なしの善人であり、悪人はその本性を常に顔に貼りつけて歩いているのだと本気で信じていたお人好しでもあった。

金を騙し取った奥井学は悪人。金を嬉々として取り立てに来る杜村鳶雄も悪人。

そんな中、幼少の頃から『町のお巡りさん』として正義を象徴してきた猿垣巡査は、追い詰められた平松にとって地獄に差し込んだ一筋の光明のように映った。縋りつく平松に笑顔で対応し、時に涙を浮かべて「何とかしてやる。それまで頑張れ」と力強く励ましてくれた。善人の中の善人だった。

この世に二種類の人間しかいないと思っていたのがそもそも間違いだったのだ。

善人の顔を装った悪人が居るだなんて思いもしなかった。

何とかしてやるからと妻に迫り、両親を助けたくないのかと娘を脅し、平松が不在のときを見計らって何度もアパートに押し入った。平松がそれを知ったのは首を括った妻と娘に出迎えられたときである。遺書には平松を含めた世の男どもへの恨み節が延々と綴《つづ》られ、平松は発狂した。猿垣か、妻か、信条か——何に裏切られて心を壊したのかは平松自身にもわからない。ただ、呪うべき対象はひとりしか思いつかないし、残されていなかった。

簡単には殺さない。

不幸のどん底へ落として絶望させてやる。

ゆっくりと殺すのだ。

妻と娘に並んで平松もこの世を去る。一家の自殺を知って駆けつけた猿垣は、怨嗟に歪む平松の顔にじっと見つめられている錯覚を味わった。網膜《もうまく》に焼きついた顔は鏡の前に立つ度に現れて、徐々に猿垣の精神を壊していく。

ほら、今も。

平松が顔を覗かせている——。

「あああ、うわあああ！　俺は悪くない！　当然の見返りのはずだろ⁉　何で恨まれなくちゃならないんだ⁉」

竜弥は救いようのない下衆《げす》を生まれて初めて見た気がした。できることなら、平松一家や箱崎若菜の代わりに殺してやりたかった。因果応報《いんがおうほう》とはいえ、杜村鳶雄と奥井学と朝霞惣次の仇を討ってやりたかった。

——だが、俺は警察官だ！

「悪かどうかを判断するのは法廷でだ！　俺が全部の証拠を集めてやる！　起訴《きそ》してやる！　きっちり裁かれやがれ！」

猿垣の腰元から手錠《てじょう》を取り上げ、「連続殺人の容疑で逮捕する！」両手に掛けた。

猿垣はやがて口から泡を吹き白目を剝いて動かなくなった。

「——って、おいおいおい。まさか、死んだんじゃないだろうな？」

恐る恐る訊ねると、京花までこてんと床に転がった。長距離を全力疾走してきたように息を弾ませ脱力感を漂わせた。

「残念ながら生きているわ。でも、寸前で平松さんを葬送できた。彼は悪霊に落ち切らずに済んだ。桐生さん、貴方のおかげよ」

「彼は正義に、警察に、裏切られたから。最後に貴方の正義感に触れられて、満足したみたい」

「俺の？」

感情に囚われず法の下に裁定を委ねることが正義感であると言えるかどうか。しかし、平松がそれで救われたのなら良しとしよう。

「貴方、本当に変わっているわ」

京花が嬉しそうに微笑むので面食らう。――ンだよ、そんな可愛い顔もできんじゃねえか。

ふと気配を感じてロビーを見渡すと、杜村鳶雄の遺体があった場所に幽霊が視えた。

「オッサン……」

杜村鳶雄が竜弥に軽く手を上げて、生前に何度も見た不遜《ふそん》な笑みを湛えて消えていく。

仇は討てたのだと思いたい。

銃声を聞きつけた警備係が玄関に向かってくる。竜弥は負傷した腕を押さえつつその場に仰向けに寝転がると、裏庭に向かった少年の安否を気に掛けた。

「あいつ、ひとりで大丈夫かな……」

＊

曰く――、『幽霊館』では女の幽霊が夜な夜な泣き声を上げている。

今ではもう聴こえないソレは、人理にはどうでもいいことだが、目の前にある鉄扉の向こう側で木霊《こだま》する外にも届かない叫び声には思うところがある。もちろん、その慟哭も霊感のない人理にはまったくの無音だ。実体ある物が打ち鳴らす音なら聞こえるので、できればラップ音を起こして伝えてくれるとありがたいのだけど……。

そんなことを言えばまたぞろ京花に怒られてしまうに違いないとにわかに苦笑し、拳を胸の高さにまで掲げた。

ノックは四度だ。

『壁の穴』をなんとか潜ってこうしてオマジナイを決行した。

呪いを解くには手順が必要だと教わった。箱崎若菜の霊はオマジナイをした折にここで殺され、遺体は地下室に隠されてきた。書斎の床に本を投げつけたのは床板を破って地下室に行こうとしたからであり、人理を利用して地下室まで落としたのも同じ理由からである。

この扉から外に出たがっている。

迎えに行かねばならない。そして、その願い事はオマジナイのルールに従わない限り叶わないらしい。茉依が話した怪談では主人公にされていた彼女も、すでにルールの一部に組み込まれている。彼女に会いたければ手順を踏む必要があったのだ。

「――なぜ泣いているんですか？」

合言葉を口にしたとき、違和感を覚えた。

なぜも何もない。こんな暗いところに閉じ込められていたら泣きたくなるのも当然じゃないか。ずっとひとりで。何年も。今さら訊くことじゃないだろう。

言うべきは他にある。

「出ておいで。——一緒に遊ぼう！」

開くはずのない錆び付いた鉄扉が、ガキン、と破壊音を立てて外側にゆっくりと開いていく。夜の裏庭よりもなお暗い闇が、呼吸するかのように風を吸い込んだ。

生温い空気が人理の顔を撫でた。

きっとそこに箱崎若菜が居るのだろう。

「でも、ごめん。僕には君が視えないんだ」

カンカンカンカンカンッ。鉄扉に小石を投げつけたような音が響く。ドォンという銅鑼を打ち鳴らすような音も、ギギギギィイイイイという爪でガラスを引っ掻くような音も、すべて人理を抗議してのもの。

「何を叫んでいても聴こえないよ」

覚えがある。これは記憶の投影だ。視えていたはずの誰かがいなくなり、大切だったと気づかされた五年前の、女の子の服を着るように強要されてきた子供の八つ当たり。

「わかるよ。僕も同じ気持ちだったもの」

そこに居るはずなのに、気づけない。気づいてもらえない。

どんなに訴えてもすり抜けていく。

求める気持ちが強いほど手応えのなさにもどかしさを感じて、怒りが溢れ出す。

痛いほどよくわかる。

「わかるよ」

不意に喉を覆う空気が温かくなる。茉依に首を絞められたときの圧迫感が戻ってきた。息ができない。今度こそ殺しに来た。何が箱崎若菜の琴線《きんせん》に触れたのだろうか。しかし、人理は苦悶の声を上げることなく微かに笑った。

「いいよ」

目を閉じて、無抵抗に体を差し出した。

人理にとって生死とは肉体があるかないかの違いだけで恐くはない。それに、幽霊になればきっとあの人に会えるだろうから。

「僕を遊びに連れて行ってくれ」

——もし君の姿が僕の目に映るようなことがあれば。

それは願い事が叶ったときだ。


——いつの間にか雨は上がっていた。

暗いところにいた。空気の流動を感じて身を起こし、外気が流れ込んでくる方へ方へと足を運ぶ。暗くて見えないはずなのに階段があるのを知っていて、足を上げずともせっせと上れた。暑さ寒さは感じない。おかしいな。季節感がまるでない。たしか今は夏休み目前の放課後で――。

葦原君……。

開け放たれた扉の向こうには彼が居た。ちょっと大人っぽくなって、けれどもやっぱり女の子みたいな顔をした少年が私をここから連れ出しに来た。

待ってたよ……、ずっと待ってた。

ううん。待たせちゃった、かな？　君が苦しんでいるのをなんとかしたくて、柄にもなくオマジナイなんかに頼っちゃって。気づいたらこんなところに閉じ込められちゃってた。格好つかないなあ。逆に助けられてたんじゃ何しに来たかわかんないよね。あはは。

？　ねえ、葦原君？　どうかしたの？

何とか言ってよ。

「僕には君が視えないんだ」

ごめんね？　もう一度言ってくれるかな。よく聞こえないの。どうしてだろう。君の声がすごく遠い。……ああ、やっぱり駄目。声、聞きたかったのにな。

あのね。聞いて。私ね、君に見つけてもらいたかったんだ。それでたくさん仕掛けを用意して、いっぱい工夫して、一生懸命がんばって。こんなふうに。こんなふうに。

伝えたかったの。

どんなに君を好きだったかを。

「何を叫んでいても聴こえないよ」

どうしてこっちを見てくれないの？　私、何か悪いことした？　ねえ、こっちを見てよ。葦原君ったら。ねえってば！　よく見てよ！　私はここよ！　意地悪しないで！

このアンポンタン、目線をちょっと下げてみなさい！　――あれ？

知っていたのに、忘れてた。


私はまだ、子供のままだ。


ずるいよ。君だけ大人になるだなんて。どうして私だけが時間を止めてしまったのかわからないけれど、――首《くび》ヲ縊ル音ガ鳴ル――、一緒になれば君も元に戻るよね？

元の子供の姿のままで。

一緒に遊びに出掛けましょう。

「――駄目よ。ヒトリは渡さない」

人理の背後から伸びた京花の手が、箱崎若菜の霊を引き離す。その瞬間、人理を戒《いまし》めていた『呪い』は解かれ、首への圧迫感も消え去り、人理は意識を失ったまま膝から崩れ落ちた。体力を消耗していた京花は人理を支えきれずに一緒になって尻餅をつく。

人理を守るようにして胸に抱き、くたびれた視線を中空へ投げた。

箱崎若菜の霊が消えかかっていた。

「思い出した？　貴女はとっくに死んでいるの。せっかく地下室から出られたのだもの、早く在るべき場所へお逝きなさい。私でよければ葬送してあげるから」

嫌だやめて葦原君を返して、と泣き叫ぶ。

その形相はまるで鬼のよう。

「どんなに恨んでくれてもいい。ただ、それは私だけにしなさい。こいつが許せないのは私も同じよ。でも――だからこそ、返してもらうわよ」

自縛霊から解き放たれた箱崎若菜は、その妄執を今度は京花に押しつけた。

死ぬまで続く永《なが》い永い『呪い』が京花に降りかかる。

「成仏した方が楽だと思うのだけど、一緒に居たいというなら止めはしないわ」

この霊で幾度目か。全身を纏う不吉の影の濃さが増す。しかし、京花は満足げに頷いた。慈愛さえ湛えて、共にいきましょう、と箱崎若菜を受け入れた。幽霊が憑依しやすい相手とは、似た体験をしていたり似た環境に身を置いていたりする人である。

たとえばそう、——同じ人に同じ感情を抱いている。

「でも、ヒトリを呪っていいのは私だけ」

夜が明けようとしていた。

＊　＊　＊

増援に駆けつけた機動隊が二階に上がり、リビングのドアを蹴破って押し入ると、そこには全身を汗だくにした初ノ宮行幸が大の字に寝転がっていた。

行幸は窓から差し込む朝日を恨めしげに見上げて、次いで機動隊を眺めて大袈裟に溜め息を吐いた。無事に二階に上がれたということは何もかも上手くいった証拠である。

「はあああああ、つっかれた！」

地味ではあったが一番の功労者は間違いなく行幸であった。あれほど居た霊は一体残らず消えていた。今回関わった全員から涙を流して感謝されないと割に合わない偉業であると自分では思う。後で京花たちに自慢して回ろう。

——でもまあ、みんなもよくやってくれたよ。

負傷した竜弥は茉依と一緒に救急車で病院に運ばれ、裏庭で倒れていた京花と人理は今パトカーの中で仲良く眠っている。窓外から警官と口論しているのはどうやら最愛の妹らしい。

終わったのだ。少なくとも、十年前から放置しっぱなしだった宿題は片づいた。

これ以降、『幽霊館』から本物の幽霊の目撃談が出ることはないだろう。

エピローグ

一晩明けて、旧杜村邸に駆けつけた華表切子《とりいきりこ》の姿に気づいた蛇山警部は、珍しく取り乱した。

「あら、蛇山君。お久しぶり。わざわざ出迎えてくれるなんて私も偉くなったもんだ」

「ふざけるな。何でこっちに来た。ご令嬢なら署の方に居る。向かうならそっちだろう」

「子供の不始末は保護者の責任でしょう。まあ、怒られるようなことはしてないけど、一応叱られに来てやったわ。で、現場を指揮している人はどなた？　まさか、君じゃないよね？」

指揮者は捜査一課長である。現職警官の発砲事件という由々しき事態に直面して神経を尖らせている最中だ、口が達者な切子といま会わせるのはまずい。

「話なら私がする。いや、やはり帰れ。華表と話すことはない」

「冷たいなあ。まだ昔のこと根に持ってんの？　君が恐がりなのは元々でしょう。オカルトが苦手になったのを私のせいにしないでよね。それに、恐がらせたのは私だけじゃないし。サークルのみんなだって乗り気だったたし。幽霊とか死体とか、そういう単語を聞くだけでぶるぶる震えるくせに刑事になったのだって君の勝手、むぐ」

「そういう話をされたくないから帰れと言っている！　部下に聞かれたらどうしてくれるんだ!?」

小声で抗議する。切子は「なるほど。立場がないか」としたり顔で頷いた。相変わらず性格の悪い奴である。どうせこれを取引材料にして、今回の事件に天保院《てんぽういん》家が関わった事実を有耶《うや》無耶《むや》にしろと脅すつもりなのだ。守りたいのは京花《きょうか》か、家名か。どちらにせよ、上が判断することであり、蛇山にそこまでの裁量権はない。

「じゃあ、署長を当たってみるわ。あんまり事を大きくしたくなかったけど、仕方ない」

「待て、華表。いつまでこんなことを続けるつもりだ？」

切子は振り返ると寂しげに微笑んだ。

「いつまでも何も、京花が霊感と向き合って立派に自立できるまで続くわよ。今は地均《じなら》しの途中なの。面倒を掛けるけど今後もよろしくね――あっくん」

昔の愛称を引っ張り出されて面食らう。遠ざかる背中をいつまでも未練がましく眺めていると、同期の同僚が傍らに立った。

「えらい美人だったたな。参考人の家族か何かか？」

蛇山の関係者という可能性を真っ先に省《はぶ》く辺り、如何に自分が周囲から堅物扱いされているかがわかる。切子が関わるといつもこうだ。

「古い友人だ。それより、発見された白骨と衣服のDNA鑑定の方はどうなった？　まさか予算が足りんなどと渋ってはいないだろうな？」

「いや、むしろ大至急回される。杜村の司法解剖もな。優先順位は完全に覆った。官房長官の署名付きなんだ、文句もあろうはずがない。地方都市で起きた事件とはいえ、一警察官に連続殺人と少女誘拐暴行致死の嫌疑が掛かったんだ、お上《かみ》も震え上がってる」

「発砲もしたしな。警察の権威失墜の危機ってわけだ」

他人事のように言うなアホ、と同僚も笑う。

「撃たれたのはおまえんとこの部下だろう。そんで、確保したのも。膨大《ぼうだい》な始末書を書かにゃならんだろうが、まずは労わってやれ。俺たちは犯人を逮捕したらめでたしってわけにいかんからな。世間の目は厳しくなる。俺たちの修羅場はこれから始まるぞ」

猿垣巡査は数日前から精神異常を来していたという報告があった。仮に判断能力の有無を問われ、下手に無罪判決が出ようものなら、警察に対する世間からの反発はますます強いものになる。加えて、事件そのものが複雑なために判決が出るまで長い時間が掛かることも予想され、控訴《こうそ》上告の度にメディアで蒸し返されてバッシングの的にされるのも、現場に駆り出される蛇山たちにとっては捜査がやりにくくなる上に苦痛にもなった。矢面《やおもて》に立つのはいつも俺たちだ
——、同僚と一緒に今から疲れた溜め息を吐く。

「始末書か。……何と書いたらいいものか」

それこそ天保院の名を挙げればあっさり説明が付くような気もするのだが。まさか大真面目に霊感少女の存在を記述するわけにいかず、切子の顔を立てることも実は吝《やぶさ》かではなかったりする。蛇山はつくづく自分は甘い男だと自嘲した。

今後もよろしく、か。

勘弁してくれ。

＊

七月二十九日——。

住宅街の中にあるコインパーキングに一際目立つ色味のランボルギーニが停まっていた。初《うい》ノ《の》宮行幸《みやゆきゆき》が所有する六台のスーパーカーのうちの一つである。戻ってきた由良《ゆら》はその場違い感に軽く眩暈を起こしつつ、人目を気にするようにそそくさと乗り込んだ。

「出して。早く」

「せっかちだな。いいじゃないか、今日は一日オフだろう？　ゆっくり行こう」

「悪目立ちしてんのよ。ギョウコウが来てるってバレたらこの辺大騒ぎだわ」

身内自慢でも何でもなく初ノ宮行幸にはそれだけの人気がある。由良はマネージャーとしてとにかくこれ以上騒ぎを起こしてほしくなかった。先日のフェラーリの一件にしてもすぐに記者に嗅ぎつけられ、翌日のスポーツ紙にデカデカと写真が掲載された。事故を起こしたのは妹の由良なので行幸の評判に傷がつくことはなかったが、同じ町を別の高級車で走っていれば勘づく者は必ず出てくるし、余計な批判を招きかねない。

自粛《じしゅく》すべきなのにそれでも目立ちたがろうとするのは行幸の悪い癖だった。車内で待機させたのはやはり正解だったと思う。

駐車料金を支払いながら、行幸が促した。

「彼女の様子はどうだった？」

由良は一瞬躊躇した。が、その躊躇いがすべてを物語ってしまった。

「やっぱり亡くなられてしまったのかな？」

行幸が憂鬱《ゆううつ》そうに言うので、慌てて首を横に振った。

「いえ、生きてるわ。でも、時間の問題かもね。——佐久良翠さんね、あの人、ものすごく老けたわ。髪なんかも真っ白になって、手足も震えてて。とても三十代とは思えない。さらに三十歳くらい老け込んで見えた。なんかもう寿命が尽きる寸前って感じ」

「呪いが成就したからねえ。彼女の生霊——生命力みたいなものをほとんど持っていかれたんだ、そりゃ枯れもするよ」

行幸は佐久良翠に関する事の顛末《てんまつ》をずっと気にしていた。呪術を施した者は不幸になることを知っているから、殊更胸を痛めていたようだ。

「でも、生きていたのはラッキーだ。リハビリ次第では以前の状態に戻れるよ。憑き物も落ちたことだし、今度こそ心安らかに余生を送ってもらいたいね」

安堵したように溜め息を吐く。普段超然としている行幸もこういうときだけは人間味が表に出る。それを見られて、由良は少しだけ安心した。

「とにかく、これでめでたしめでたしね？」

「まあ、僕の仕事は終わったけれど。でも警察は、杜村鳶雄、奥井学、朝霞惣次殺害の動機やらをこれから解明しなくちゃならない。箱崎若菜殺しを脅迫材料にされていたってのを知っているのは、霊視ができる僕たちだけ。奥井殺しに関しても猿垣の犯行だってことを立証するのは難しいだろう。何せ池底に巨石を乗せて沈めたってんだから、猿垣ひとりの犯行に落とし込むのは厳しいよ」

「そうよね。それだけ複雑な事件だったのによく私たち部外者認定されて解放されたものよね。きっと京花ちゃんが言ってくれたんだわ。今度改めてお礼言わないと」

「どうかな。あのお嬢さまにしちゃ根回しが良すぎる、どうせもっと上の方で別の思惑が働いた結果だろうさ。僕たちが有り難がる必要なんてない。お礼なんかするなよ」

行幸は冷たく言い放つと、車を公道に合流させて高速道路を目指した。

「まったくもう。霊能力者仲間ができるチャンスなのに」

由良は唇を尖らせる。行幸は同業者と群れるのを良しとしていない。方向性の違いだとか口にしているが、単に一匹狼《いっぴきおおかみ》の方が格好いいという理由からだと由良は思う。

カーナビ画面に地上波CMが流れた。行幸出演の口臭予防歯磨き粉の新CMで「そのお口とならキスしてあげてもいい」という本人考案の決め台詞がとてつもなく寒いと各所で話題を呼んでいる。――自信家の最大の欠点は、欠点を認めたがらないところにあるのよね。もう少し他人を受け入れてくれれば私も楽なのに。

「仲間なんて要らないよ。仲良しこよしなんて気持ち悪いだけ」

ほら、これだ。今回珍しく他人と協力して除霊したっていうのに。上手くいったこともまた気に入らない点なのだ。

ほんと天邪鬼《あまのじゃく》なんだから。

「僕だけじゃないよ。彼らとはひとりひとり相容れられない。特に、天保院京花はね。言っておくけど、彼女の方が僕より他人を拒絶しているよ。そして誰も彼女の煩わしさに気づいてあげられないんだ。ああ、今わかったよ。これは同属嫌悪だ」

「はいはい。了解しました！　京花ちゃんもギョウコウなんかと仲良くなんてなりたくないわよ！」

行幸は苦笑しつつも何も言い返さなかった。

――ま、この業界でやっていればまた出会うこともあるでしょう。

いつの間にか次を期待する自分に気づいて顔を顰める。——いけないいけない。マネージャーとして芸能活動に専念させねば、と気を取り直す由良だった。

＊

八月二日——。

桐生竜弥《きりゅうたつや》が退院した。被弾した右腕はいまだギプスで固定されているが、当たり所が良かったのか、医者からは一月程で完治するだろうと言われている。痛みはない。しかし、以前のように動かせるかはまだ不明である。もし後遺症が残るようなら現場復帰も危うく、今後を考えるだけで憂鬱になった。

旧杜村邸殺人事件と名づけられた今回の捜査から、なぜか竜弥は外されることになった。猿垣の拳銃で撃たれた被害者としてマスコミに嗅《か》ぎつかれるのを阻止する意図があってのことだろうが、蛇山警部から始末書はおろか報告書の提出まで免除されたのにはさすがに不自然さが際立った。警官が発砲した事実も今日まで有耶無耶にされたままだ。もしや無かったことにしようとしているのではないか。

「警官が警官を撃ったとなりゃ、そりゃ外聞は悪いだろうな」

たかがそんなことで真相が闇に葬られようとしている。

——気持ち悪い。こんな終わり方ってあるかよ……。

だが、ニュースでは旧杜村邸殺人事件を、警察の不祥事としてではなく、よくある凶悪事件の一つとして報じている。竜弥ひとりが黙っていれば平和なままだ。騒ぎは間もなく終息するし、警察の面子《めんつ》も守れて一石二鳥。しかし、それでは平松智也との約束を果たせられない。あまりの無力さに打ちのめされる。

——何のための警察官だっての。

来客を知らせるチャイムが鳴る。出ると、甚兵衛《じんべえ》を着た人理《ひとり》が立っていた。

「来たよ、たっちゃん」

「時間ぴったりだな。ちょっと待ってろ。今、マエのやつ呼んでくる。着付けに手間取ってるみたいでよ。急がせる」

「ゆっくりでいいよ。花火の時間には十分間に合うから」

千千良納涼花火大会は、言わずと知れた、千千良町の数少ない真夏のビッグイベントである。町内のどこに居ても打ち上がる花火が見えるのでわざわざ祭り会場に行かなくても良いのだが、露店目当てに毎年茉依《まえ》に「連れてけ！」とせがまれる面倒な催しである。

今年は、竜弥の退院が間に合わなかった場合の保険として人理に茉依の引率役を頼んでいた。過保護の自覚は無かったが『幽霊館』の一件もある、行くなと言ったところで聞かないだろうし、夜に無断外出されるくらいなら、と配慮したのである。我ながら甘いことだ。

「僕は毎年露店の手伝いの方に回っているから、食べ歩きするのは初めてなんだ。楽しみだよ」

　相変わらず人畜無害そうな笑みを浮かべている。入院している間、何度も見舞いに来てくれたのだが、除霊が行われたあの日を境にしても人理の態度は変わらない。だが、その裏側には異常な死生観が今も潜んでいる。放っておけば死に急ぐ。そんな危惧《きぐ》を抱かせた。

「ヒトリ、おまえ、――平気か？」

　他に訊きようがない。人理は「？　健康だけど？」と首を傾げた。

「俺も行く。ヒトリだけにマエの面倒を押しつけるのは気が引けるしな」

　人理から目を離すべきではない。そう感じていた。

「たっちゃんこそ怪我は大丈夫なの？」

「心配すんな。そんなに柔《やわ》じゃねえよ。それより、あの子はどうした？　天保院の」

「京花？　うん。一応、誘ってはみたけどね……」

　人理は苦笑した。すげなく断られたであろうその状況が目に浮かぶようだった。

「えーっ⁉　京花ちゃん、来ないの⁉　何で何で⁉」

　ヒマワリの絵柄があしらわれた浴衣を着た茉依が、巾着《きんちゃく》片手にやって来た。

「マエちゃん、こんにちは。京花なら気が向いたら来るんじゃないかな」

「じゃあ、マエが京花ちゃんにメールする！　お兄ちゃん、携帯貸して」

「は？　おまえ、あの子のアドレス知ってんのか？」

「うん。だって、仲良しだもん！」

茉依はそう言って胸を張る。竜弥の携帯電話を奪い取るとメールを打ち出した。

事件後、箱崎若菜に憑依された後遺症が残っていないか視てもらうために、人理が付き添う形で茉依を京花の住まいである『れんげ荘』に通わせた。京花が何も言ってこないので心身への悪影響は特になさそうだが、代わりに茉依が京花に纏わり付くようになっていた。霊視が終わった今でも頻繁に京花に会いに行っているらしい。

「マエちゃんには京花もタジタジになってる。切子さんもマエちゃんのことやたら気に入ってるし。見ていて飽きないよ。毎日賑やか」

「あー……、今度お礼言いに行かなきゃな。マエの奴、何度か昼飯ご馳走《ちそう》になってるし」

「京花が食べない分をマエちゃんが消化してくれるから助かるって切子さん言ってたし、大丈夫なんじゃない？　それよりも、京花、たっちゃんのこと褒めてたよ。京花を守って怪我したんだってね」

「え⁉　そうなの⁉　お兄ちゃん、偉い！　さすが警察官だね！」

「天保院さんが俺を……？」

京花が人を褒めたということに違和感を覚えた。それほど彼女の性格を熟知しているわけではないが、素直に他人を認めるようには見えなかったのだ。おべっかを口にしたとも考えられるが、それこそ京花らしくない。では、やはり本音なのか。

「さすが警察官、か」

そうだ。少なくとも京花を凶弾から守れたことは事実だ。警察組織には懐疑的になっても、自分がしていることにはちゃんと意味があったのだ。

竜弥の正義感に救われた霊もいた。

京花がもたらしてくれた矜持《きょうじ》を糧《かて》にすればこの先も警察官でいられる気がする。

「送信！　えへへ。京花ちゃん来てくれるかなあ。あのね、マエね、京花ちゃんとお揃《そろ》いの髪飾りがほしいの。売ってるよね？　そういうの」

「あると思うよ。もし京花が来られなかったらお土産にしよっか？」

「うん！」

会いに行く口実ができた。しかし竜弥は、人理はもちろん京花ともこれきりになるような気はしていなかった。妙な因縁に絡め取られた、そんな感覚を覚えていた。

「んじゃ、そろそろ行くか」

祭り会場で花火を見上げる。煌《きら》めく色とりどりの花、花、花。

それは、事件のフィナーレを飾るものではなく、始まりの号砲を思わせた。

気が向いたらおいで——そう言って部屋を後にした人理を最後まで振り返らなかった。
携帯電話は知らないアドレスからのメールを着信していたが、件名に茉依の名前を見つけるとすかさず操作した。——削除。

＊

「部屋暗くして花火見るくらいなら会場まで行けばよかったのに。マエちゃん、京花と行くの楽しみにしてたんだよ？　今からでも遅くないから行ってあげれば？」

背後から静かに問いかける切子の声は呆れていた。

すでに打ち上げ花火は始まっている。京花はいつもの喪服姿のまま『れんげ荘』の窓から百《ひゃっ》花繚乱《かりょうらん》を遠目に眺めていた。

「マエちゃんだけじゃない。あの子のお兄ちゃんや、もちろんヒトリもアンタと仲良くしたがってると思うよ。友達になりたがってる。アンタも素直になったらどう？」

くっ、と小さく微笑を漏らした。

振り返る。花火の彩りを背負った京花の姿が一層黒く輪郭を濃くし、その目は猫のそれのように妖《あや》しい光を放った。

「さぞ愉快でしょうね。自分が演出したとおりに舞台が動くのを観ているのはね」

「何のこと？」

切子は首を傾げた。そこに挑発するような嫌らしさはない。

――ええ。そうでしょうとも。貴女はいつだって私の味方をしてくれるもの。

「猿垣のことよ。杜村鳶雄殺害の一件だけで片づけたのはさすがにどうかと思うわ。他の余罪について、たとえば箱崎若菜強姦致死に関してなら物証はあるでしょうに、なぜそれを立件しないのか。必要なら私が証言してもいいわ。誰も信じてくれなくてもね」

もちろん警察は面子を第一に考えてそのように処置したのだろうけど、天保院家が裏で操作をしているのは切子を見ていればすぐにわかった。

「つまりそういうことでしょう。切子さんは、いえ、パパは私にやり過ぎてほしくないのよね。家名に傷がつくだけならともかく、私の出生に関わるあれこれが露見するのを恐れている。だから、事件に関わることは許しても解決してしまうような成果までは望んでいない」

富豪の娘の道楽なら失笑程度で済まされるが、京花の能力が本物だと知れ渡れば、たとえ警察内部で箝口令《かんこうれい》を敷いたとしても、必ずどこかから情報は漏れ、瞬く間にメディアの格好の餌食《えじき》となる。そうなれば天保院家だけでなく京花本人も生きづらくなるだろう。だから、今回の後処理は京花を守るためでもあったのだ。それはよく理解している。

だけど――だから、何だというのだ。

「だったら、初めから私を家の中に閉じ込めていればいいのに」

心配なら飼い殺せばいい。

どうせ京花には独りで生きていく力なんて無いのだから。

切子は、しかし、不敵に笑った。

「話をすり替えるんじゃないよ。何をそんなに恐がっているの？」

「別に恐がってなんか……」

「どうしても閉じ籠もっていたいなら、私や清宗君《せいしゅう》に頼らないで、勝手に実家に帰るなりすればいいのに。私は止めないよ。清宗君もそっちの方が喜ぶだろうしね」

できないことを逃げ道に使うなよ、と切子の目が挑発している。

「……」

京花は仏頂面《ぶっちょうづら》を浮かべて、切子の脇を通り過ぎる。アパートの廊下は真夏であるのに冷気が漂い、電灯を点けていないせいか暗闇が果てまで何もかもを飲み込んでいる。

「少なくとも、事件に関わったあの面子ならアンタを腫れ物扱いしたりしないよ。ああいう関わり合いをしちゃうとね、出来ちゃうものなんだよ。因縁《いんねん》ってやつがね」

切子の確信めいた発言に、反発する。

「変な期待はしないでちょうだい。ただでさえ幽霊なんてものを視てしまうのよ、私は。誰かとわかり合えるわけないじゃない」

同じモノを見ているようで別の形に視えていることなど日常茶飯事《にちじょうさはんじ》。

一番の理解者である切子との間にもこうして深い隔たりを感じているのだ。
お友達？　冗談でしょう？
要るわけないじゃない、そんなもの。
罪を犯し、罪を悔《く》いて、死してなお罪に縛られ現世を漂う。
幽霊の悲哀とは、詰まるところ、人間が自ら招いた業である。
「……ええ、そうよ。幽霊よりも何よりも『人間』がもっとも煩わしいのだわ」
喪服の黒が暗闇と同化した。
今死ねば、間違いなく私も現世を漂うことになるだろう――。

（おわり）

あとがき

皆さんは幽霊の存在を信じますか？

私は信じます。というより、居るわけがないと全否定するのは難しいと考えます。自分の周辺だけで考えれば信じ難いことではありますが、視野を広げて見てみれば、世の中にはありとあらゆる怪談が溢《あふ》れかえっているわけですから。創作？　いえいえ、そんな単純なことではないのです。

遙か昔から、東洋西洋問わず、世界中にその手の話が当たり前のように存在していました。特に示し合わせたわけでもないのに、多くの共通点を含んだ怪談が生まれているのです。それって、同じモノを見たからこそ共通するんじゃないでしょうか。

幽霊の概念に国境はなく、――あ、宗教的な解釈の違いはどうしようもないことですが――、死者の魂への畏敬《いけい》は人類の本能に歴《れっき》としてあるのだろうと思います。だからこそ、こうまで人を魅了する。……まあ、見たいモノを見てしまうのもまた人間の習性ですので、否定派が肯定派を「枯れ尾花を幽霊だと主張しているだけだ」と批判したい気持ちもわからなくもないのですが。しかし、怪談が創作であろうとなかろうと、世界中で幽霊の造形が似通っていることには、やっぱりそれなりの理由があるのだろうと思うのです。

それに、作家の立場から言わせてもらうなら、幽霊はやっぱり居てほしいですよね。心霊現象は一番身近で起こり得るファンタジーですし、怪談は人間の性《さが》——恐怖、好奇心、欲望、嫉《しっ》妬《と》、怨嗟《えんさ》、愛憎、悲哀、未練等々——を一番如実《にょじつ》に表す物語だと思いますから。物語を生み出すクリエイターとして大変興味深く、大変味わい深い題材です。幽霊の存在が実証されればなおのこと、深みも、広がりも、面白みだって増すでしょう。

というわけで、今度は心霊モノに挑戦してみましたが、如何《いかが》だったでしょうか。

とはいえ、作風はいつもどおりミステリ風サスペンスです。ホラーじゃないので全然恐くありません。恐がりな方でも安心して読めます（たぶん）。

前作を執筆している間中、なんとなく程度で温めていた作品でしたが、どうにかこうにか発表するに至れました。これも偏《ひとえ》に、熱心に新作の執筆を応援（強要？）してくださった担当編集様のおかげでございます。ありがとうございました。

イラストレーターは、前作から引き続き、煙楽《えんらく》さんです。再びお仕事をご一緒できて嬉《うれ》しいです。ご迷惑でなければ、またしばらくお付き合いのほどよろしくお願い致します。

そうです。一応、続編も予定しております。もし今巻をお気に召して頂けましたら、また次巻でもお目にかかりましょう。

２０１７年　初春　　山口幸三郎《やまぐちこうざぶろう》

山口幸三郎 著作リスト

探偵・日暮旅人の探し物（メディアワークス文庫）

探偵・日暮旅人の失くし物（同）
探偵・日暮旅人の忘れ物（同）
探偵・日暮旅人の贈り物（同）
探偵・日暮旅人の宝物（同）
探偵・日暮旅人の壊れ物（同）
探偵・日暮旅人の笑い物（同）
探偵・日暮旅人の望む物（同）
探偵・日暮旅人の遺し物（同）
探偵・日暮旅人の残り物（同）
天保院京花の葬送　～フューネラル・マーチ～（同）

神のまにまに！　～カグツチ様の神芝居～（電撃文庫）
神のまにまに！②　～咲姫様の神芝居～（同）
神のまにまに！③　～真曜お嬢様と神芝居～（同）
ハレルヤ・ヴァンプ（同）
ハレルヤ・ヴァンプII（同）
ハレルヤ・ヴァンプIII（同）

本書は書き下ろしです。

メディアワークス文庫

天保院《てんぽういん》京花《きょうか》の葬送《そうそう》

~フューネラル・マーチ~

山口幸三郎《やまぐちこうざぶろう》

発行 2017年1月25日 初版発行

発行者 塚田正晃
発行所 株式会社KADOKAWA
〒102 - 8177 東京都千代田区富士見2 - 13 - 3
プロデュース アスキー・メディアワークス
〒102 - 8584 東京都千代田区富士見1 - 8 - 19
電話03 - 5216 - 8399 (編集)
電話03 - 3238 - 1854 (営業)
装丁者 渡辺宏一 (有限会社ニイナナニイゴオ)
印刷 株式会社暁印刷
製本 株式会社ビルディング・ブックセンター

Printed in Japan
ISBN978-4-04-892680-5 C0193

メディアワークス文庫 http://mwbunko.com/
株式会社KADOKAWA http://www.kadokawa.co.jp/

本書に対するご意見、ご感想をお寄せください。

あて先
〒102-8584 東京都千代田区富士見1-8-19 アスキー・メディアワークス
メディアワークス文庫編集部
「山口幸三郎先生」係

第20回電撃小説大賞〈大賞〉受賞!
裏稼業の男たちが躍りまくる痛快エンターテインメント!!
博多豚骨ラーメンズ
HAKATA TONKOTSU RAMENS
人口の3%が殺し屋の街・博多で、生き残るのは誰だ――!?
木崎ちあき
イラスト/一色 箱
福岡は一見平和な町だが、裏では犯罪が蔓延っている。今や殺し屋業の激戦区で、殺し屋専門の殺し屋がいるという都市伝説まであった。殺し屋、探偵、復讐屋、情報屋、拷問師etc――。裏稼業の男たちの物語が紡がれる時、『殺し屋殺し』は現れる――。
『博多豚骨ラーメンズ』
『博多豚骨ラーメンズ2』
『博多豚骨ラーメンズ3』
『博多豚骨ラーメンズ4』
『博多豚骨ラーメンズ5』

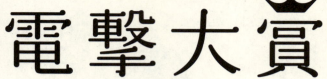